CELUI QUI NE MEURT JAMAIS

Dominique Faget

CELUI QUI NE MEURT JAMAIS

Thriller

éditions
Les Nouveaux Auteurs

Éditions Les Nouveaux Auteurs

16, rue d'Orchampt 75018 Paris
www.lesnouveauxauteurs.com

ÉDITIONS PRISMA

13, rue Henri-Barbusse 92624 Gennevilliers Cedex
www.editions-prisma.com

ISBN : 978-2-8195-03743

À Olivier, Aurélien et Cyril

Les Morts ne sont pas sous la Terre…
Ils sont dans l'Ombre qui s'éclaire
Et dans l'ombre qui s'épaissit.
Ils sont dans l'Arbre qui frémit,
Ils sont dans le Bois qui gémit,
Ils sont dans l'Eau qui coule,
Ils sont dans l'Eau qui dort,
Ils sont dans la Case,
ils sont dans la Foule
Les morts ne sont pas morts…

Birago Diop, *Souffles*

Prologue

Baoulé Kra Kra Bé Ti Kun, Bé Ti, Kum Ba
Les Baoulé – tous sont UN – sont Un enfant

6 janvier 1910, le long des derniers kilomètres de la ligne de chemin de fer Dimbokro-Bouaké (Afrique occidentale française)

Une longue plaie sanguinolente déchirait la terre rouge de la région des forêts. Excavé par la main de l'homme, le visage du N'Dzi-Comoé exhibait, à la lumière du soleil, une scarification hideuse et sacrilège. Sur les bas-côtés, des dépouilles d'acajous et d'irokos sacrifiés gisaient pêle-mêle autour de cette tranchée qui mutilait le paysage.

Disséminés le long du chantier du futur chemin de fer, plusieurs centaines d'individus, torse nu, s'escrimaient à creuser le passage sur lequel les rails seraient bientôt installés. Ces colosses noirs au corps musclé et luisant de sueur travaillaient sous l'autorité du contremaître Kouame Akafou. Au loin, jusque dans la brume, on entendait résonner les coups sourds et répétés des pioches et des pics, accompagnés des ahanements d'efforts.

Pourtant, depuis quelque temps, la révolte grondait dans les rangs de ces hommes issus des ethnies N'Bon, Abbey et Agba, celles qui constituaient la majorité des travailleurs. L'impossibilité de rejoindre leur village au moment des moissons, la profanation des bois sacrés et l'incompréhension devant tous ces travaux ébranlaient ces farouches cultivateurs. Ils en avaient, du reste, longuement palabré la veille au soir.

Cette nuit-là avait respiré plus fort au rythme d'un tam-tam lourd de menaces. À la lueur des feux de camp, les visages tourmentés avaient reflété une terrible colère. Bien vite, les plus vieux, ceux qu'on écoutait, avaient échauffé les esprits.

L'aîné, celui auquel l'âge conférait une certaine aura auprès des autres, avait morigéné :

— À quoi va nous servir ce chemin de fer ? Si ce n'est permettre aux Blancs de venir plus facilement chez nous ?

— Ils pourront nous apporter des outils et des pagnes et nous pourrons leur vendre nos récoltes, avait objecté un homme au visage candide dont la famille était commerçante.

— Et, tu oublies que leur façon de soigner les fièvres a sauvé la vie de plusieurs d'entre nous, ici même sur la construction de la voie, avait renchéri un individu issu du même village.

Le visage de l'homme mûr avait pris un aspect inquiétant :

— Comment oses-tu penser qu'ils sont supérieurs au féticheur de ton village qui, avec ses incantations et ses poudres, aurait pu aussi bien chasser les mauvais esprits de ton corps ?

— Moi, j'ai envie d'apprendre sur les bancs des écoles des missionnaires. Ils connaissent la façon de garder la parole pour l'éternité, avait répondu le jeune marchand.

La majorité avait pourtant soutenu le vieux et sa sagesse.

— Tu as raison, ma récolte d'ignames a pourri et je ne sais pas comment je vais nourrir mes quinze enfants durant la saison sèche. Qu'est-ce que j'en ai à faire de leur nourriture spirituelle ?

— Moi, je veux continuer à vivre comme mes ancêtres ont toujours vécu, libres, au milieu des esprits de la nature…

— Sans oublier que ces esprits qui, vivaient cachés dans la forêt, ont été dérangés et viennent maintenant nous tourmenter.

— Les faces blafardes de mort de ces étrangers ne m'ont jamais inspiré.

— Ils ne connaissent rien à nos traditions et veulent nous imposer les leurs.

Satisfait d'avoir rallié la majorité, la physionomie du doyen s'était éclairée d'un sourire dévoilant des dents blanches de carnassier. Fort de son triomphe, il avait continué à échauffer les esprits.

— Écoutez, mes frères, nous ne sommes pas obligés de suivre la volonté des Blancs. Il faut quitter ce travail dès demain. On fera le coup de force lorsqu'ils seront assoupis pour la sieste. Voilà comment nous allons procéder…

*

Debout, devant le tronçon nouvellement construit, le colonel Rubino souleva son casque colonial pour éponger son front ruisselant de transpiration. Puis, d'un geste nerveux de la main, il chassa les insectes qui tournoyaient autour de son visage. Robert Wallace Crosson-Duplessis, le nouveau directeur de la Régie des chemins de fer Abidjan-Niger, exerçait une telle pression sur lui que, depuis quelques jours, il n'en dormait plus. L'épidémie de variole et la construction du viaduc de deux cent cinquante-cinq mètres de long avaient passablement ralenti l'avancement des travaux. Et il avait des délais à respecter…

Le soleil de cette fin de matinée de janvier brûlait et la moiteur rendait l'air irrespirable. L'officier supérieur tourna lentement la tête pour examiner les alentours.

À quelques mètres, sur sa droite, une dizaine de soldats français s'étaient assis, pour le déjeuner, devant leur ration et leur quart de piquette. C'étaient pour la plupart de jeunes recrues qui avaient du mal à s'acclimater aux dures conditions des colonies. Ils profitaient de ce moment privilégié de la journée pour relire la lettre d'une mère ou d'une fiancée ou tout simplement rêver à leur retour vers la mère patrie. La dysenterie avait amaigri leur corps. Hébétés, ils s'enivraient avec le vin devenu brûlant avant de s'accorder une petite sieste à l'ombre d'un manguier qui avait été encore préservé.

Plus loin, sur la gauche, les tâcherons continuaient leur dure besogne. Rubino admira leur forte musculature qui saillait à chaque fois qu'ils frappaient et martelaient lourdement le sol.

Tout à coup, l'un des ouvriers arrêta subitement son geste et demeura immobile, sa pioche levée au-dessus de la tête. Il roulait des yeux stupéfaits en regardant le sol. C'est alors qu'un attroupement bruyant se forma autour de lui. Kouame Akafou se précipita en courant pour invectiver les hommes en baoulé.

— Remettez-vous au travail. Ce n'est pas encore l'heure de la pause.

De loin, Rubino avait suivi la scène sans réagir.

Au fond de la tranchée, l'outil du manœuvre avait heurté quelque chose de curieux qui avait occasionné un bruit métallique. Des hommes s'étaient accroupis et, à mains nues, dépoussiéraient rapidement l'objet. Ils parlaient vite et, en même temps, occasionnaient une désagréable cacophonie. Une caisse en métal jaune brillant de soixante centimètres sur quarante fut dégagée de sa cangue de terre rouge.

À contrecœur, Rubino décida quand même de venir se rendre compte des événements. Il se dirigea vers l'attroupement d'un pas lourd…

Kouame Akafou s'agenouilla et scruta le coffre à moitié couvert de poussière rouge. Il fit signe à l'un des tâcherons afin qu'il assène un coup de pioche. Le chef d'équipe se mit en arrière pour laisser l'autre agir. La boîte céda sous le coup sec et violent.

Dans un même mouvement, tous les hommes avaient reculé en apercevant son contenu. Leurs yeux étaient agrandis par la terreur.

— Cette chose est propriété de l'État français. Merci de me le remettre, cria Rubino qui était parvenu maintenant aux côtés des Africains.

Il se pencha à son tour vers le caisson.

Contre toute attente, Kouame Akafou arracha la pioche des mains d'un des travailleurs et assomma le colon qui s'effondra la tête ensanglantée. En suivant, le contremaître hurla à l'adresse d'un adolescent :

— Bohoussou, tu es le plus jeune. C'est donc toi qui cours le plus vite. Prends le coffre et va cacher son contenu le plus loin possible dans la forêt.

À quelques mètres de là, quelques soldats alertés demeuraient sur le qui-vive. Ils eurent à peine le temps de réagir quand les indigènes se précipitèrent en masse sur eux. Deux ou trois d'entre eux eurent le temps d'armer leurs fusils. Des coups de feu claquèrent. Des cris fusèrent. Les Blancs furent bientôt submergés sous le nombre comme des sauterelles sous l'assaut d'une colonie noire de fourmis magnans.

Bohoussou entendit les bruits de lutte et les cris derrière lui alors qu'il franchissait la lisière de la forêt avec son précieux chargement. Il galopa longtemps, enjambant les racines des banians, se faufilant entre les lianes et sautant par-dessus les fougères sans prendre garde aux animaux sauvages. Des singes glapissaient dans les frondaisons. Des familles de perdreaux s'envolaient et de gros serpents fuyaient sur son passage.

Le jeune homme appartenait à l'ethnie sénoufo, cantonnée bien plus au nord. Il aurait donc un long chemin avant de pouvoir rejoindre les siens. Il courut longtemps comme un automate, ne sachant pas où il puisait la force qui le poussait à continuer.

En fin de journée, il s'accorda un peu de repos. Il s'effondra, essoufflé, au pied d'un grand papayer. Son torse avait été lacéré par les épines et des insectes avides tournoyaient autour de ses plaies. Il avait posé la caisse à ses côtés. Quand il se pencha pour l'ouvrir doucement, il sursauta, comprenant alors ce qui l'avait aidé en découvrant ce qui était à l'intérieur.

Chapitre 1
Le peuple pourpre

Les Phéniciens…
Ces colporteurs, ces marchands audacieux,
retors, parfois brigands…
Ces marins rapaces dont les noirs vaisseaux
emportent mille camelotes…
Ces pirates… !
Homère (VIIe avant J.-C.)

600 ans avant J.-C., sur les côtes orientales d'Afrique

Perdue sur l'océan immensément bleu, une flottille de huit trirèmes phéniciennes avançait à la vitesse de trois nœuds, laissant derrière elle les sillages d'une écume brillante. Dans les voiles carrées s'engouffrait un vent qui faisait claquer les toiles et grincer les haubans.

Comme ses semblables, le navire de tête, avec une longueur d'une trentaine de mètres et un maître-bau de sept mètres, arborait une coque ventrue. Sur chacun de ses flancs avait été tracé un œil pigmenté de cobalt. Inquiétants, ces *ophthalmois* étaient destinés à conjurer le mauvais sort, rendre la route visible et intimider les ennemis les plus redoutables. La poupe arrondie du bateau se terminait par un ornement en queue de poisson tandis que sa proue galbée dressait fièrement la tête d'un hippocampe majestueux. Le navire se balançait à la cadence des vagues impétueuses qu'il fendait audacieusement.

Du côté bâbord, la haute stature d'un homme vêtu d'un simple pagne en lin blanc se détachait à contre-jour. Se tenant bien droit, perdu dans des pensées, il regardait la mer. L'éclat du soleil et le sel arraché par les embruns brûlaient ses yeux noirs qu'il tenait à demi fermés semblables à ceux d'un chat. Une fine barbe couvrait le bas de son menton et ses cheveux coupés court étaient recouverts d'un tissu noué.

Enmouteff[1] se remémorait les événements de ces dernières années…

*

Il y avait bien longtemps, il avait accompagné son frère aîné, Ouhemibrê-Nékao, souverain de la Haute et Basse-Égypte, à la conquête de nouveaux territoires.

Il revoyait la poussière des champs de bataille avec les luttes au corps à corps tandis que les cris des combattants résonnaient encore à ses oreilles. Il se rappelait les manœuvres ordonnées par les généraux sur leurs chars. Il revoyait le soleil se coucher sur la plaine noircie par les cadavres…

Il se souvenait des premières victoires qui s'étaient d'abord enchaînées. Le pouvoir de l'Empire triomphant s'était alors

1. Celui qui ne meurt jamais.

étendu sur tout le Machreq[1] *après que les Égyptiens avaient affronté Josias, roi de Juda, et ses troupes battues à Megiddo*[2].

Ce ne fut que plus tard que tout bascula brusquement lorsque les armées babyloniennes, dirigées par le terrible Nabuchodonosor, avaient écrasé ses compagnons d'armes à Karkemish.

Dès lors, l'aura de l'Égypte ne serait plus jamais la même…

De retour dans son palais de Saïs, l'indomptable pharaon Nékao avait rassemblé ses conseillers et ses intendants afin de leur faire part de ses nouvelles aspirations. Assis devant les hautes colonnes de stuc décorées par des frises racontant les scènes de chasses et de batailles, la voix du pharaon résonnait :

— Nous avons été rejetés vers l'est. Qu'à cela ne tienne, nous progresserons vers d'autres horizons. Je ne souffrirai pas que mon pays ne soit plus la grande Égypte. D'abord, j'achèverai le percement du canal qui relie Iteru[3] *à Ouadj Our*[4]. *Ensuite, j'ai l'ambition d'aller plus loin encore que le pays de Pount et de faire partir des navires depuis la mer Rouge en gardant toujours les côtes sur tribord. Je suis persuadé que ceux-ci reviendront par les colonnes d'Hercule, dans la mer septentrionale.*

L'assistance resta médusée mais, par respect, ne broncha pas. Le pharaon se tourna alors vers Enmouteff :

— C'est à toi, mon frère, que je vais confier l'organisation de ce voyage. Je ne doute pas que parmi ces hardis navigateurs

---

1. Syrie, Palestine, Liban.
2. Épisode raconté dans la Bible (deuxième livre des rois).
3. Le Nil.
4. La mer Rouge.

que sont les Fenkhous[1], *il n'y en ait pas un qui soit assez fou pour être intéressé par les richesses que je lui offrirai...*

D'abord stupéfait, Enmouteff comprit qu'il avait un rôle décisif à jouer. Il s'était alors attelé à l'ouvrage, non seulement pour répondre à l'ordre de son frère, mais aussi parce que le défi lui plaisait...

C'est ainsi qu'avaient commencé des travaux titanesques.

Tout d'abord, des terrassiers s'étaient acharnés à l'ouvrage pour terminer le passage du Sérapéum. Peu importait qu'en fin de travaux, cent vingt mille âmes puissent périr, puisque c'était pour la grandeur de l'Égypte[2].

De son côté, Enmouteff avait fait aménager, dans les faubourgs de Naucratis, des chantiers dans lesquels seraient élaborés des navires capables d'affronter un long périple. Pour cela, le frère du pharaon s'était adjugé l'aide de Cananéens réputés qu'il rémunéra grassement. En échange, ces architectes ingénieux et ces marins aguerris travaillèrent sans repos, durant deux années entières.

D'abord, il avait fallu aller abattre des milliers de cèdres et de sycomores aux troncs démesurés tout en haut des montagnes de Phénicie avant de les acheminer périlleusement jusque sur la côte égyptienne. Cela représentait déjà un pari presque impossible.

Une fois cette première tâche monumentale accomplie, une ruche de spécialistes avait savamment taillé puis assemblé, une à une, des pièces de bois selon les plans des maîtres

1. Nom donné aux Phéniciens par les Égyptiens.
2. Chiffre avancé par Hérodote.

charpentiers phéniciens. Sous un soleil de plomb, les hommes n'avaient jamais chômé.

À chaque fois qu'Enmouteff venait inspecter le chantier, il s'émerveillait de voir que peu à peu les coques prenaient du volume.

Ensuite, les artisans avaient planté sur chacune d'entre elles un mât bipode rabattable auquel ils avaient accroché de solides toiles d'un lin récolté à la fin de la saison d'Akhet[1] *pour être des plus solides. Ces grandes voiles étaient retenues elles-mêmes par deux vergues souples. Plus tard, les travailleurs avaient tendu d'épais cordages entre l'avant et l'arrière pour solidifier les ouvrages. Enfin, ils avaient particulièrement soigné les étraves et les étambots.*

Une fois terminés, les gauloï[2] *furent décorés et consacrés, en grande pompe, aux huit Cabires, ces divinités mystérieuses qui préservaient des dangers de la mer, et ce, sous l'œil satisfait de Nékao. Les navires étaient fin prêts pour attaquer la mer Rouge avant de s'élancer pour un périple inconnu.*

*

Suivant les conseils des navigateurs arabes, Enmouteff avait décidé que l'expédition appareillerait d'Arsinoë[3] *vers la fin de l'été afin de pouvoir aborder l'océan indien dès le mois de décembre. La mousson qui y soufflait du nord-est devrait leur être favorable.*

---

1. Saison d'inondation par le Nil.
2. Bateaux phéniciens.
3. Suez.

Les huit embarcations avaient commencé leur périple en descendant la mer Rouge. Prudemment, les bateaux naviguaient, de jour, et mouillaient, le soir, dans un lieu propice et abrité ou dans un port familier. Ces premiers lieux ne leur étaient pas inconnus. La plupart des marins avaient déjà côtoyé les sables ocres de Philoteras[1], les magnifiques collines de Sefaga[2], l'île d'Ophiousa et ses vipères, les ports de Darate[3], Souakim, Adulis[4], Malao[5], Mundis, jusqu'à la pointe de Mosyllum...

Le voyage durait depuis bientôt trois long mois quand les navires doublèrent le promontoire des Éléphants[6]. Alors commença, en décembre, la longue descente le long de la Côte Aromatique...

*

— N'est-ce pas, Enmouteff, que la mer est magnifique. Elle est bien plus envoûtante que la plus belle des femmes !

L'Égyptien, tiré brusquement de ses rêveries, sursauta et se retourna vers son interlocuteur. Quelques mètres derrière lui, sur la gauche de la poupe, agrippé au timon, l'homme qui lui avait parlé se nommait Hannan-Baal.

Cet individu, qui se vantait d'être le meilleur navigateur de tout l'Orient, était le commandant de cette armada. Enmouteff et lui avaient appris à se connaître durant la

1. Medinet Watfa.
2. À 80 km au sud d'Hurghada.
3. Port-Soudan.
4. À 50 km du port de Massaoua.
5. Près de Djibouti.
6. Gardafui en Somalie où une pointe de terre forme le sommet de la Corne de l'Afrique.

longue période des préparatifs et avaient même sympathisé.

Le Phénicien avait des cheveux longs recouverts d'un turban orné de talismans en argent et en ivoire. Il portait une longue barbe sombre que le vent avait emmêlée. Son visage basané faisait ressortir l'éclat de ses dents. Une boucle pendait d'une de ses oreilles et des amulettes en pâte de verre enserraient son cou.

Enmouteff fit quelques pas pour se rapprocher du Phénicien qui ajouta en lui souriant.

— La mer peut être comme une maîtresse. La douce et câline se changera soudain en une épouvantable mégère, mais elle reste fantastique et sublime et ton âme restera toujours prisonnière.

— Quand penses-tu accoster ? J'ai entendu dire que les hommes craignaient une pénurie d'eau.

— Bientôt, bientôt, jusque-là, nous naviguions encore le long d'une côte où les tribus sont hostiles.

L'homme leva la tête vers les cieux et ajouta :

— Je pense que nous risquons de ne plus avoir de vent ce soir. Aussi allons-nous mouiller au large.

Il héla un des hommes qui manœuvrait sur le pont.

— Haza'el, envoie donc des signaux aux navires pour qu'ils se préparent à lancer les ancres.

Un colosse se retourna. Il avait le grade de proreute[1] sur ce navire. Plus vieux que le reste de l'équipage, les connaissances de ce fils de marchand madianite[2], devenu navigateur, lui valaient le respect des autres hommes de mer. Il

1. Second, homme de proue.
2. Peuple nomade de l'Arabie du Nord.

donna l'ordre à un groupe de marins d'affaler la voile puis alla se positionner à la poupe. Avec un miroir, il envoya des signaux aux sept autres navires frères qui voguaient dans le sillage de l'*Eshmoun*[1]. Le *Shahar*, le *Shalim*, le *Shapash*[2] et les quatre autres répondirent de la même façon…

*

Une nuit sereine tombait maintenant sur une mer étonnamment calme. Les étoiles scintillaient si intensément qu'elles semblaient vouloir se détacher du firmament pour choir dans la baille. Immobile, chacun des navires était éclairé par les flammes vacillantes d'innombrables petites lampes à huile. C'était l'heure du repas.

Sur le pont de l'*Eshmoun*, trois abris de toile avaient été aménagés. Le plus grand servait à l'équipage. Le second, en retrait et plus petit, était une tente réservée à Enmouteff et à son serviteur. Sous le troisième chapiteau avait été aménagée une cuisine qui permettait aussi aux chefs de dîner.

Assis sur des nattes colorées, sept hommes faisaient cercle autour d'un récipient en terre cuite. Tout en discutant, ils piochaient dans le plat, à l'aide de leurs mains, des morceaux de viande de porc grillé qu'ils trempaient dans une purée de fèves épicée.

Tout à côté, un jeune cuisinier, aidé par un gros eunuque nubien, s'affairait à éteindre le brasero qui avait servi à la cuisson.

1. Dieu phénicien guérisseur.
2. L'Aube, le Crépuscule, la déesse du Soleil…

Un peu plus loin, le reste de l'équipage, la chiourme affalée à même le sol, se contentait de barbaque séchée dure comme du cuir et d'eau de pluie récupérée. La promesse qui leur avait été faite d'un pactole important en fin de voyage et la liberté pour les esclaves atténuait la grogne. Une joyeuse cacophonie s'élevait de ce melting-pot constitué d'Assyriens, de Nubiens, de Berbères, de prisonniers hébreux, d'Athéniens, d'habitants de Pount et même de lointains Andalous.

Sous le dais de la cambuse, Enmouteff faisait face à Hannan Baal. Ce dernier, tout en respectant le frère du pharaon, avait noué des liens familiers avec l'Égyptien :

— Je vais te confier un secret, Enmouteff. Tiens, regarde là-haut, comme elle est belle cette étoile, lui fit remarquer le triérarque[1] alors qu'il s'allongeait sur son côté droit pour montrer du doigt le ciel qui apparaissait par l'ouverture de la tente. C'est grâce à elle que, nous, les *Phoinikos*[2], pouvons naviguer.

Son second, Haza'el, acquiesça :

— Le soleil nous guide le jour et la petite ourse, la nuit.

Adir, qui faisait office de pentekontarque[3], était un curieux individu courtaud à la mine rougeaude. Inquiet de voir les vivres s'amenuiser, il voulait aborder les problèmes d'intendance.

— Si tout va bien, nous pourrions appareiller dans quelques jours et nous installer pour planter du blé et

1. Chef.
2. Nom des Phéniciens, en raison de la couleur pourpre de leur vêtement.
3. Officier d'intendance.

attendre la récolte qui nous permettra de survivre jusqu'à la prochaine escale. Nous pourrons ainsi établir des relations avec les tribus locales et faire du troc, affirma-t-il.

— Il serait temps, les hommes aspirent à une pause, grommela un géant singulier prénommé Armbjorn.

Les traits de ce dernier étaient totalement différents des autres hommes. Des cheveux longs et blancs comme la paille tombaient sur des épaules démesurément musclées. Il avait été esclave avant d'être remarqué par Hannan Baal pour sa maîtrise de la navigation. Il était devenu hortator[1]. Les marins craignaient ce colosse dont les yeux de démon avaient une couleur semblable à celle de la fleur de lin.

Le jeune cuisinier s'approcha pour verser du vin de Byblos aux hommes qui lui tendaient avec insistance leurs gobelets en verre. Enmouteff croisa les yeux du jeune homme. Ce n'était pas la première fois qu'il surprenait le regard noir du marmiton posé sur lui. Il en fut étonné, un peu embarrassé même. Il regarda la silhouette et trouva qu'elle était jeune, presque enfantine.

— Quand nous reprendrons la mer, nous irons vers l'inconnu, déclara Haza'el, il faudra être sur nos gardes.

Enmouteff remarqua que le cantinier le fixait à nouveau. Il sentait monter en lui un sentiment de colère mitigé d'un certain trouble. Il avait entendu parler des mœurs des marins et cela ne lui plaisait guère.

— Tu t'es vraiment surpassé, cambusier, tonna d'une voix forte Hannan Baal à l'attention du jeune garçon dont le visage s'empourpra.

1. Maître d'équipage.

— Ouais, c'était bien bon, approuva l'Arabe après avoir éructé fortement.

Aidé par un esclave nubien nommé Tatouia, le jeune cuisinier se dirigea ensuite vers l'attroupement des hommes d'équipage pour récupérer les marmites. Intrigué, Enmouteff suivit la frêle silhouette des yeux. Il y avait un quelque chose qui le dérangeait chez cet adolescent. La démarche était chaloupée, les formes inhabituelles…

*

La nuit était bien avancée. Enmouteff avait du mal à trouver le sommeil. Il sortit de sa tente. Quelques ronflements troublaient le calme. Il n'y avait aucun souffle de vent. L'Égyptien s'accouda à la lice et son regard s'enfonça dans la profondeur du ciel nocturne. Il réfléchissait à la folie qu'il avait entreprise. Il se sentait minuscule par rapport aux éléments et se dit qu'il avait été bien présomptueux de vouloir tenter ce voyage extraordinaire.

Soudain il perçut un bruit derrière lui, qui le fit se retourner. Dans la pénombre, il reconnut la silhouette d'Hannan Baal qui pénétrait sous la toile des cuisines. Il fronça les sourcils...

Chapitre 2
Une maison coloniale au bord de lagune

Qu'ils couvrent seulement la tête ou le corps entier, qu'il s'agisse d'une représentation naturaliste ou stylisée, les masques représentent les puissances de l'au-delà…
Celui qui porte le masque n'est pas seulement un acteur représentant la puissance spirituelle, mais notamment lors des rituels s'identifie à elle jusqu'à en être possédé et à devenir pleinement l'esprit auquel il prête son corps…
www.afriyie.ch

1930, Bingerville

Les pales du ventilateur allongeaient leurs ombres démesurées sur le plafond pour y produire un ballet répétitif. Couché dans son petit lit, les yeux levés vers le ciel, l'enfant les regardait comme hypnotisé. Les pans de la moustiquaire frémissaient sous un souffle léger. Le grincement semblait bercer le jeune garçon dans une impénétrable léthargie. Son corps douloureux était parcouru de frissons. Il ne savait pas si c'était à cause de la fièvre ou de la peur.

Cela avait commencé dans l'après-midi, lorsque ses parents l'avaient emmené avec eux, assister à la danse des masques, sur la place d'un petit village perdu en bord de lagune...

— Maman, ai peur, me laisse pas tout seul, avait-il supplié, ses yeux lavande agrandis de terreur, lorsque sa mère l'avait couché.

Assise à son chevet, Suzette, sa mère, lui avait fait prendre une cuiller d'un produit amer, la quinine, puis avait posé ses lèvres doucement sur ses boucles blondes.

— Tu n'as pas à t'inquiéter, mon chéri, je suis juste à côté. Mais il faut que j'aille me préparer, les invités ne vont pas tarder à arriver.

À ce moment-là, Suzette pensait fortement à ce jeune lieutenant d'artillerie de marine qui venait d'arriver dans la capitale[1] de cette colonie française de l'A.O.F. Il avait été invité par son époux, médecin militaire, qui l'avait soigné pour un début de malaria. Les deux hommes avaient sympathisé. Ce n'était pas la première fois que le jeune homme était convié à la concession et Suzette avait éprouvé, de suite, une attirance irrationnelle pour ce garçon brun, athlétique avec des yeux sombres. Comme toutes les femmes des « coloniaux » qui travaillaient dans l'Administration française, le désœuvrement allié à l'expatriation perturbaient ses facultés. Et en ce moment, elle avait en tête des fantasmes inavouables.

— Allez, mon chéri, il faut que j'y aille. Si tu veux, tu n'auras qu'à m'appeler et je viendrai te voir en suivant.

---

1. Entre 1900 et 1934.

Elle se leva, accompagnée du bruissement de sa robe de taffetas puis elle borda soigneusement le tulle de la moustiquaire autour du lit de l'enfant. Elle était élancée et gracieuse et portait des vagues de cheveux blonds coupés « à la garçonne ». Avant de franchir la porte, elle se retourna et envoya, en souriant, un baiser de la main à son fils dont le regard bleu s'embrumait de grosses larmes.

Lorsqu'il se retrouva seul, l'enfant sentit que son cœur s'emballait et cognait dans ses tempes. Les yeux exorbités par un sentiment insensé de panique, il retint sa respiration pour écouter. Il ne pouvait définir ce que c'était mais il était sûr qu'il y avait quelque chose. Et cela avait un rapport avec ce qu'il avait vu durant l'après-midi lors de cette balade avec ses parents.

Il s'en souvenait avec effroi…

C'était après un curieux périple sur les flots sombres de la lagune. Les trois pirogues, sur lesquelles les Blancs avaient pris place, avaient vogué toute la matinée. À chaque bout des embarcations, des indigènes manœuvraient en psalmodiant un air lancinant qu'ils répétaient à tour de rôle. Le garçon regardait avec curiosité leurs pagaies qui s'enfonçaient dans l'eau boueuse pour faire couler silencieusement les barques entre des rives boisées. La sérénité étrange qui régnait était ponctuée, de temps à autre, par des hurlements de singes et le bruissement des envols d'oiseaux.

Puis, au détour d'un méandre, quelques cases en banco dispersées autour d'une clairière en terre battue étaient apparues. Là, le soleil avait brûlé la terre si fortement qu'elle y était devenue stérile. Une forte lumière éclaboussait les toits de branchages de ces habitations sommaires. Au moment de l'accostage, le petit garçon avait entraperçu quelques ombres qui semblaient se terrer derrière les murs.

Après être descendus de leurs esquifs, les Européens accompagnés de leurs boys avaient été accueillis par le chef du village et par un curieux personnage, le sorcier. L'enfant remarqua l'accoutrement inhabituel de ce dernier. Le garçonnet se dissimula derrière sa mère en tirant sur les plis de la robe ample.

Son père et sa mère s'étaient ensuite mis à déambuler en discutant avec un groupe d'autres Français quand tout à coup…

Cela avait commencé par le brusque martèlement saccadé d'un tam-tam en provenance des fourrés. Alors qu'un groupe de danseurs masqués étaient sortis de nulle part, l'enfant s'était retrouvé séparé de sa mère. Il fut bientôt entouré par des êtres bondissants. Il voyait au-dessus de lui leurs corps immenses enveloppés d'herbes sèches et de peaux de bête. Les créatures monstrueuses tressautaient au rythme effrayant de ces percussions assourdissantes. Leurs pieds nus faisaient voler une poussière rouge sang. Une forte odeur inconnue de sueur et d'herbes sacrées avait accru le sentiment de peur du petit.

L'un des masques s'était soudain penché violemment vers le bambin provoquant en lui un cri de terreur. Il était si près que l'enfant eut le temps de voir l'horreur de cette face. Les traits déformés, les cornes inhumaines, la bouche menaçante, les dessins bizarres sur des joues creuses et surtout les yeux inexistants. Il sembla alors au gamin que quelque chose en provenance de ce faciès essayait de pénétrer dans sa tête, au rythme de ces battements obsédants qui semblaient ne pas vouloir cesser. Le petit s'était senti paralysé par une horrible sensation de flottement dans un espace et un ailleurs inconnus.

Quand il se retrouva brutalement soulevé de terre et regagna les bras de son père, de gros sanglots agitaient son petit corps tourmenté…

*

Maintenant qu'il était couché dans le noir, seul, prisonnier des draps rêches trop serrés, le petit se sentait à nouveau à sa merci. Il entendit un léger chuchotement… ou plutôt quelque chose d'imperceptible venant d'un univers inconnu. Il discernait une entité à peine palpable qui n'existait pas dans ce monde-là. Les battements de son petit cœur s'accélérèrent quand il devina une présence juste sous son lit. Alors, sa bouche grande ouverte ne put prononcer un son et ses yeux s'agrandirent de terreur devant l'invraisemblable…

*

Des cascades de bougainvillées pourpres et orange montaient à l'assaut de la varangue qui cernait une grande maison blanche. Celle-ci donnait sur deux de ses côtés sur la lagune Ébrié. À travers les claustras, on apercevait les eaux troubles qui cognaient la grève en des vaguelettes irrégulières. Au loin, une pirogue accostait sur le rivage d'en face. Les palmiers à huile au tronc peint à la chaux se détachaient dans le jardin sous l'implacable soleil de midi.

La chaleur était à peine attiédie par le souffle du vent. Un calme étrange engourdissait les parages.

Assis par terre, l'enfant allait mieux. Il jouait à assembler les gros cubes en bois de son puzzle tandis que, tout à côté, un boy en livrée bleu marine, les yeux baissés en signe de soumission, versait du café à sa mère et à l'invité de celle-ci, un homme brun au visage anguleux.

— Mon mari est allé prodiguer des soins au dispensaire de Bouaké. Il ne reviendra que dans une semaine, dit Suzette à l'intention du jeune officier qui était vêtu d'une tenue impeccablement blanche.

Depuis un moment, à travers ses cils blonds, la jeune femme regardait, d'une façon ambiguë, le militaire. Devant les minauderies qu'elle avait employées tout au long du repas, l'homme avait compris qu'il n'aurait pas à batailler longtemps pour partager un moment d'intimité avec la jeune femme. Il plongea un regard lourd de sens dans les yeux de Suzette. Cette dernière frémit.

— Je vais aller coucher mon fils pour la sieste. Je reviens dans trois minutes, dit-elle d'une voix tremblante.

Elle ajouta aussi sur un ton dédaigneux à l'égard du boy qui terminait de récupérer les couverts sur un grand plateau d'argent.

— Bakari, je te donne le reste de la journée. Tu peux rentrer chez toi. Laisse ça, je débarrasserai moi-même.

Le domestique fut surpris. Il jeta un bref regard soupçonneux vers l'étranger avant de répondre sur un ton monotone.

— Bien, Madame. Merci, Madame. À demain, Madame.

Puis il se retira, la tête toujours baissée vers le sol…

Après avoir couché rapidement son fils dans sa chambre, Suzette fit une halte dans la petite salle d'eau attenante. Un vieux miroir piqué surplombait un pot à eau et un récipient en faïence posés sur une petite table bancale. Un gros margouillat immobile, aux yeux inexpressifs, traînait sur le plafond blanc.

La jeune femme ajusta, sur ses hanches, sa jupe charleston qui découvrait habilement le bas de ses jambes. En se penchant vers la glace, elle dégrafa les premiers boutons en nacre de son corsage de dentelle blanche et étira l'ovale de son collier de perles. Elle esquissa un sourire et examina l'effet produit. Tout en inspectant son visage sous la lumière ténue, elle rectifia, de ses deux mains, les plis de ses cheveux coupés court sur sa nuque et attrapa un vaporisateur pour envoyer un peu de parfum Roger et Gallet dans son cou.

Ensuite, d'un pas tremblant, elle regagna la terrasse.

Quand elle y accéda, elle aperçut le jeune officier en contrebas, sur le gazon. Il discutait avec un Noir dégingandé vêtu d'un boubou sombre. L'indigène avait des scarifications tribales sur le visage, ce qui amplifiait son air accablé. Il portait aussi un ballot sous le bras.

Des rides de contrariété barrèrent le visage de l'hôtesse. D'un pas leste, elle dévala les marches d'escalier pour aller à la rencontre des deux hommes.

— Tu n'as rien à faire ici. Tu dois partir très vite si tu ne veux pas que je te fasse bastonner, dit-elle sur un ton courroucé à l'intrus.

— Attendez, Suzette, c'est un marchand et il a une splendide pièce à nous montrer.

Bohoussou se tenait figé. Ses yeux ronds regardaient la femme blanche. Elle lui parut antipathique d'emblée, contrairement à celui qu'il pensait être son époux. L'Africain avait besoin d'argent. À quarante et un ans, il se sentait déjà comme un vieillard. Il avait passé presque vingt ans comme ouvrier dans une plantation de coton puis comme tâcheron dans une huilerie. Ses articulations lui faisaient mal et il venait de réchapper à une forte fièvre typhoïde. Il avait décidé de regagner sa contrée d'origine, la région des savanes, située bien plus au nord. Il voulait mourir au pays de ses ancêtres mais pour y parvenir, il lui fallait avoir de quoi payer le voyage. Il savait que les Blancs étaient avides d'objets comme celui qu'il possédait. Dans un français hésitant, il s'adressa à la femme :

— Madame, j'ai là un véritable masque de cérémonie. C'est une antiquité et il est en ébène magnifique.

Bohoussou repensait que la veille encore, il n'avait fait qu'un avec l'esprit de l'objet quand ce dernier l'avait habité pour une ultime transe, alors qu'il avait dansé devant les étrangers. À ce moment-là, ce n'était plus Bohoussou qui s'agitait mais l'autre qui avait pris possession de son corps et qui avait intégré son âme. L'homme avait prêté son enveloppe charnelle à celui qu'il avait rencontré vingt ans plus tôt lorsqu'il travaillait sur la voie des chemins de fer.

Le génie du Masque, cet ancêtre qui habitait ce corps de bois, lui avait tout appris. C'est avec lui qu'il avait fait son initiation dans les forêts sacrées lors des cérémonies du Poro[1]. C'est lui qui l'avait guidé dans ses choix de vie. Et quand il prenait possession de lui, Bohoussou entrait

---

1. Rituel d'initiation du jeune garçon sénoufo qui se déroule sur trois étapes de sept ans.

en transe. Son corps ne lui appartenait plus. Ce n'était pas ses jambes qui bougeaient mais celles de l'autre. Il ne ressentait plus ni la fatigue, ni la peur, ni la haine, ni la félicité. Il n'existait plus.

Bohoussou savait aussi qu'aujourd'hui il devait obéir au Masque même si la décision prise par l'Entité le priverait à jamais de sa présence. Il avait compris ce que l'Autre lui demandait et il allait exécuter ses ordres.

L'Africain découvrit le pagne crasseux qui entourait la Représentation, non sans l'avoir frottée rapidement pour ajouter à sa brillance. Le bois noir étincelait sous le soleil. Suzette regarda la tête sombre avec une moue dédaigneuse.

— Laissez-moi vous l'offrir. C'est une belle pièce. Accroché au mur de votre salon, il aura belle allure. Et puis... quand vous le regarderez, vous penserez à moi, dit le fringant officier.

La jeune femme rougit devant le regard noir et le sourire séducteur du lieutenant d'artillerie. Laissant son compagnon marchander, elle remonta les marches de l'escalier pour aller débarrasser les tasses à café posées sur la table de la varangue.

Comme elle revenait de l'office, son compagnon se tenait triomphant en lui montrant le masque qu'il avait fixé sur l'un des murs blancs de la salle principale.

— Il donne bien, n'est-ce pas? lui dit-il avec un grand sourire qui laissa découvrir des dents de carnassier.

Suzette frissonna en se rendant compte de la physionomie du faciès de bois. La chose avait un air impressionnant et même sarcastique. Elle s'avança pour regarder le masque de plus près. L'homme qui était derrière elle s'approcha et la frôla. La jeune femme tressaillit lorsqu'elle sentit les mains de l'homme se poser sur ses épaules et que sa bouche déposa un baiser furtif dans son cou. Tétanisée, elle avait l'impression de manquer d'air.

Mais, avant qu'elle ait pu réagir, elle se sentit agrippée par les bras puissants de son invité qui la fit pivoter pour lui faire face. L'homme plaqua son torse sur elle avec une brutalité qu'elle n'attendait pas. Elle sentit que les mains palpaient ses fesses avec rudesse et remontaient vers ses seins pour les écraser avec sauvagerie. Elle s'attendait à plus de douceur. Il lui sembla maintenant qu'elle était en train d'étouffer. Elle entendit craquer sa jupe quand l'homme la lui arracha avec violence…

*

Le jeune Alain trouvait que la sieste s'éternisait aujourd'hui. Normalement, à peine se réveillait-il que sa mère venait le chercher pour une collation. N'y tenant plus, le garçon se leva et glissa doucement son petit corps fluet sous la moustiquaire. Il marcha pieds nus, à petits pas, sur les dalles fraîches jusque vers la grande salle de séjour. Les claustras dévoilaient le jardin et la lagune lointaine. À l'extérieur, la nature s'était assombrie et la nuit n'allait pas tarder à arriver. Déjà, les crapauds avaient commencé leur concert discordant et des chauves-souris traversaient nerveusement le ciel cendré.

Au loin, l'horizon montrait un curieux aspect. Il paraissait coupé en deux. Sur la droite, un faisceau de lumière éclairait fortement la surface des eaux tandis qu'à gauche un épais rideau noir cachait le paysage. De longues zébrures allumaient cette masse menaçante. On était à la saison des pluies et un orage se préparait.

Le garçon s'arrêta au milieu de la pièce, surpris de voir des vêtements éparpillés sur le sol. Il reconnut le chemisier de sa mère, sa jupe, ses sous-vêtements. Il y avait aussi une veste blanche et même des perles disséminées un peu partout... Il resta un moment déconcerté. Il recommença à marcher prudemment. Tout autour de lui, de lourdes portes en bois sculpté donnaient sur les autres chambres. Il s'approcha à pas de loup devant celle de ses parents. Elle était entrouverte. Il leva sa petite main pour la pousser avec lenteur. Le jeune garçon resta perplexe devant le spectacle qui s'offrait à lui... Le corps laiteux et dénudé de sa mère, allongée sur les draps était recouvert en partie par celui robuste de l'inconnu dont l'enfant ne voyait que le dos. Le bambin eut la sensation d'avoir vu quelque chose de tabou et de sacrilège. Il resta un bon moment interdit.

Quand il vit que l'homme se mit à bouger, il se rencogna précipitamment dans l'ombre du mur. L'individu vint se placer au-dessus de sa mère et il entendit celle-ci gémir légèrement. Le gamin avait l'impression d'être paralysé. Il regardait sans comprendre. Le corps athlétique de l'individu commença une curieuse chorégraphie. Les reins musclés semblaient animés de soubresauts grotesques qui s'accéléraient au fur et à mesure que des cris de plus en plus sonores s'élevaient de la gorge de Suzette. L'enfant aurait voulu réagir pour arracher sa mère à cette sauvagerie. Il restait cependant figé devant ce qui lui parut durer une éternité...

Soudain, une pluie impressionnante éclata sur le toit de tôle, entraînant un vacarme assourdissant. La nuit devint totale. Des gouttes énormes crevèrent la surface des eaux lagunaires en des milliers de cratères et s'infiltrèrent profondément dans la terre. Une forte odeur d'humus s'en dégagea.

Sorti de sa torpeur, le petit se mit à pleurer. Tout s'emmêlait dans sa tête. Les gesticulations absurdes de l'homme, l'obscurité subite, sa mère prisonnière sous cet inconnu, le déluge de bruits, ses délires de la nuit précédente.

À cet instant, un énorme éclair déchira la pénombre, révélant des ombres impalpables et monstrueuses. Un puissant souffle de vent vint murmurer aux oreilles du garçon.

Comme il reculait pour s'enfuir avec un sentiment de terrible culpabilité, un nouvel éclat de lumière explosa dans un bruit terrifiant et embrasa le mur devant lui. Alors, l'enfant le vit à nouveau, comme un spectre. Le masque était là, en face de lui, dans toute sa monstruosité…

Chapitre 3
Villa dans les dunes

Yahvé dit à Caïn : « Où est ton frère Abel ? » Il répondit :
« Je ne sais pas. Suis-je le gardien de mon frère ? »
Genèse, IV, 9

1976, Arcachon, côte atlantique

Planté à flanc de dune, au milieu des pins et des mimosas, la villa *Les Tamaris* faisait face à l'océan. Cette demeure du XIXe affichait une ostentatoire façade de style néopalladien. Les arcatures de ses baies vitrées et ses travées étaient composées d'une alternance de briques rouges vernissées, bleues et vertes. Trois élégantes colonnes soutenaient un balcon à balustrade qui surplombait une terrasse au rez-de-chaussée.

Par la fenêtre du bureau, Alain Leprince jeta un coup d'œil sur les flots. Le soleil allait bientôt se coucher. C'était marée haute et, au loin, une pinasse rentrait de pêche en luttant contre les vents.

L'homme qui se tenait bien droit arborait une stature athlétique. Son visage allongé, encadré par une chevelure épaisse et blonde, possédait des traits réguliers et attirants.

Quelques rides en éventail, témoins de ses nuits blanches, se dessinaient au coin de ses yeux. C'était le type d'homme qui plaisait aux femmes.

En se retournant, Alain soupira devant le travail colossal qui l'attendait. Il avait à ranger la maison de vacances de ses parents dont il venait d'hériter, son frère cadet, Patrick, ayant obtenu l'appartement parisien du quartier du Marais.

La demeure lui semblait d'un froid austère. C'était comme si la vie s'y était éteinte avec la disparition de ses propriétaires. Alain avait pris la décision de faire repeindre l'extérieur et de réaménager l'intérieur. Il ne savait pas encore s'il garderait ensuite *Les Tamaris* ou s'il vendrait la villa. Pour le moment, il se sentait sonné. Trop de douloureux souvenirs revenaient à l'esprit du quadragénaire.

Les traits de Suzette, sa mère, lui apparaissaient nettement et, avec, la rancune tenace qu'il éprouvait maintenant à son égard. Pourquoi les sons lui revenaient-ils en mémoire, ce soir, presque aussi nettement que lorsqu'il était enfant :

— *Laisse ton ours à ton petit frère... Arrête de l'ennuyer... Tu l'as encore fait pleurer...*

— *Mais, maman, c'est lui qui a commencé...*

— *Ne me réponds pas ou je t'en colle une...*

— *File dans ta chambre de suite, Alain. Ce gamin m'exaspère à un point, vous ne pouvez pas savoir ! Heureusement que Patrick, lui, est un merveilleux petit garçon, regardez sa petite frimousse... Il est intelligent. Il a une vivacité d'esprit... Comme je t'aime mon bonhomme... Patrick sera docteur comme son père. Ce sera même un éminent chirurgien, il travaille tant...*

S'il avait toujours fait fi de cette singularité maternelle pour s'en protéger, aujourd'hui avec la disparition de Suzette, la blessure revenait plus mordante et plus féroce. C'était un sentiment de gâchis extrême.

Alain soupira pour essayer de chasser la douleur intérieure qui l'oppressait. Enivré par l'odeur puissante d'encaustique et de bois exotiques, il se tenait, maintenant, debout entre le grand bureau de chêne et l'imposante bibliothèque en acajou de son père. Il ouvrit une des portes de cette dernière et découvrit entre les ouvrages de médecine coloniale et les œuvres de Dostoïevski et de Mauriac, puis un ancien album en cuir vert craquelé qu'il extirpa. Il en ouvrit les pages, avec délicatesse, comme pour ne pas effaroucher le temps. Les photos jaunies apparurent au fur et à mesure qu'il en tournait les feuillets et les époques de sa vie défilèrent…

Il revoyait son père, jeune et souriant, coiffé d'un casque colonial… Sa mère face au soleil avec ses épais cheveux blonds et sa robe de cotonnade légère soulevée par le vent… son frère et lui, devant une voiture décapotable…

Il remarqua comme Patrick et lui étaient différents. Alors qu'il était blond avec des yeux bleu clair, son petit frère était brun avec le regard noir et dur.

— *Ne bouge surtout pas cette fois-ci, Alain, tu vas encore apparaître flou, reprochait la voix de sa mère, avec ce ton péremptoire qu'il avait toujours détesté.*

Alain remarqua que, pour une fois, elle avait raison puisque la presque totalité des photos qui le représentaient était nébuleuse. Il les examina à nouveau. Les clichés montraient un visage d'enfant double, une silhouette imprécise.

Parfois même, il semblait que deux photos, qui avaient dû être prises à un intervalle très court, se superposaient…

Il referma le classeur et le reposa à sa place, en soupirant. C'était inutile de ressasser le passé. Il chercha derrière l'autre porte, là où son père entreposait ses bouteilles. Quand il aperçut un Glenlivet qui devait avoir un certain âge, il s'en versa une bonne rasade dans l'un des verres, en baccarat, qu'il porta à ses lèvres. Il sentit le liquide puissant et ambré couler au fond de sa gorge. Il avait besoin de se réconforter.

Le verre à la main, il se tourna vers l'un des murs où son père avait accroché ses souvenirs ramenés des colonies. Alain haussa les épaules en pensant au cliché grotesque que pouvaient représenter ces armes traditionnelles que le docteur Leprince avait affectionnées jusqu'à l'idolâtrie.

Entre deux lances takouba[1] entrecroisées, tout un arsenal offensif offrait un aspect bizarre. Les deux longues sagaies l'avaient toujours intrigué quand il était enfant.

— *Dis papa, c'est vrai qu'il y a du poison mortel sur les pointes ?*

Elles entouraient un poignard haoussa[2] dans son fourreau à franges colorées, un sabre Shotel d'Abyssinie à la poignée en peau de serpent, un couteau mangbetu à double tranchant, une machette du Cameroun en forme de point d'interrogation, une épée sanégué coudée en son

1. Niger.
2. Un peuple du Sahel établi au nord du Nigéria et dans l'est du Niger.

milieu, un sabre zoomorphique fon[1] et plusieurs lames discoïdes. Certains de ces objets étaient de véritables pièces d'orfèvrerie, comme cette hache entretoise disposée de façon à produire un effet ajouré artistique ou cette herminette décorée de sculptures sur le manche.

Mais l'arme la plus terrifiante était incontestablement un couteau de jet à la poignée en cuir tressé. Cet instrument était composé d'un axe principal sur lequel on avait greffé trois lames redoutables. La première au niveau du talon était en forme de couteau élargi et terminé par un ergot effilé. Les deux autres, fermes et coupantes, se situaient de chaque côté de l'extrémité. L'une était un croissant perpendiculaire, l'autre un croissant décalé et découpé de façon à former des griffes inquiétantes.

Alain regarda, en hauteur, à droite de cet armement, là où s'étalait une peau de panthère trouée par la balle qui avait tué l'animal.

— *C'est toi, papa, qui l'a chassée, la panthère. Et des lions, tu en as tués aussi ?*

Sur le côté gauche, quelques colliers à grosses perles en ambre ou en terre cuite étaient suspendus à des clous grossiers avec tout au-dessus, un masque.

Cet objet, Alain le connaissait bien. Il l'avait effrayé maintes fois, quand il était enfant, dès qu'il pénétrait dans cette pièce. Maintenant encore, il éprouva un sentiment étrange de malaise, voire de crainte.

Dehors, le vent s'était levé. Une longue plainte glissa sous les tuiles. L'homme s'approcha, en levant la tête, pour

---

1. Les Fons sont un peuple du sud du Bénin.

observer la physionomie singulière de cette face hiératique dont l'ébène brillait sous la lumière.

Le masque semblait sourire, mais avec une expression bizarre, sarcastique même. Il arborait de grandes cornes, un curieux cimier et une barbe pointue. Ses joues étaient poinçonnées par des dessins géométriques. Mais ce qui avait toujours choqué Alain, c'était ce regard vide qu'il percevait dans les fentes obliques marquant l'emplacement de ses yeux. Enfant, il pensait qu'un homme invisible s'y cachait derrière et son cœur s'emballait. Il éprouva le même trouble à cet instant. Comme pour se rassurer, il parla à haute voix :

— Non, mais je suis adulte maintenant. Tu ne vas pas, encore, me faire chier quand même.

Il se tourna pour poser son verre sur le bureau puis fit face à nouveau à la cloison. Il allongea le bras vers le haut et décrocha l'objet. Il fut saisi d'un imperceptible frisson.

Il plaça le masque devant son regard comme par défi. Ce face à face lui parut interminable. Il resta un long moment à scruter le faciès inhumain. Il le reposa sur le bureau, mais sans savoir pourquoi, il préféra le mettre à l'envers, peut-être pour ne plus le voir. Il attrapa de nouveau son verre puis s'assit pour s'enfoncer profondément dans le vieux fauteuil en cuir craquelé.

Alain se mit à méditer. Il regardait le plafond, avec sa délicate rosace blanche assortie aux corniches, sans le voir. Il éprouvait une sensation de vide immense. Il venait d'atteindre quarante-quatre ans et il avait le sentiment d'avoir raté sa vie. Les reportages qu'il faisait aux quatre coins du monde l'avaient éloigné de l'essentiel, sa propre existence. Son mariage avait échoué lamentablement et les reproches que lui avait infligés son ex-femme, lors du divorce, l'avaient abasourdi. Il s'était vu accuser par celle-ci de violences et de cruauté.

Il soupira pour expulser son trouble. Il n'y avait guère que Malou qu'il avait réussie. Et encore, sa fille avait maintenant vingt-deux ans et il avait l'impression de ne pas avoir été suffisamment là pour la voir grandir. Aujourd'hui, elle lui manquait terriblement.

Comme la clarté du jour commençait à décliner, l'homme se pencha en avant pour allumer la vieille lampe de bureau dont le pied en régule[1] représentait une femme nue de l'antiquité. C'est alors qu'il remarqua au dos du masque de curieuses inscriptions. Elles étaient menues et couraient d'un côté à l'autre, sur des lignes parallèles. Ne comprenant rien à leur signification, il les ignora et préféra se remettre en arrière sur son siège, les yeux perdus dans le vide.

Une douleur fulgurante avait soudain transpercé son crâne. Il serra les dents. Cette souffrance, il la connaissait bien. Elle allait bientôt envahir son esprit tout entier et les voix allaient recommencer.

« Séquelles et traumatismes », avait conclu le psy que son employeur, le quotidien *Le Monde*, lui avait fait consulter après son dernier séjour au Pakistan au printemps de 1971.

Alain se trouvait au mauvais endroit, au mauvais moment, quand avait été initialisée la terrible opération Searchlight dans l'est du pays.

1. Alliage d'étain ou de plomb et d'antimoine utilisé pendant la Première Guerre mondiale en remplacement du cuivre.

Il était logé chez l'une de ses connaissances, un professeur d'université, activiste de la cause bengalie. Confortablement installé, un soir, sur la terrasse de la maison de son ami, il discutait de philosophie et de littérature alors que tout paraissait calme.

Tétanisé par la peur, il avait vu l'irruption d'une centaine d'hommes en armes sans pouvoir réagir. Le déchaînement de violences avait été inouï. Lui et son ami avaient été frappés et enchaînés avant d'être jetés dans un camion. Il n'oublierait jamais les cris des enfants et de la femme du professeur torturés à ses côtés sans qu'il puisse intervenir. Les mains liées derrière le dos, il n'avait dû son salut qu'après avoir sauté hors du véhicule dans la nuit. Les balles sifflaient à ses oreilles mais cette nuit-là, il avait réussi à s'en sortir sain et sauf et à regagner l'ambassade.

Séquelles et traumatismes de l'incident au Pakistan! Mais lui savait que cela avait débuté beaucoup plus tôt.

Il avala son verre d'un trait, étouffant une quinte de toux que la brûlure du liquide provoqua dans son œsophage. Après s'être levé, il posa son gobelet sur le bureau, éteignit la lampe et sortit précipitamment, en direction de l'escalier menant aux chambres.

*

Alain était allongé dans son lit, les yeux écarquillés vers le plafond, les bras le long du corps, par-dessus le drap froid. Il écoutait le ressac violent et répété des vagues qui s'écrasaient sur la grève. C'étaient les marées d'équinoxe. De temps à autre, des bourrasques soudaines faisaient vibrer la maison. À travers les persiennes, les ombres des arbres s'agitaient furieusement.

L'homme retenait sa respiration. Il attendait. À chaque crise, cela se répétait. Depuis longtemps, il avait appris à vivre avec. Tout s'amplifiait en même temps que la douleur. Il se sentait alors prisonnier et soumis.

Cela commençait d'abord par un premier souffle à peine perceptible suivi d'un autre légèrement plus fort, puis un autre et encore un autre, en allant crescendo... Il ressentait, au même moment, une impression de glace qui le faisait frissonner. Il surprenait ensuite quelque chose lui murmurer à l'oreille puis il sentait un frôlement à peine perceptible. Une peur horrible le paralysait. C'était cette même peur qu'il éprouvait, depuis l'enfance.

Les sons devenaient alors des propos énoncés dans une langue incompréhensible. Tout son corps se mettait à trembler. Il savait qu'il devenait le jouet d'une entité monstrueuse et qu'il n'y pouvait rien.

Ce jour-là, la tempête n'était pas uniquement à l'extérieur, elle était aussi à l'intérieur de son crâne...

Il regardait, résigné, la lame qui brillait...

*

Alain fut réveillé par les chants d'un merle. Tout semblait si paisible, ce matin. Son crâne était lourd et ses yeux le piquaient. L'envie d'aller prendre un café bien fort le tenaillait.

Il se souleva péniblement de son lit. Et en se mettant debout, il aperçut son reflet dans le miroir. Étonné, il se tâta la joue. Une profonde balafre était dessinée sur son visage mal rasé.

J'ai dû avoir un sommeil agité !

Il fouilla dans son sac de voyage posé à terre pour en sortir, à la hâte, un horrible survêtement bleu flashy, mais tellement confortable. Il s'en vêtit rapidement…

La cuisine était une pièce qui donnait face aux arbres centenaires de la colline. Le plafond était haut et le carrelage mural, noir et blanc, était ébréché à certains endroits. De grands placards en bois peints en blanc couvraient un pan entier de mur.

Alors que le filtre de la vieille cafetière laissait s'écouler, goutte à goutte, un café bien noir, Alain alluma le poste transistor. Il avait pris quelques jours de congé, mais il savait que son agence ne tarderait pas à le rappeler pour l'envoyer sur un autre terrain de guerre. Il y aurait bien un nouvel attentat à la bombe en Ulster, un dernier coup d'État en Afrique ou de graves incidents en Israël.

Il fut un temps où il voulait être le premier à couvrir l'actualité, le premier à prendre des risques, le seul à décrocher une interview impossible… Mais aujourd'hui, il aspirait à autre chose.

Oui, mais à quoi ? Tu ne sais rien faire d'autre que d'aller te balader là où ça va mal. Et, après, tu te retrouves, seul, comme un con.

La musique obsédante des Hot Butter[1] égrenait son *Popcorn* et couvrait à peine les crachouillis de la cafetière dont

1. Cover band instrumental américain de pop des années soixante-dix.

la lenteur l'exaspéra. Alain attrapa un ciré jaune accroché à la patère près de la porte menant à l'extérieur, l'enfila et décida d'aller faire un peu de jogging dans les dunes. Il pensa que cela ne pouvait que lui faire du bien et que, quand il reviendrait, il pourrait boire une carafe entière de café. Il fouilla dans la poche de l'imperméable, en retira un bonnet bleu marine qu'il enfonça sur son crâne. Il ouvrit la porte de chêne pour sortir et la claqua derrière lui.

Il fut surpris par une bourrasque d'air froid et iodé qui lui cingla la figure. Cela lui procura un sentiment d'ivresse. Il en avait besoin après sa nuit blanche. En contrebas, une brume épaisse empêchait de percevoir l'endroit où l'océan cognait sur la grève dans des grondements sourds. Le ciel était plombé de gros cumulonimbus sombres.

Alain commença à remonter la dune d'une foulée rapide. Ses pas s'enfonçaient lourdement dans le sable mouillé. Il slaloma adroitement entre les oyats et les genêts. Il entretenait son physique pour être au mieux de sa forme et pouvoir ainsi continuer son métier le plus tard possible. Une brume s'échappait de sa bouche. Il décida de poursuivre jusqu'au bassin…

Il avait couru durant deux bonnes heures à un rythme soutenu quand il revint par le bord de mer. Le trajet sur le sable mouillé lui paraissait ainsi moins ardu en fin de parcours. Sa respiration s'était adaptée à la cadence de ses pas. Il ne ressentait pas la fatigue, mais la faim tenaillait son estomac.

Alors qu'il commençait à aborder le littoral, le soleil se mit à crever les nuages par endroits. L'océan étalait un camaïeu de vert grisé auréolé du blanc sale de l'écume.

Les vagues s'écrasaient au loin alors que la marée était descendante. Dans le ciel, des mouettes tournoyaient en lançant des cris rauques et sonores. Alain allongea sa foulée.

Au moment où il allait bifurquer vers l'intérieur des terres pour remonter vers sa demeure, il aperçut un attroupement sur la grève. Sur la route, un peu plus haut, entre les pins, des gyrophares bleus clignotaient. L'homme pensa qu'un surfeur assez fou pour affronter les éléments avait dû se noyer. Il continua son chemin sans y prêter plus d'attention…

*

Ses œufs sur le plat grésillaient dans l'huile chaude. Alain allait les retirer du feu pour les transvaser dans une assiette à côté d'une grande tasse de café fumant, quand un bruit sourd provenant du carreau du séjour l'interpella. Il maugréa en s'essuyant les mains avec un torchon à carreaux rouges et blancs accroché à côté de l'évier. Il se dirigea vers la grande pièce et aperçut l'ombre familière d'un homme. Il avait à peine tourné le loquet de la porte-fenêtre que son visiteur entra.

Volubile et extraverti, Patrick envoya une bourrade sur l'épaule d'Alain.

— J'avais oublié qu'il ne faisait pas chaud dans ce bled, en automne. Comment vas-tu, frérot ?

Alain fut surpris. Il ne s'attendait pas à voir son frère. Pourtant, cette visite inattendue, aujourd'hui, produisit un effet apaisant. La solitude dans cette maison lui pesait.

Avec des cheveux noirs parfaitement coupés et son bronzage inhabituel en cette saison, Patrick présentait une apparence de play-boy. Il était vêtu d'un long manteau bleu foncé, sans doute un Ted Lapidus.

— Bien, et toi ? Tu aurais dû prévenir. J'aurais pu préparer quelque chose.

— Ouais, d'autant que je suis dans la région depuis hier. Je t'ai téléphoné toute la soirée et apparemment tu n'étais pas là. Ça m'aurait évité de me loger dans un hôtel à Arcachon.

— Mais ? Ce n'est pas possible. Hier, je ne suis pas sorti de la journée.

— Pourtant ! Alors, à moins que ton téléphone soit en dérangement, je n'ai cessé de te bigophoner de 19 heures jusqu'à 23 heures et personne n'a décroché.

Patrick enleva son manteau qu'il posa soigneusement sur le dossier d'une des chaises au revêtement de tissu clair puis il fit un mouvement circulaire pour regarder tout autour de lui. Le séjour se composait d'une table massive à pied unique recourbé, de chaises avec des dossiers hauts, d'une enfilade et d'un confiturier. Tout était en palissandre et du style des années trente. Deux défenses d'éléphant adroitement sculptées trônaient sur le buffet. Des tableaux représentant des marines ornaient les murs. Patrick s'approcha de l'un d'entre eux, un brick-goélette vu par bâbord, et se pencha pour mieux le regarder

— C'est bien d'un Haffner dont il s'agit !

Puis, il releva sa tête pour soupirer :

Que de souvenirs on a ici ! Ces parties qu'on s'est payées durant les vacances d'été. Le surf du matin jusqu'au soir. Les filles… Tu te souviens de la blonde décolorée que j'avais fait entrer dans ma chambre et qui avait crié quand j'avais voulu aller plus loin ? La tête qu'avait faite la mère en la découvrant…

Il resta un moment perdu dans ses pensées puis se dirigea vers la pièce attenante en soupirant.

— Ah, le bureau de papa !

Alain le suivit. Alors que Patrick scrutait les moindres recoins de la pièce, Alain croisa le reflet du masque sur l'un des carreaux de la porte-fenêtre. Il fut submergé par un curieux spasme. Au bout d'un instant, il reprit ses esprits et demanda machinalement des nouvelles de la famille de son frère. Ce dernier lui répondit, toujours occupé à fouiller méticuleusement dans les tiroirs du bureau et à ouvrir les portes de la bibliothèque, les unes après les autres.

— Agnès est dans notre mas en Provence pour assurer la fermeture du domaine avant l'hiver. Je l'y rejoindrai demain. Ensuite, nous irons faire un tour à l'appartement de Megève. Agnès a dans l'idée de changer le mobilier. On a rendez-vous avec un designer qui a pignon sur rue…

Patrick se retourna vers son frère avec un curieux air d'autosatisfaction et ajouta avec un son de voix plus fort :

— Ah, au fait, tu sais que je vais ouvrir un deuxième centre de chirurgie esthétique à Nice. L'étude de marché a montré que nous devrions rentrer dans nos frais en peu de temps. Ce sera une bonne opération financière. Ça permettra d'éponger les dépenses occasionnées par les enfants. Ma fille, Hélène, a aménagé son studio que je lui ai acheté à Paris du côté de Sciences Po pour y terminer son master. Un peu cher mais parfait.

La sensation bizarre qui avait envahi Alain continuait à grandir. Son frère parlait, parlait et au fur et à mesure une rage extrême le submergeait. Cela faisait à peine trois minutes que Patrick était là et Alain ne le supportait déjà plus. L'air suffisant et le rictus de contentement qui lui soulevait les lèvres l'agaçaient au plus haut point.

Alain perçut une crispation au creux de son estomac. Ce n'était pas seulement la faim qui le tenaillait mais une espèce de haut-le-cœur que lui produisait maintenant la présence de son frère. Il se rendit compte que c'était toujours la même chose avec son cadet : l'étalage de sa réussite, les aspects matériels de sa vie. C'était comme lorsqu'ils étaient enfants. Tout ce qu'exécutait son cadet était mieux que ce que faisaient les autres. Sa mère le lui avait, tant de fois, répété.

Alain commença à se tétaniser sous l'effet d'une contracture extrême. Ce fut bientôt une vague d'agressivité qui inonda tout son corps. À aucun moment, Patrick ne lui avait pas demandé comment il allait, ni ce que devenait sa nièce. Il était pourtant au courant des traumatismes qu'il avait traversés dernièrement. Et en tant que médecin…

— Quant à mon second, il achève son périple autour des États-Unis avant de s'installer à New York à l'université de…

— Veux-tu prendre du café et des œufs avec moi ? interrompit brutalement Alain pour couper court au propos de son frère.

Patrick lui fit face avec une moue dédaigneuse :

— Si c'est tout ce que tu as à m'offrir !

Puis le frère cadet se retourna et, sans gêne aucune, se mit à sortir des livres de la bibliothèque, les empilant, en désordre, sur un coin du bureau.

Alain le regarda sans comprendre au début. Pourtant, son frère avait cette physionomie qu'il lui connaissait bien, quand il voulait obtenir quelque chose, quand il était enfant déjà...

— Voilà. Heu… Maman m'avait promis tous les livres anciens de son père. Je pense aussi que les ouvrages de médecine de papa ne peuvent t'intéresser en aucune façon. Il y a aussi la statuette en bois rouge. Et… bien sûr, les défenses d'éléphant, celles qui sont sur le buffet.

— Non ! rugit Alain explosant sous cette violence qui n'avait cessé de monter en lui.

Un léger trouble envahit la physionomie de Patrick. Contre toute attente, cette fois-ci, Alain refusait catégoriquement la directive de son frère. Même s'il bouillait intérieurement, Alain prit sur lui pour ne pas le montrer. D'un ton, qu'il voulait, maîtrisé, il déclara :

— Il me semble que les termes du testament sont assez clairs, non ? L'appartement du Marais te revient et la maison de l'océan est à moi. Ce qui inclut, bien entendu, tout ce qu'il y a, à l'intérieur.

— Tu vas à l'encontre des volontés de notre mère et, en plus, je veux…

— Non, tu ne veux rien. Il est fini le temps où le petit *con* exigeait. Notre mère est morte et avec, ta domination, ta prétention et tout le reste.

Le ton montait.

— Tu ne peux pas ne pas respecter la volonté d'une morte, quand même !

Alain éprouva une jouissance en apercevant le trouble dans le regard de son frère. Il sentit la haine gronder à l'intérieur de lui-même. Des tas de souvenirs et de rancœur remontèrent à son esprit. Ils se transformèrent bientôt en cette férocité qui le rongeait souvent, depuis peu.

Sans bien comprendre ce qu'il faisait, comme en proie à une force extérieure, il agrippa son cadet par le col de sa chemise et le força à traverser le séjour en sens inverse. Patrick, surpris, tituba et manqua de se prendre les pieds dans un tapis. Alain attrapa, en passant devant la chaise, le pardessus de luxe. Il relâcha, un moment, son frère pour ouvrir la porte-fenêtre et balança le vêtement à l'extérieur. Patrick restait abasourdi.

— Mais tu fais quoi ? Tu…

Il ne put achever sa phrase quand il se sentit poussé sur la terrasse avec une violence inouïe. Perdant l'équilibre, il alla s'étaler lourdement sur les aiguilles de pin. Sa main s'écorcha sur le sol et son genou cogna brutalement les dalles.

Quand il vit le visage d'Alain violet de colère et ses traits déformés par la haine, il prit peur. Il se releva en boitant pour récupérer son manteau. Ses yeux s'agrandirent de crainte :

— Tu es devenu débile. Pourquoi tu m'as fait ça !

Des mots s'étranglèrent dans la gorge d'Alain.

— Bâtard, sale bâtard. Fils de…

— Tu me le paieras, maugréa le docteur en se relevant pour s'enfuir vers sa Mercedes-Benz classe S brun métal, garée un peu plus haut.

Alain n'écoutait pas. Il n'était plus lui-même. À cet instant, un hélicoptère survola la maison se positionnant pour aller se poser sur la plage. L'homme leva ses yeux exorbités, un moment, vers le ciel puis il claqua violemment la fermeture. Ses traits étaient crispés et ses yeux à demi fermés, il se mit à murmurer des mots incompréhensibles.

Il fallait qu'il se calme. Il sentait une vague de tremblements envahir son for intérieur et tout son corps se mit à vibrer par saccades. Depuis quelque temps, dès qu'il rencontrait une contrariété, il sentait qu'il ne maîtrisait plus rien. Il savait qu'il allait être envahi par une violence qu'il n'arriverait plus à juguler. Il se dirigea vers le bureau pour aller s'affaler sur le fauteuil en vieux cuir fauve.

— Bâtard. Fils de putain. Sale putain… grommelait-il

Ses mâchoires étaient contractées, ses membres ne lui répondaient plus. La crise arrivait. Il sentait que son corps était soulevé par des soubresauts. Il se mit à grogner comme un animal. Sa bouche bavait. Il fallait qu'il essaie de respirer. Lentement, calmement. La tempête dans son crâne envoyait des éclairs…

Soudain ses yeux écarquillés rencontrèrent à nouveau le masque… Les mêmes images revinrent à son esprit… Toujours et encore… Une mer immense devant lui… Le bruit de vagues qui cognaient sur la coque… C'était il y avait bien longtemps…

Chapitre 4
En terres inconnues

Le secret du voyage est dans l'attente et nulle part ailleurs.
Victor-Lévy Beaulieu

600 avant J.-C., fin des côtes « barbariques »

Après un cabotage le long du pays de Pount, les huit bateaux n'allaient pas tarder à s'aventurer bientôt en territoire inconnu. Ils avaient dernièrement fait des sauts de puce les conduisant à Opone[1], puis à Bénadir, aux îles Pyralées[2] et enfin à celle de Ménuthias[3].

Ils s'immobilisèrent ensuite à l'extrémité de la péninsule de Raphta[4]pour ravitailler. Alors qu'à bord de chacun des trirèmes, les hommes faisaient une chaîne pour embarquer des vivres et de l'eau, Haza'el se tenait debout sur le pont de l'*Eshmoun* pour surveiller les manœuvres. Il paraissait soucieux. Apercevant Hannan Baal et Enmouteff qui

1. Ras Hafun, en Somalie.
2. Patta.
3. Zanzibar.
4. Dar es Salaam.

discutaient entre eux, il leur fit signe de s'approcher. En aparté, il les informa :

— À partir de maintenant, c'est la fin de la côte barbarique soumise aux rois sabéens. Je ne suis jamais allé plus loin et je pense qu'aucun autre homme civilisé ne l'a jamais fait ou alors il n'en est jamais revenu pour le raconter.

— Il faudra donc nous en remettre aux dieux, déclara Hannan Baal en tripotant nerveusement les médailles de son turban pour conjurer le sort.

— Nous sommes déjà en décembre et nous ne savons pas encore pendant combien de temps nous serons obligés de naviguer, soupira Enmouteff. Nous ne savons même pas si nous atteindrons un jour les colonnes d'Hercule. Le voyage risque de s'éterniser et les membres des équipages ne doivent pas se laisser aller à l'abattement, encore moins à la colère.

— Certaines rumeurs disent juste que la côte s'infléchit vers l'ouest et mène à la mer Brève[1] pour atteindre un cap du nom de Prasos[2], ajouta Hannan Baal. Nous n'allons pas tarder à juger de la véracité de ces dires.

*

Durant les semaines suivantes, les navires eurent à affronter des épisodes de navigation de plus en plus hostiles. Le ciel se chargea de volumineux nuages bas et sombres et les trirèmes se retrouvèrent bientôt à devoir attaquer une mer déchaînée. Des vents contraires

1. Océan Austral.
2. Cap Corrientes.

empêchaient la progression de ces frêles esquifs continuellement ballotés dans des creux titanesques. Les hommes de bord, trempés jusqu'aux os, étaient éreintés par des manœuvres harassantes et périlleuses. La température, qui ne cessait de baisser, ajoutait aux tourments des corps surmenés.

Devant ces conditions extrêmes, Hannan Baal réunit les chefs des équipages Ceux-ci essayaient de se maintenir debout avec des efforts surhumains. Le pont du navire *mère* était battu par de violentes bourrasques et des paquets d'eau. Les cinq hommes frigorifiés devaient décider du sort de l'expédition. Accroché aux cordages, Hannan Baal devait parler haut et fort pour couvrir le bruit des éléments déchaînés. Sa barbe lui collait au visage. Au-dessus, les grincements que faisait le hauban, à chaque rugissement du vent, étaient angoissants.

— Je ne comprends vraiment pas, nous arrivons au printemps et il fait un froid de barbare, commença le triérarque en tentant d'essuyer d'une main exacerbée ses yeux dégoulinants d'eau salée.

Adir, emmitouflé dans une couverture de laine mouillée, lui répondit d'une voix qu'il voulait tonitruante :

— Depuis plusieurs semaines, tu as vu que nous longeons un curieux paysage. Les plages ont fait place à une côte montagneuse et aride, cela ne présage rien de bon.

Une lame passa par-dessus les marins qui durent faire de terribles efforts pour se maintenir sur pied. Armbjorn glissa et écrasa sa lourde carcasse contre la rambade avec un juron incompréhensible. Quand il se releva avec difficulté, Haza'el ne cacha pas son inquiétude.

— Nos hommes sont frigorifiés par les vents chargés d'embruns glacés. Ils ne supportent plus ces conditions. Et c'est pareil pour ceux des autres navires. Quand je suis entré en contact avec le capitaine du *Shahar*, avec mon miroir, ce dernier m'a averti que deux membres de son équipage étaient déjà tombés à l'eau. Sur le *Shapash*, les marins sont au bord de la mutinerie. Quant au *Shalim*, cela fait deux jours que je n'arrive plus à avoir de signaux visuels avec. Nous ne tiendrons pas longtemps la cadence.

— Je suis du même avis moi aussi, acquiesça Armbjorn pourtant habitué aux courses difficiles. On n'a plus aucune visibilité et, si un récif se présente, nous sommes bons pour aller retrouver les âmes de nos ancêtres. Il faut trouver au plus vite un endroit où mouiller et attendre…

— Le sort de tous est entre tes mains, Hannan Baal, conclut Enmouteff en proie au mal de mer et les yeux dans le vague.

*

Hannan Baal n'avait plus d'autre solution que de se mettre en quête d'un endroit facile d'accès où la flottille serait en sécurité.

Suivant son instinct, l'ingénieux capitaine avait décidé de mouiller sur l'une de ces petites îles appartenant à un archipel découvert en profitant d'un moment inespéré d'accalmie. Celle-ci parut apporter miraculeusement une certaine protection.

Il restait quand même une dernière épreuve aux huit *gauloï,* celle qui consistait à affronter les récifs coralliens avant d'accéder au rivage battu par la furie d'une mer démontée. Dans la tempête, les voiles affalées ne pouvaient pas faire leur office.

Les hommes ne devaient s'en remettre qu'à eux-mêmes. Aussi sur chaque bateau, des rameurs furent-ils répartis suivant qu'ils étaient thalamites, zygites ou thranites[1].

Au son de la flûte d'un jeune aulète[2], bravant la pluie glaciale et les bourrasques brutales, les colosses bandant leurs muscles tendus sur les rames tentaient de diriger les navires dans de prodigieux efforts. Debout sur la proue, Armbjorn donnait rageusement la cadence, comme le faisaient aussi tous les keleustes, ces maîtres d'équipage, sur les autres navires.

Terrifiés, les marins crurent que les bateaux allaient se fracasser violemment dans les vagues monstrueuses qui soulevaient redoutablement leurs embarcations, mais les prières, les offrandes et les sacrifices aux dieux, la veille, eurent sans doute raison des démons de la mer.

Les huit trirèmes, sans exception, furent enfin à l'abri et les hommes exténués mais soulagés n'eurent plus qu'à prendre leur mal en patience.

Durant les premières semaines, les nuits se passèrent à bord dans l'attente d'une accalmie et dans la crainte d'un assaut de ces indigènes repérés non loin de là.

Quand le temps redevint enfin plus clément, les hommes osèrent s'aventurer sur la terre ferme. Ils découvrirent une nature qui leur parut accueillante. Sur une plage de sable blanc et fin, croissaient les cocotiers et les fleurs sauvages où une faune abondante allait égayer l'ordinaire.

---

1. Rameurs du bas, du milieu ou du haut.
2. Joueur de flûte.

Bientôt quelques natifs se hasardèrent autour des navires, par petits groupes de pirogues d'abord, pour établir des contacts qui devinrent rapidement amicaux. L'éclat des verroteries que leur avaient montrées les Phéniciens les subjuguaient. Ils n'avaient jamais vu ces pâtes de verre qui filtraient la lumière, qui pouvaient changer de couleur et dont certaines pouvaient retenir l'eau des marigots comme par magie.

Quant à celui qui semblait être le chef, il ne quittait désormais plus le cadeau que lui avait offert Hannan Baal, en personne. Avec cette étoffe vermeille teinte au murex[1] autour de son imposante personne, il se sentit le plus satisfait des hommes.

En échange, le potentat avait fait une faveur à Hannan Baal. Tout en lui montrant du doigt les autres talismans dont le Phénicien était paré, l'autochtone lui avait tendu une liane à laquelle était suspendu un curieux petit sac contenant une mixture constituée de poudres, de cheveux et d'os. En enfilant ce grigri, le superstitieux marin fut soulagé d'ajouter à la protection des dieux de son pays celle des esprits de cette contrée mystérieuse.

Ayant laissé un petit groupe d'hommes sur l'île pour veiller sur les trirèmes, Hannan Baal, Enmouteff et la plus grosse partie des équipages avaient accompagné les hommes noirs dans leurs esquifs pour aborder la côte et planifier les prochains travaux.

Sur cette terre inconnue furent bâties un village de huttes à toits de chaume semblables à celles des natifs. Ce

1. Mollusques gastéropodes dont on extrayait la pourpre.

nouveau lieu de vie fut entouré d'un enclos fortifié en cas d'attaque imprévisible de ces inconnus à qui ils imposaient leur présence. La vie s'y était alors petit à petit organisée. Profitant de l'existence d'un marigot, les hommes d'Hannan Baal avaient travaillé la terre située tout autour pour l'ensemencer en blé et en orge et essayer de faire germer des graines de courges, de fèves et de tomates.

Les autochtones étaient aussi curieux de la nature de ces hommes blancs qu'avides de leurs colifichets inconnus qu'ils échangeaient contre des peaux de panthère, de l'ambre et des diamants. Pour sceller les arrangements commerciaux, Muchanga, le souverain à l'habit rouge, décida d'organiser une grande fête à laquelle furent conviés les chefs de tribus voisines.

*

Dès l'aurore, la communauté étrangère arriva sur l'esplanade de ce village indigène truffé de cases rondes. Une foule dense de guerriers s'y pressait déjà.

— Ne baissons pas la garde, surtout. Vous avez bien, tous, vos armes sur vous ? chuchota, anxieux, Hannan Baal à ses acolytes, quand certains des autochtones, intrigués, vinrent toucher ces hommes à la peau bizarrement claire.

Les Noirs étaient des individus de grande taille. Ils étaient pratiquement nus, ne portant qu'un étui pénien en bambou, une ceinture et des colliers bizarres. Ils ne quittaient jamais leurs armes : un arc et une sorte de javelot.

— Qu'est-ce que c'est que ça, s'exclama Haza'el en voyant arriver, d'un œil inquiet, une curieuse procession.

Arrimés sur des pieux, des cadavres desséchés et des ossements prirent bientôt place au milieu de la foule. Ainsi, les esprits des ancêtres apaisés pouvaient se mêler aux festivités.

Après des palabres et des cérémonies interminables auxquels les visiteurs ne comprenaient rien, Muchanga fit de grands gestes pour exhorter l'assistance à venir s'asseoir à même la terre battue. Il plaça auprès de lui, devant sa paillotte, les chefs des tribus ainsi que les responsables des équipages des bateaux.

Le calme qui régnait alors contrastait avec l'animation précédente. La chaleur était déjà étouffante et le ciel avait une curieuse couleur bleu cendré. Haut, dans le ciel, des charognards tournoyaient en un ballet macabre. Un homme qui devait être sorcier vint réaliser une curieuse chorégraphie. Les yeux injectés de sang, il bondissait et cabriolait en agitant un bâton en direction des Blancs. Il proférait à leur égard des mots incompréhensibles. Instinctivement, les Phéniciens posèrent leurs mains sur leurs armes. La tension était palpable.

Au bout d'un instant, l'homme en transe disparut et un vacarme épouvantable se fit entendre. Accompagnée de percussion, une nuée de femmes envahit soudainement le parvis, en exécutant une danse effrénée qui soulevait un nuage de poussière. Elles étaient entièrement nues et leurs peaux noires luisaient sous le soleil. Les jambes entrouvertes, ces ensorceleuses faisaient tressauter leurs postérieurs rebondis dans des mouvements impudiques et leurs seins paraissaient s'envoler.

— Par tous les dieux, nous n'allons pas pouvoir tenir les hommes, s'écria Armbjorn sur un ton angoissé.

Contre toute attente, Haza'el s'était levé pour aller agiter sa grosse carcasse devant une fille nubile aux appas naissants. Muchanga partit d'un gros rire. Bientôt d'autres marins envahirent la place pour une bacchanale surprenante.

Muchanga tapa dans ses mains et d'autres femmes apportèrent des plats contenant des racines et des insectes grillés ainsi qu'une bière de mil. Au bout d'un moment, les danseurs, fatigués et assoiffés, revinrent s'asseoir. Ils étaient accompagnés de leurs partenaires qu'ils maintenaient maintenant dans leurs bras. Celles-ci prodiguèrent des attentions aux étrangers qui se transformèrent vite en accouplements. Même Tatouia bénéficia des caresses d'une vieille matrone sous les encouragements amusés de ses amis.

Muchanga était heureux de voir que son hospitalité était appréciée par ses invités. Un sourire de satisfaction entaillait son visage tandis qu'il s'empiffrait de morceaux d'une viande de singe.

Le son lancinant des percussions et les effets de l'alcool avaient totalement engourdi les hommes d'Hannan Baal qui s'étaient laissé emporter dans une débauche déraisonnable…

À un moment, Enmouteff perçut le regard noir et haineux que lui lança le cuisinier quand une jeune femme s'approcha de lui. Il vit même que ce dernier s'était levé pour aller disparaître dans les frondaisons alors que l'Égyptien répondait aux avances de la fille. Il n'était pas mécontent d'avoir fait comprendre au marmiton qu'il aimait les femmes et qu'il ne désirait pas changer d'orientation.

Au son des percussions, les libations et les orgies durèrent trois jours. Enmouteff en profita pour établir des contacts avec les autres chefs de tribus. Avec force gestes et mimiques, il tenta de faire comprendre qu'il aimerait aller à une chasse aux éléphants pour en rapporter de l'ivoire. Muchanga opina de la tête pour leur faire comprendre qu'il avait saisi leur demande. Après quelques ordres donnés d'une voix forte, il leur présenta ses chasseurs les plus braves qui vinrent se prosterner devant lui.

*

Au petit matin du troisième jour, un groupe d'hommes quitta le village pour disparaître dans l'épaisse brume de chaleur qui s'élevait du sol rouge. Lentement, pour économiser les énergies, la centaine de Noirs et la dizaine de marins se mirent à cheminer en une longue colonne dans la savane herbeuse. Le soleil perça et, bien vite, sa morsure devint cuisante. Les Africains commencèrent à entonner un refrain monotone. Haza'el se plaça à côté d'Enmouteff pour entamer une discussion.

— J'ai aimé comment on nous a accueillis. J'avais trois femmes pour moi tout seul et ça va, je suis encore vert, j'ai assuré.

Enmouteff lui sourit puis ajouta :

— Les indigènes nous ont fait comprendre qu'il y avait un gros troupeau, pas très loin. Mais ils ne m'ont pas précisé à combien de jours de marche. Cette chaleur est déjà éprouvante.

La troupe continua cinq jours encore, sous un soleil implacable, à arpenter une prairie grillée et uniforme. Çà et là, des acacias et des baobabs trouaient la monotonie du paysage. Les hommes s'y réfugiaient lors des haltes. Ils trouvaient de quoi se sustenter avec les hautes termitières ou des ruches sauvages quand ils ne débusquaient pas un oryx égaré.

— Ces individus ont une vélocité extraordinaire. Voilà ce qu'il nous aurait fallu sur les champs de bataille, s'exclama Enmouteff en restant perplexe devant l'agilité remarquable des chasseurs.

Les voyageurs faisaient une halte, le soir, en prenant soin d'allumer de gros feux de camp destinés à écarter les bêtes sauvages.

C'est au cours d'une de ces veillées qu'Enmouteff et Haza'el se rapprochèrent. La nuit était claire et apaisante. On entendait de temps à autre dans le lointain le ricanement d'une hyène ou le rugissement d'un fauve. Écroulés à même la terre, les hommes s'étaient serrés les uns contre les autres et somnolaient.

Seuls l'Égyptien et l'Arabe étaient éveillés pour assurer leur tour de garde. Les flammes qui éclairaient leurs visages leur donnaient un aspect irréel.

— Tu sais, Enmouteff, tu me fais penser à mon fils. Ma femme m'a donné six filles mais un unique fils, Karib'il, qui a été la joie de ma vie. Il était mes yeux, mon cœur, mes jambes. Quand je l'ai vu grandir, Karib'il n'a cessé d'être ma fierté. Un jour, il est parti de Memphis pour traverser le pays dans le but d'aller rencontrer le père de sa future épouse. On ne l'a jamais vu revenir. On ne sait pas ce qui lui est arrivé. Je vis avec cette épouvantable douleur depuis sa disparition. J'ai payé des hommes pour essayer de le retrouver mais je n'ai jamais eu de réponse.

— Je te promets, Haza'el, que lorsque je rejoindrai mon pays, j'ordonnerai aux Saou-Perou et aux Nouou[1] de faire une enquête.

— Je te remercie infiniment. C'est un mal qui me ronge, sais-tu...

Enmouteff perçut des larmes dans les yeux de cet homme rude qui ajouta :

— En plus, quand je t'ai vu la première fois, j'ai été surpris de constater combien tu lui ressemblais...

Les deux hommes s'étreignirent un long moment...

Quelques jours de marche plus tard, en suivant des traces fraîches et des excréments sur le sol, les braconniers trouvèrent ce qu'ils cherchaient. L'homme de tête fit signe d'aller se positionner contre le vent et de ne plus faire le moindre bruit.

À l'horizon, des masses d'imposants pachydermes se détachaient dans la brillance du soleil. Les animaux paraissaient déambuler non loin d'un marigot où certains se rafraîchissaient paisiblement à l'aide de leur trompe.

— Ils sont au moins une trentaine, tu as vu, Haza'el, murmura Enmouteff.

— Ils ont de splendides ivoires, répondit l'Arabe en tapotant l'épaule d'un des Noirs pour lui indiquer un grand mâle dont les défenses arboraient une imposante courbure.

Enmouteff regarda incrédule les chasseurs noirs enduire leurs corps nus d'une décoction préparée par le sorcier.

1. Corps de police en Égypte.

L'un des chasseurs tenta de faire comprendre à l'aide de grands gestes que cela devait les rendre invisibles aux animaux et aux esprits malfaisants. Ils tendirent ensuite le restant de la potion aux étrangers pour qu'ils fassent de même. Haza'el fit la grimace en reniflant l'odeur nauséabonde et épicée. Il se dit que la magie des uns valait bien celles des autres, d'autant que les éléphants commençaient à s'agiter en barrissant bruyamment.

— Ils ont dû nous repérer, dit-il en se badigeonnant hâtivement le torse et les bras.

Après avoir prononcé des mots incompréhensibles, les grands guerriers se mirent à l'affût. Devant l'effervescence des animaux qui commençaient à faire face aux intrus, ils se mirent à sautiller comme des forcenés. Puis la nuée se rua vers le groupe des mastodontes qui en fit de même, à contresens. Enmouteff assista médusé à la folie de ces intrépides chasseurs qui, bravant le danger, fonçaient droit sur un des monstres. La trompe en l'air, l'éléphant le plus proche hurla sa colère. Il attrapa les premiers chasseurs à sa portée et les balança lourdement à plusieurs mètres de là. Criblé bientôt par les innombrables lances, la grosse masse du monstre ne tarda pas à s'effondrer dans un nuage de poussière. D'autres congénères arrivèrent en nombre pour charger les humains. La savane retentit de barrissements effroyables, de sourdes trépidations et de hurlements de douleur...

Au bout de deux heures de lutte et de fuite, la moitié des hommes étaient hors de combat. Une vingtaine avait expiré, le corps disloqué et ensanglanté. Au final, les humains battirent en retraite dans tous les sens pour s'éparpiller dans les herbes.

Ils revinrent à la tombée de la nuit afin de récupérer leur macabre butin. Le groupe pourrait ainsi rapporter une dizaine de belles défenses arrachées à la dépouille des colosses.

Le chemin du retour fut plus poussif. Il fallait soutenir les blessés dont certains avaient de larges blessures qui s'infectaient. Il semblait que la chaleur était plus forte. L'atmosphère était irrespirable. Dans le ciel, des charognards tournoyaient. Quelques lions menaçants suivaient le cortège...

Au bout du deuxième jour de cette marche de retour, Enmouteff fut soudain pris de malaises. Il lui semblait que son corps avait été roué de coups.

— Tu sembles essoufflé, Enmouteff, lui demanda Haza'el, inquiet, alors que l'Égyptien s'était appuyé contre le tronc d'un banian pour profiter de la relative fraîcheur de son ombre.

— Je n'aurais pas dû participer à la dernière traque et courir au-devant des mastodontes. Je n'ai pas l'entraînement des chasseurs, plaisanta son interlocuteur.

Le jeune homme réintégra le groupe, mais au fur et à mesure que le temps passait, il se sentait devenir de plus en plus faible. Il avait maintenant du mal à avancer. La chaleur et la dureté du soleil accroissaient son mal-être. Il ruisselait de sueur. Au matin du quatrième jour, il lui semblait que sa tête était torturée par des coups de gourdin assénés à chaque fois qu'il faisait un pas. Ses jambes ne le portaient plus. Il manquait d'air.

— Ça ne va pas, Enmouteff, lui demanda Haza'el quand il vit ce dernier tituber. Il n'eut pas le temps de le soutenir que le jeune homme s'était affalé dans la poussière rouge.

*

Le corps inerte d'Enmouteff fut transporté pendant encore une nuit et une journée entière avant d'atteindre le village. Les Africains lui avaient confectionné un palanquin de fortune fait avec des tiges de miscanthus et des lianes…

Quand la pitoyable colonne parvint au hameau, l'Égyptien avait perdu connaissance et était pâle comme un mort. En voyant arriver au loin ces êtres harassés, les habitants du village se bousculèrent dans la plus grande confusion en poussant des cris stridents. Alertés par le vacarme, les marins accoururent à leur tour depuis leur campement.

— Qu'on le transporte dans la hutte destinée aux cuisines, hurla Hannan Baal, en constatant l'état du frère du pharaon. Qu'on retire tout ce qui encombre, jarres et récipients, et qu'on aménage un endroit pour l'étendre.

Debout devant la porte de sa case, le cuisinier avait été troublé. Son cœur s'était emballé et ses yeux noirs reflétaient l'inquiétude lorsque le corps inerte d'Enmouteff fut apporté par les hommes nerveux.

— Cuistot, toi qui as le secret des poudres et des onguents, tu devras t'occuper de cet homme et le remettre sur pied, ordonna Hannan Baal. Tu réponds de sa vie.

Quelques Phéniciens commencèrent à vider avec précipitation l'habitation tandis que d'autres étalaient à terre des peaux de léopard et de lion. Enmouteff y fut déposé.

Reprenant ses esprits, le cuisinier s'adressa à Hannan Baal sur un ton aussi dictatorial qu'imprévu :

— Qu'on me laisse seul avec le malade. À part Tatouia, je ne veux plus voir personne. Il me faut être en condition pour que la magie agisse.

Les autres s'exécutèrent et la hutte retrouva une certaine sérénité. Dans une semi-obscurité, le jeune homme alla s'agenouiller auprès d'Enmouteff...

Durant plusieurs jours et plusieurs nuits, le jeune garçon, aidé par son eunuque, veilla sur le malade. Il lui fit ingurgiter, à intervalles réguliers, des macérations de plantes et de poudres, dont lui seul avait connaissance. Ces ingrédients mystérieux devaient chasser les fièvres des marais.

Il fit aussi brûler de l'oliban[1] tout en déclamant des formules magiques pour expulser les démons et invoqua Imhotep, le dieu guérisseur égyptien, et la déesse phénicienne Astarté. Lors de ces prières, il paraissait rentrer en transe. Agité de tremblements troublants, il entamait une chorégraphie qui semblait déstructurer son corps.

Quand il avait terminé, il s'agenouillait auprès du patient et commençait à masser, avec soin, chaque partie du corps dénudé de l'Égyptien avec des onguents à base de camphre, de jasmin, de cinnamone, de mimosa et de rose qu'il avait rapportés de son pays. Les mains expertes déliaient chacun des muscles du malade tantôt en les caressant du bout des doigts, tantôt en les pressant avec la paume.

1. Encens.

Puis, il se glissait dans le lit de l'agonisant pour se coller tout contre sa peau. Il appuyait son visage contre le sien pour lui communiquer son propre souffle de vie…

Enmouteff avait entrepris un curieux voyage. Il s'était senti sortir de son corps et avait eu l'impression d'être emporté dans un tourbillon de lumière éblouissante. Il avait flotté longtemps au-dessus de terres et de mers inconnues. Jamais il ne s'était senti aussi bien.

Il s'était retrouvé dans le palais qui l'avait vu grandir. Il avait reconnu la clarté si douce et si particulière qui se reflétait sur les grands murs blancs entre les colonnes monumentales. Il avait humé à nouveau des odeurs familières d'humus et de fleurs. Il fut surpris et heureux de se retrouver en face de Psammétique son père défunt qui était enveloppé d'une lueur étrange. Ce dernier paraissait heureux et lui souriait. Tout autour de lui se tenaient, dans un état de sérénité, des combattants qu'il avait pourtant vu périr sur les champs de bataille et cela s'était pourtant passé, il y avait bien longtemps. Plus tard, Enmouteff était allé se promener sur les berges du Nil à l'ombre de ses tamaris et de ses palmiers dattiers. Mais surtout, il avait perçu une impression de bien-être et de plénitude…

Au matin du quatrième jour, Enmouteff ouvrit les yeux. Il se retrouva couché à terre dans un endroit inconnu. Il regardait sans comprendre ce qui l'entourait. Son esprit embrumé avait du mal à reconnaître le lieu. Il y faisait sombre. Il fit un effort pour tenter de se souvenir des événements passés. Ses paupières lui semblaient bizarrement lourdes. Son corps ankylosé refusait de lui obéir.

Quand, dans un effort surhumain, il tenta de se mettre sur le côté pour observer ce qui se passait autour de lui, il aperçut dans la pénombre le cuisinier et son esclave. Le gros Nubien tenait une amphore en hauteur par-dessus le marmiton qui achevait de se dévêtir. Quand ce dernier fit passer sa tunique par-dessus sa tête, il se retrouva entièrement nu. Alors qu'il arrachait le turban qui lui servait de couvre-chef, une cascade de cheveux descendit sur ses reins rebondis.

L'Égyptien n'en crut pas ses yeux. L'eau de la cruche que tenait Tatouia coulait sur des formes qui ne ressemblaient en rien à celles d'un garçon. Le cuisinier était, en fait, une femme ! Enmouteff comprit alors pourquoi il avait éprouvé ce curieux trouble à chaque fois qu'il se retrouvait en sa présence. Il resta un moment à retenir sa respiration pour contempler le galbe des seins, la rondeur du ventre, la couleur de la toison pubienne, la courbure des fesses, la finesse des jambes...

La jeune femme se retourna brusquement. Elle s'était rendu compte que le malade avait bougé sur sa couche. Sans prendre la peine de se recouvrir d'un vêtement, elle se dirigea d'un pas rapide vers Enmouteff et s'accroupit auprès de lui. L'Égyptien avait refermé les yeux et ne bougeait pas. Il sentit qu'une main douce et fraîche se posait sur son front. Il laissa celle-ci lui caresser les joues.

Soudain l'homme rouvrit les yeux. La jeune femme eut un mouvement de recul mais Enmouteff avait brutalement saisi un de ses poignets pour l'empêcher de partir.

Il contemplait la figure aux traits fins. Les yeux, qui l'avaient si souvent tourmenté, étaient bordés de cils épais et noirs, rendant la physionomie plus troublante. La fille soutint son regard. De son autre main, l'Égyptien effleura l'ovale du visage. La peau était douce.

— Tu m'as sauvé ! Comment t'appelles-tu ?

— Elyssa. Tu es sorti du royaume des morts maintenant, j'ai eu si peur pour toi.

Ils restèrent un moment, les yeux dans les yeux. Tout près de ce corps de femme dénudé, Enmouteff sentit un désir violent monter en lui et Elyssa éprouva un grand trouble.

Soudain, la jeune femme vint brusquement se lover contre le malade et posa sa bouche avec fougue sur la sienne. Enmouteff sentait vibrer le corps tiède et haletant.

— Non, Elyssa, pas ça. Le maître va être furieux, s'exclama Tatouia, debout de l'autre côté de la pièce, avec un cri aigu.

Mais les deux corps enlacés se caressaient maintenant avec fougue.

Le Nubien sortit en gémissant pour affaler sa grosse carcasse devant la porte en tenant sa tête entre les mains :

— Ça va être des problèmes ! Ça va être des problèmes !

Chapitre 5
Troubles

Il vaut mieux déceler une faiblesse que de
se laisser soupçonner d'un vice.
Diderot

1976, région bordelaise

Armande Rabeaux regardait l'homme qu'elle avait fait entrer dans le petit appartement qu'elle louait au sous-sol d'une maison de la ville de printemps[1]. Grand, d'allure sportive, il devait avoir la quarantaine, peut-être un peu plus. Machinalement, elle passa sa main droite sur sa tempe pour remettre en place sa mise en plis. Elle pensa qu'elle avait eu raison d'avoir fait un Régécolor la veille pour estomper les racines blanches de ses cheveux. Elle avait dépassé la cinquantaine mais elle se persuada qu'elle ne les paraissait pas.

— Je vous sers une tasse de café ? dit-elle en minaudant.

Le taffetas de son chemisier épousait les bourrelets de sa taille épaissie par la nonchalance. Un profond décolleté

1. S'étend à Arcachon, depuis la jetée de la chapelle et l'église Notre-Dame, autour du parc Péreire.

laissait apparaître une opulente poitrine qu'elle faisait pigeonner avec un soutien-gorge rembourré. Armande avait eu son heure de gloire dans les années cinquante, quand elle avait obtenu des seconds rôles dans des films de Christian-Jacques et d'Autant-Lara. Mais sa carrière n'avait jamais décollé et Armande avait fini en vendant parfois ses charmes.

Les yeux mi-clos semblables à ceux d'un fauve, l'homme regardait cette vieille peau se dandiner comme une oie. Il jeta un œil méprisant sur les seins gélatineux qu'elle essaya de remonter d'un geste grotesque. Cette chair flasque et laiteuse le dégoûta. Avec ses cheveux filasse, elle était d'une banalité vulgaire. Le parfum bon marché qui se dégageait de la femme lui fit penser à sa mère. Il eut un haut-le-cœur.

Armande frissonna. Le coup d'œil de l'homme sur son décolleté lui fit penser qu'elle avait encore de beaux attraits. Le sourire niais qu'elle fit découvrit des dents déchaussées et jaunies par le tabac.

— Une minute, je mets de l'eau à chauffer et je suis à vous, l'informa-t-elle en se dirigeant vers la porte d'une petite cuisine attenante.

L'homme détourna alors le regard pour jeter un coup d'œil sur la pièce qui l'entourait. Elle était meublée d'un canapé recouvert d'un vieux brocard fané, d'une table et d'un buffet de style Henri II. Sur le côté gauche, une autre porte donnait vraisemblablement sur une chambre à coucher. L'homme posa le lourd bagage qu'il tenait à la main et leva les yeux vers les murs recouverts de grands posters de cinéma. Ils s'étalaient sur un papier peint affreux avec des volutes pourpres.

— Vous admirez les affiches de mes films. J'ai tourné avec les plus grands, fit Armande, avec un sourire de jubilation lorsqu'elle regagna le séjour. Là, je suis avec Gabin, un vrai gentleman... Pierre Fresnay, nous avons éprouvé une grande passion l'un pour l'autre, vous savez ! Et ici c'est Louis Jouvet, il m'a tout appris...

Campée devant les images, Armande offrait, au regard du visiteur, un arrière-train volumineux. L'homme scruta le sac entrouvert sur le sol. La lumière de l'objet qui lui était familier lui procura une violente excitation. Il observa la femme qui s'était retournée pour le prendre à témoin.

— J'étais une très bonne actrice, j'ai même reçu le prix...

La respiration de l'homme s'accentua quand il remarqua la veine sur le cou d'Armande. Sous la peau ivoire, le sang coulait et la vie y palpitait. Il resta un moment à contempler cette chair qui lui était offerte. Son visage se crispa. Ses mains commencèrent à trembler. La pensée du plaisir qu'il allait éprouver dans quelques minutes lui provoqua une soudaine érection.

— Déshabille-toi, lui ordonna-t-il avec brusquerie.

Armande s'arrêta subitement de parler. La physionomie de l'homme était devenue singulière. Son visage paraissait s'être figé, la lueur dans le regard était déroutante quand il s'approcha d'elle.

Un hurlement inhumain claqua à son oreille.

— Salope !

Armande resta pétrifiée sans trop comprendre. Les fantasmes des hommes, elle les connaissait, mais celui-là lui paraissait inaccoutumé. Avant même qu'elle ait pu réagir, elle s'était sentie empoignée avec violence.

Un voile blafard passa soudain devant les yeux de l'ancienne actrice. Elle ne comprenait plus rien. Un malaise semblait l'avoir brusquement terrassée. Quelque chose d'anormal s'était passé, un picotement bizarre sur son cou. Elle se sentait maintenant prisonnière de son corps comme si ce dernier s'était statufié. Elle commençait même à manquer d'air…

Elle devinait juste qu'elle était allongée, immobile et groggy, sur le carrelage glacial. Ses yeux ne pouvaient se mouvoir mais elle aperçut une vague silhouette plonger la main dans un sac pour en retirer un instrument brillant. Elle resta pétrifiée en regardant l'appareillage horrible. Dans ses tempes, des coups sourds battaient à un rythme infernal. Elle tenta désespérément de se mouvoir par un effort colossal mais elle n'arrivait à rien. Aucun cri même ne pouvait sortir de sa gorge…

Ce qui augmenta sa panique, ce fut quand elle ressentit une fulgurante douleur et comprit qu'un liquide chaud jaillissait et coulait sur son corps. Seuls ses yeux exorbités reflétaient l'horreur qu'elle était en train de vivre…

*

Dans la tête d'Alain des cauchemars invraisemblables s'étaient enchaînés. Des visions terribles… Le corps engourdi et l'esprit comateux, il tentait maintenant de reprendre conscience. Il avait dû dormir un bon moment étendu sur le canapé du bureau. La vue des objets familiers autour de lui le ramenait peu à peu à la réalité. Des coups sourds et répétés… Ce n'était pas uniquement dans son esprit. Les bruits provenaient du séjour. Ce devait être cela qui l'avait sorti de sa léthargie. Il comprit alors que quelqu'un tapait violemment au carreau.

— Il va tout casser, cet imbécile, maugréa-t-il tout en soulevant sa grande carcasse. J'arrive, j'arrive, hurla-t-il...

Tout en s'asseyant, il passa ses mains dans ses cheveux ébouriffés puis il se leva avec difficulté en se demandant qui pouvait venir lui rendre visite. Il craignait le retour de son frère.

Quand il arriva à la porte de la grande salle, il aperçut la silhouette d'une jeune femme à travers la baie vitrée. Il remarqua qu'elle était accompagnée d'un homme. Il desserra la poignée et ouvrit la fenêtre. Le froid vif pénétra dans la demeure et il se sentit gelé.

La femme était âgée d'une trentaine d'année. Elle portait une redingote cintrée, parme foncé, assez courte, qui dévoilait de longues jambes fuselées enserrées dans des bottes à talons en daim beige. Ses cheveux étaient cachés par un bonnet en mohair blanc. L'homme qui la suivait avait une veste à carreaux beiges et marron. Son visage était buriné et peu avenant. On lui donnait la quarantaine. Avant même qu'Alain ait pu réagir, la jeune femme exhiba des papiers tout en s'introduisant dans la demeure.

— Police. Je suis l'inspecteur Blanc et voici l'inspecteur Maurin. Nous aimerions vous poser quelques questions. Pouvons-nous entrer ?

Alain ouvrit de grands yeux. Il se sentait idiot. Il avait l'impression de puer la transpiration et de révéler une apparence peu flatteuse. Ses cheveux devaient être gras et il ne s'était ni rasé, ni douché ce matin. Il s'effaça pour les laisser entrer.

— Vous étiez là, la nuit dernière? demanda la jeune inspectrice.

Alain scruta son interlocutrice. Elle était jolie avec des traits marqués, une bouche épaisse et gourmande et des yeux noirs en amande. Il remarqua qu'elle était métisse.

— Oui, enfin… Non… Si, j'étais chez moi…

La jeune femme fronça les sourcils.

— Avez-vous remarqué quelque chose d'anormal ou quelqu'un qui rôdait aux alentours de 21 heures?

— Non, en fait à cette heure-là, je dormais.

— Vous vous couchez tôt, monsieur…?

— Leprince, Alain Leprince.

La jeune policière dardait des prunelles noires et inquisitrices sur le journaliste tandis que son collègue était en train d'examiner, sans gêne aucune, les recoins du domicile d'Alain.

— Vous avez vécu en Afrique, demanda dédaigneusement Grégoire Maurin en désignant de la tête les défenses d'ivoire posées sur le buffet.

Agacé par le ton suffisant, Alain lui répondit:

— Très perspicace, mon vieux, vous auriez fait un bon inspecteur.

— Vous devriez moins faire le mariole. Il y a eu un assassinat à quelques centaines de mètres de chez vous. Vu la sauvagerie du crime, vous n'avez pas pu ne pas entendre quelque chose.

Alain afficha sa surprise.

— Un crime? Ici? Qui a été tué?

L'inspectrice se plaça devant le journaliste.

— Une jeune femme d'une vingtaine d'années. Nous n'avons pas retrouvé ses papiers. Sauriez-vous nous dire qui cela pourrait être ? Dans le voisinage ? Elle était blonde, les cheveux bouclés et courts, pas très grande. Cela ne vous dit rien ?

— Non.

La femme tourna la tête vers le bureau pour y jeter un coup d'œil. Par la porte, elle aperçut les objets indigènes.

— Où avez-vous séjourné ?

— Quand j'étais enfant, j'ai accompagné mes parents en Côte d'Ivoire.

Le visage de l'inspectrice s'éclaira.

— Mon père est français mais ma mère est ivoirienne. Je me nomme Awa, Awa Blanc. Pour une Noire, ça pose des problèmes de s'appeler Blanc. Vous imaginez ?

Du doigt, elle indiqua la pièce attenante.

— Je peux entrer pour regarder, demanda-t-elle, tout en s'introduisant dans le bureau sans attendre l'autorisation d'Alain.

Une fois à l'intérieur, elle se posta devant le mur où étaient fixés les objets fétiches du docteur Leprince. Alain se positionna à ses côtés. Le regard de la jeune femme fut tout de suite attiré par le faciès de bois avec son apparence particulière, ses cornes recourbées, son cimier en forme d'animal, sa barbe.

— C'est un masque sénoufo, n'est-ce pas ? Un masque de cérémonie. Vous permettez ?

Elle se mit sur la pointe des pieds et allongea un bras pour décrocher la tête en bois. Elle voulait se rendre compte si la face interne était noircie par la sueur. Ce serait alors la preuve de son authenticité. Pourtant, ce ne fut pas cela qui la fit sursauter.

— Vous avez vu ce qu'il y a ici ? Ces inscriptions ? Mes ancêtres connaissaient donc l'écriture ! Et avec des signes élaborés...

Elle resta un moment à scruter plus attentivement les dessins minuscules qui étaient alignés d'une tempe à l'autre.

— Comme c'est curieux. Pourtant, ce n'est pas possible... Il y a longtemps que vous possédez ce masque ?

Debout, derrière sa collaboratrice, Maurin bouillait. Il y avait toute une panoplie d'armes blanches disposées sur le mur et tout ce que son idiote de collègue faisait était de s'extasier sur un vulgaire morceau de bois. N'attendant pas la réponse d'Alain, l'homme posa une question qui lui parut crucial.

— Ces lames et ces tranchets, vous les utilisez souvent ?

— Seulement quand je vais à la chasse aux crocodiles ou aux éléphants, répondit Alain du tac au tac en se retournant vers le type. Il se sentait de plus en plus exaspéré par ses questions absurdes.

En croisant son regard, Awa fut un instant troublé par les yeux clairs de l'individu. Rasé de frais et les cheveux ordonnés, ce serait le type d'homme qui lui plairait. Elle réfléchit un instant car ce visage ne lui était pas inconnu.

— Quel est votre métier, monsieur Leprince ?

— Je suis reporter.

— Une profession qui fait rêver ! Ah oui, je me souviens. Je sais où je vous ai vu. Vous aviez fait une série de reportages sur les militaires américains au Vietnam sur une des chaînes de l'ORTF, n'est-ce pas ?

Maurin leva les yeux au ciel. Il se demanda à quel jeu sa collègue était en train de s'adonner. Il bougonna :

— La victime a été débitée par une arme qui pourrait être semblable à celle que vous possédez. Une vraie boucherie. Du reste, certaines blessures…

Awa envoya un coup de coude au creux de l'estomac de l'inspecteur qui eut le souffle coupé. Le type appartenait à la presse et il ne fallait pas que certains détails sordides soient dévoilés au public. Elle reprit :

— Essayez de vous rappeler si vous n'avez vraiment pas entendu un bruit, quelque chose d'inhabituel. Peut-être avez-vous vu un individu qui rôdait... Votre témoignage pourrait nous être précieux.

— Désolé, mais ma chambre donne de l'autre côté, sur la dune.

Maurin aurait aimé faire un tour là-haut à l'étage pour récolter un indice. Le type ne lui paraissait pas clair.

— Vous passerez chez nous dans les quarante-huit heures pour y faire votre déposition, la mémoire vous sera peut-être revenue d'ici là.

Les deux policiers prirent congé.

— Je vous remercie, monsieur Leprince. À bientôt, conclut la policière.

En serrant la main de la jeune femme, Alain ressentit quelque chose de particulier. Sa figure réveilla aussi en lui une émotion étrange. Il y avait longtemps qu'il ne s'était pas senti attiré ainsi par une personne du sexe opposé. Son visage typé sortait de l'ordinaire. Ses yeux noirs et directs, ses lèvres pulpeuses qui souriaient d'une façon particulière. Il pensa qu'elle devait aussi posséder ce caractère volontaire qu'il recherchait chez une femme.

— Je viendrai vous rendre visite rapidement, lui dit-il en lui souriant.

Il pourrait ainsi en apprendre un peu plus sur le crime et peut-être faire un papier. Cela lui permettrait de rester plus longtemps dans la région.

Alain regarda la silhouette gracile de la fille qui sortait de la maison. Le cerbère qui la suivait se retourna avec un rictus mauvais et lui adressa d'un ton mordant plein de sous-entendus : « Nous vous attendons ! »

Chapitre 6
Doubler un cap

Tous les départs resserrent les cœurs qui se séparent.
Laurent Voulzy

600 ans avant J.-C.

Sur cette terre inconnue, les marins s'étaient transformés en agriculteurs durant plusieurs mois. Le blé qu'ils avaient planté avait donné après un printemps austral exceptionnel. Aussi au mois de décembre suivant, les moissons furent-elles abondantes. Il fut alors décidé de reprendre la mer pour continuer le périple ordonné par le pharaon Nékao.

*

Enmouteff sortit de sa case. Les rayons du soleil perçaient à travers les feuillages des hauts fromagers qui entouraient le village. Il s'étira en respirant les odeurs d'humus et de paille mouillée par la rosée matinale. La chaleur promettait d'être bientôt étouffante.

Il regarda les hommes qui étaient déjà au travail et qui s'agitaient en tous lieux. Des ordres fusaient. Des protestations et des cris leur répondaient. L'énervement était palpable.

— Dépêchez-vous ! L'air de ce pays vous a ramolli ou quoi ! s'énervait Armbjorn en secouant sa longue chevelure.

— Ce n'est pas en nous harcelant sans cesse que cela avancera plus vite. Tu veux donc que tout bascule, lui répondit un marin originaire de Byblos, avec mauvaise humeur.

— Attendez, on a oublié de finir de vider la case du fond…

Le départ avait été programmé au lendemain. Les dernières récoltes de céréales et les viandes séchées avaient été transportées, les jours précédents, à bord des navires qui mouillaient sur l'île voisine. Il fallait expédier les ustensiles et les armes qui s'empilaient maintenant devant les huttes.

Les piroguiers noirs faisaient de grands signes pour orienter les manœuvriers vers la côte, là où étaient alignées leurs frêles embarcations, les seules capables de franchir l'impitoyable barre. En apercevant Enmouteff, Haza'el vint à sa rencontre en levant les bras aux cieux.

— On a un déserteur de plus. Il est allé se cacher dans la brousse. C'était à prévoir. Encore un qui a dû se laisser ensorceler par une de ces beautés locales. Il ne sert à rien d'essayer de le capturer de force. Nous allons encore perdre du temps et de l'énergie en vain.

— Tu as raison, Haza'el, je pense qu'il vaut mieux déguerpir rapidement. Je crois que les natifs ont dans l'idée de percevoir encore des cadeaux et si nous ne leur donnons pas, ils seront furieux.

— Muchanga veut faire une dernière fête ce soir, mais je suis circonspect. Même s'ils sont heureux de récupérer nos huttes et nos meubles, je n'ai pas confiance.

— Pourquoi ne pas lui proposer à lui et aux autres chefs de tribus de monter demain à bord de l'un de nos *gauloï* et de faire une virée en mer ? Si cela l'intéresse, il n'aura aucun intérêt à nous tendre un piège.

— Bonne idée ! J'en parlerai, ce soir, à Hannan Baal dès qu'il sera de retour de l'*Eshmoun*.

À ce moment, Enmouteff aperçut, au loin, le cuisinier qui rentrait du marigot avec une calebasse d'eau posée sur la tête. Les yeux de l'Égyptien s'enflammèrent. Il sourit en pensant qu'il n'y avait pas que les Africaines qui savaient envoûter les hommes. Les Phéniciennes étaient aussi ensorcelantes. Délaissant Haza'el, Enmouteff se précipita vers Elyssa pour l'aider à mettre à terre le lourd récipient. Tout en descendant le fardeau d'un bras, il caressa doucement le corps de la jeune femme avec l'autre. Celle-ci ressentit un frisson de plaisir.

— Tatouia n'est pas avec toi ?

— Non, il est occupé à travailler avec les autres.

— Je vais donc t'accompagner au marigot pour t'aider à rapporter de l'eau, dit le jeune homme en attrapant deux calebasses vides qui traînaient sur le sol. Il emprunta le chemin bordé d'épineux qui menait au marécage. La silhouette gracile d'Elyssa le suivit.

Dès qu'ils furent cachés par les frondaisons, Enmouteff posa ses récipients et en se retournant, il attrapa la jeune Phénicienne pour l'embrasser avec fougue. Il voulut la pousser dans les fourrés tant son désir était grand mais celle-ci se dégagea :

— Comment allons-nous faire, Enmouteff, quand nous serons à bord, nous ne pourrons pas nous cacher.

— Tu viendras sous ma tente. Personne n'a le droit d'y pénétrer.

— Ce sera risqué. S'il s'en rend compte, Hannan Baal deviendra dément, dit-elle en enfonçant sa figure dans la poitrine de l'Égyptien.

Au bout d'un moment, elle leva son visage mouillé de larmes vers Enmouteff.

— Tu sais bien, je te l'ai déjà dit, Hannan Baal, mon époux, a voulu que je l'accompagne à bord de l'*Eshmoun* car il est d'une jalousie maladive. Il refusait l'idée de me savoir toute seule en Phénicie et il a préféré que je me déguise en homme pour que je puisse être à ses côtés. S'il savait pour nous, sa colère serait terrible.

Les yeux noirs d'Elyssa reflétaient la terreur. Elle connaissait les crises épouvantables d'Hannan Baal pour les avoir endurées. Elle n'en avait jamais parlé à Enmouteff, sachant qu'elle devait se taire, en tant qu'épouse.

— Elyssa, nous serons prudents et il ne se doutera de rien. Fais-moi confiance, dit-il en prenant le menton de la jeune femme et en déposant des baisers sur sa figure. Ses mains impatientes se mirent à caresser les formes de l'être aimé. Le désir des deux amants s'accrut. Tout en fermant les yeux, Elyssa colla son corps brûlant sur celui d'Enmouteff. Les deux corps enlacés glissèrent sur le sol...

Elyssa se releva pour revêtir ses habits d'homme. Assis à terre, son compagnon la retint par la main.

— Laisse-moi te regarder encore, lui ordonna-t-il. Ton mari est occupé, nous n'avons rien à craindre.

Le corps nu de la Phénicienne se détachait sous le soleil. Il était bien proportionné et possédait des muscles allongés. Ses seins encore juvéniles étaient ronds et ses fesses avantageuses. Enmouteff ne se lassait pas de le contempler et cela affola à nouveau son désir…

Quand le couple revint du marigot, la matinée était bien avancée. En les voyant arriver, Haza'el, qui essayait d'arrimer une paire de jarres fronça ses gros sourcils noirs.

— Les hommes ont fourni des efforts, ils ont faim, cuistot. Dépêche-toi !

Enmouteff déposa à terre une calebasse tandis qu'Elyssa regagna hâtivement sa case avec la sienne sur la hanche.

— Tu apprends la cuisine maintenant, Enmouteff ? demanda Haza'el avec un air soupçonneux.

Depuis quelques mois, l'Arabe avait remarqué le manège de ces deux-là. Avant le départ d'Égypte, il était le seul qui avait été mis au courant par Hannan Baal de la situation et de l'état du cuisinier. « Tu veilleras sur “elle” comme sur ta propre fille. Tu répondras de la vie de ma compagne sur ta propre vie. Jure-le-moi, Haza'el. Que les dieux te punissent si tu ne tiens pas ton serment. »

Le proreute madianite était donc maintenant pris entre deux feux, d'une part, il se devait de respecter sa loyauté envers Hannan Baal et, d'autre part, il voulait conserver son amitié vis-à-vis de celui qui pouvait l'aider à retrouver son fils. Il s'approcha de l'Égyptien et l'interpella :

— Enmouteff, il faut que je te parle.

— Oui, que veux-tu ?

— Euh… C'est un sujet délicat. Je ne sais comment te le dire mais tu vas au-devant de graves ennuis.

— Ce ne sont pas tes affaires, Haza'el, retourne à ton travail et ne jette plus les yeux sur ce que le frère du pharaon fait ou ne fait pas.

Haza'el se pinça les lèvres et regretta amèrement d'avoir osé parler. Il se trouva terriblement mortifié par les paroles offensantes de l'Égyptien, fut-il un frère de roi…

*

Quelques jours plus tard, les huit *gauloï*, à la coque obscurcie par la poix, fendaient à nouveau les flots immenses en direction du sud. Les hommes étaient satisfaits. Les cales regorgeaient de victuailles et de trésors. L'odeur des épices qui en remontait était puissante. Là, au-dessous, s'entassaient des sacs remplis des grains d'un blé magnifique et des tas de beaux morceaux de viande séchée. Des amphores de vin de palme et de bière de mil s'empilaient aussi tout à côté de ces trésors magnifiques qui combleraient le grand pharaon Nékao. Les diamants échangés étaient d'un éclat parfait et l'ambre avait un incomparable reflet blond. En outre, un nombre inespéré de pépites d'or avait été recouvré et de belles défenses en ivoire avaient été enroulées dans des peaux de grands fauves…

Pourtant, le retour à bord fut difficile pour les marins qui avaient laissé un peu de leur âme auprès des populations locales. Au moment où le soleil se couchait, ils rêvaient alors à leurs ébats sans tabous avec ces femmes noires qui avaient joué le rôle de maîtresse et de servante. Les adieux après une dernière nuit de fête et d'orgie furent très difficiles pour certains. Fort heureusement, Muchanga et ses compères étaient tellement impatients de monter à bord de ces énormes pirogues ailées qu'ils ne créèrent pas de difficultés, contrairement aux craintes d'Haza'el.

Remplis de fierté, les chefs africains avaient navigué une journée entière avant d'être débarqués à leur point de départ, sur leurs terres. Avec ce voyage, l'aura qu'ils auraient auprès de leurs sujets n'en serait que plus grande.

*

Chaque soir, les dîners à bord étaient animés. Assis sur le pont, les individus fourbus par les manœuvres et échauffés par la bière de mil se remémoraient les anecdotes des jours passés.

— Tu te souviens de ce terrible orage qui a bien failli emporter les huttes de notre village !

— Oui et le jour où Muchanga a voulu à tout prix qu'Armbjorn honore sa sœur qui pesait au moins le poids d'un bœuf. La tête de l'hortator ! Il était encore plus blanc que d'habitude…

— Rappelle-toi ces diamants que nous ont apportés les hommes du sud. Je n'en avais jamais vu de si gros…

— Et la nuit où Achour, l'Assyrien, a vu cinq femmes survenir en même temps dans sa couche pour être honorées par son sexe qui a la réputation d'être de la taille d'une courge…

Les plaisanteries et les rires fusaient comme pour effacer la tristesse que chacun éprouvait.

— Et la peur qui nous a saisis quand Enmouteff fut transporté, mourant, après la chasse aux éléphants.

Heureusement que le cuisinier a passé de longues nuits, seul avec lui, en s'aidant de sa magie…

Elyssa qui servait les chefs sursauta en entendant ces phrases et son visage s'empourpra. Hannan Baal surprit sa réaction et la fixa de ses yeux noirs accentuant le trouble de la jeune femme. Le Phénicien remarqua aussi qu'Enmouteff esquivait son regard. Il contracta ses mâchoires…

*

Les jours suivants, Elyssa se sentait déprimée. Son amour pour le frère du pharaon était renforcé par l'admiration qu'elle avait pour un homme qu'elle savait hors du commun, mais elle se sentait prise au piège. Elle ne voyait aucune solution à la situation dans laquelle elle s'était engluée. Elle n'avait pas encore osé aller rejoindre Enmouteff dans son logement depuis qu'ils avaient regagné le bord.

Le désir de l'Égyptien était, quant à lui, à son paroxysme. Il n'en pouvait plus d'attendre chaque nuit. Le souvenir du corps de sa brune maîtresse le rendait fou. Les regards qu'il lui lançait au cours des repas étaient lourds de sous-entendus.

*

Le retour du beau temps faisait que la navigation ne donnait plus de souci majeur. Au loin, des rivages inexplorés se dévoilaient et changeaient chaque jour tandis que les navires étaient doucement balancés par la houle. En janvier, l'équipage fut étonné de voir que les bateaux doublaient un cap aux hautes falaises et quand la côte s'orienta au nord, ils sentirent que des vents favorables allaient aider à la progression des *gauloï*.

Haza'el se tenait debout à la barre de l'*Eshmoun*, qui filait bon train sur un océan clément, sa voile gonflée par un vent chaud. Le navire de tête paraissait guider les autres *gauloï* qui glissaient dans son sillage. Les yeux au ciel, presque en extase, le Madianite s'exclama à l'adresse d'Enmouteff qui traînait sur le pont :

— Les dieux sont avec nous ! Les vents de sud-ouest nous aident à remonter le long de cette côte nouvelle.

— Tu as raison, sourit l'Égyptien, il faut espérer qu'ils nous accompagneront jusqu'au bout. J'ai fait un calcul. Nous sommes certainement arrivés à la moitié du parcours, or, si nous ne rencontrons pas d'infortunes d'ici là, nous devrions rejoindre la terre de nos ancêtres dans environ douze mois.

— C'est une bonne nouvelle, mais pour l'instant, profitons du moment présent et de la mer. Regarde ce ciel fantastique qui s'y reflète. Pas un seul nuage ne vient entacher l'azur.

Enmouteff ne répondit pas. Il venait d'apercevoir Elyssa de l'autre côté du pont. Occupée à nettoyer ses plats et ses amphores, elle était penchée vers le sol. La vision de la courbe de ses reins aviva les sens de l'Égyptien. Il ne tiendrait pas une nuit de plus. Il héla la jeune femme comme il l'aurait fait avec le simple cuisinier dont elle jouait le rôle.

— Eh, marmiton ! J'ai faim, apporte-moi donc un peu de viande sur une galette de blé.

La jeune femme se releva et resta, un moment, interdite. Ses yeux reflétaient une peur intense. Elle jeta un bref coup d'œil vers Hannan Baal qui était occupé, un peu plus loin, à régler un problème survenu aux cordages sur un hauban. Tout en donnant des ordres, le triérarque aidait deux matelots à démêler des nœuds qui paraissaient inextricables.

— Tu n'as pas entendu ? Prépare-moi à manger, s'il te plaît, et apporte-moi ça sous ma tente, répéta vivement Enmouteff en prenant un ton courroucé.

C'est en tremblant qu'Elyssa pénétra quelques minutes plus tard sous le pavillon de toile de l'Égyptien. Celui-ci, dévêtu, se tenait dans la pénombre. La jeune femme fut troublée par la vision de son corps athlétique. Elle resta indécise. Dès qu'il l'aperçut, l'homme s'avança à la rencontre de sa maîtresse pour lui arracher le plat des mains et le balancer nerveusement à terre. Tout en caressant les formes de la jeune femme, Enmouteff ôta sa tunique avec habileté et retira le foulard de sa tête. Il retrouva alors le corps dont il avait si souvent rêvé.

— Tu m'as tellement manqué. Quel sortilège m'as-tu donc jeté, belle Phénicienne, pour que je me sente dans cet état ?

Étourdie, Elyssa se laissa faire. Leurs ébats attinrent une intensité extrême accrue par les semaines d'abstinence.

Enmouteff n'avait connu de couches que celle de ses sœurs, filles de la noblesse, et ce que lui donnait Elyssa avait le goût du fruit défendu.

Au bout d'un moment, la jeune femme se dégagea pour aller se rhabiller. Elle torsada aussi sa longue chevelure pour la cacher sous son turban de coton qu'elle enroula avec rapidité. Enmouteff la retint par le poignet.

— Reste encore. Je veux toucher à nouveau ta peau, caresser tes seins, sentir tes lèvres sur les miennes, respirer le parfum de tes cheveux….

Le regard de la jeune femme était suppliant. Elle tremblait d'inquiétude.

— Il est tout à côté, Enmouteff. Laisse-moi partir, je t'en prie.

À regret, il la relâcha. La jeune femme récupéra le plat vide sur le sol et sortit en tombe de la tente. Les yeux baissés, elle dut passer devant Hannan Baal.

— Que fais-tu par ici, cuistot, questionna-t-il, l'air mauvais et la mâchoire crispée.

De loin, Haza'el avait suivi le manège. Il soupira fortement, puis marmonna :

— Avoir des relations sexuelles en mer, ça porte malheur ! On va au-devant de graves dangers.

Chapitre 7
Délires

Si tranquille qu'on se croie quand on aime,
on a toujours l'amour dans son cœur
en état d'équilibre instable.
Marcel Proust

1976, région bordelaise

Alain ouvrit le robinet de la douche pour faire couler une eau bien chaude. Il jeta un coup d'œil aux murs de la salle de bains. Il pensa qu'il avait eu raison de demander à l'entrepreneur de changer aussi les grands carreaux en faïence jaune et bleue. Il les avait toujours détestés. La fenêtre haute qui donnait sur la dune envoyait une lumière blafarde. Alain ressentait un sentiment d'euphorie. Cela faisait longtemps qu'il ne s'était pas senti aussi bien. Il sourit.

— Ah, tant mieux, voilà le beau temps qui revient !

Pourtant ce n'était pas uniquement la clémence de la météo qui faisait qu'il était heureux. Il y avait autre chose.

L'homme se déshabilla en abandonnant à terre son survêtement froissé et son caleçon à fleurs. Son corps, qu'il entretenait régulièrement, possédait une musculature encore bien marquée malgré les quatre décennies traversées, pas de graisse au niveau de la taille, des pectoraux bien dessinés, des cuisses et des fesses fermes. Il y avait juste cette vilaine cicatrice qui entamait son flanc droit...

Un nuage de vapeur envahit la pièce et Alain se glissa sous l'eau très chaude. Les mains appuyées contre le mur de la douche, il tendit son dos qui reçut la cuisante brûlure comme une immersion expiatoire à ses cauchemars récurrents. Cela lui procura une sensation de bien-être et il se sentit apaisé. Les douleurs de son crâne avaient même disparu.

C'était comme si quelque chose de nouveau s'était réveillé en lui. À travers le ruissellement bouillonnant de l'eau, son esprit fut troublé par une réminiscence, la silhouette de la jeune policière qui était arrivée chez lui, il y avait à peine un quart d'heure. Des pensées affolèrent en lui un fort désir charnel. En voyant l'effet produit, il fut secoué d'un rire dément.

Il se dit qu'il ferait bien de se rendre au commissariat le plus tôt possible. Il ne savait pas encore comment, mais il avait une envie folle de la revoir peut-être même qu'il pourrait la convier à boire un café et plus si affinité...

*

L'inspecteur Blanc se dirigea vers une porte qui menait à une pièce au plafond élevé.

— Je vous en prie, entrez, monsieur Leprince.

Alain, qui suivait la jeune femme, remarqua ses longues jambes, sa taille cambrée et sa façon particulière de se tenir en marchant. Elle portait un pull chaussette rouge sur lequel était fixé un holster et arborait un pantalon noir à pattes d'éléphant, qui faisaient ressortir ses formes. Cela fit monter en lui un certain plaisir.

En pénétrant dans la salle, une odeur âcre de tabac et de poussière saisit la gorge du journaliste. Alain jeta un bref coup d'œil autour de lui et remarqua qu'il y avait trois bureaux de bois. Deux se trouvaient en vis-à-vis et le troisième se tenait devant une fenêtre aux carreaux sales. C'est à ce dernier qu'Awa s'installa. Sans attendre d'y être convié, Alain prit place sur la chaise en face. Les murs paraissaient crasseux et la peinture jaunâtre s'écaillait par endroits.

La surface du secrétaire d'Awa était tachée, griffonnée et avait un aspect pathétique. Devinant les pensées du journaliste, la jeune femme soupira :

— Le manque de crédit. Nous n'avons pas un matériel très moderne. On n'y peut rien. Bon, je vous écoute, monsieur Leprince.

La jeune femme se tenait derrière sa machine à écrire Remington, prête à enregistrer la déposition d'Alain qui l'observait. Ce dernier remarqua que le visage de l'inspectrice était encore plus agréable que lorsqu'il l'avait vu la première fois, avec ses pommettes hautes, ses lèvres bien dessinées et ce charme qu'il aurait qualifié d'exotique. Ses cheveux noirs épais et ondulés descendaient jusqu'à ses épaules.

— Je vous écoute, grommela-t-elle.

— Oui, pardon… je me suis rappelé de certaines choses, répondit Alain avec un sourire qu'il savait niais.

Awa le regarda. Elle aimait ce type d'homme. Rasé, il était encore plus sexy. Ses cheveux blonds bouclés encadraient un visage qui avait un quelque chose d'angélique malgré un nez droit et un menton volontaire. En fait, c'était ce regard aux yeux clairs qui la troublait. Awa se ressaisit. Elle devait se concentrer sur son boulot. L'homme continua :

— J'étais couché dans ma chambre, à l'étage, quand j'ai aperçu une brève lumière à travers les persiennes. Sans doute, les phares d'une voiture qui passait sur la route en surplomb. Il devait être 21 heures, un peu plus peut-être. Ce qui est curieux car, en cette saison, il n'y a plus grand monde, les touristes ont abandonné la côte. Ensuite, il y a eu un aboiement, comme une longue plainte. C'était lugubre.

— Et cette voiture ? Est-elle repassée en sens inverse ? Avez-vous entendu le moteur ? Pourriez-vous dire s'il s'agissait d'une grosse voiture ? Et qu'avez-vous fait ensuite ? Et pourquoi n'êtes-vous pas allé voir ce qui se passait ?

Alain regarda la fille. Il se sentit soudain agacé par ses questions qui fusaient. En plus, le ton qu'elle adoptait était désagréable. Sa mâchoire se contracta.

— Je vous ai dit que je m'étais couché de bonne heure car je ne me sentais pas très bien. Je n'allais pas aller faire le con alors qu'il y avait une tempête dehors !

— Eh, tout doux. Pas la peine de vous énerver.

Awa pensa que les types qui avaient pignon sur rue comme lui devaient se sentir au-dessus des lois.

— Excusez-moi mais j'étais au fond de mon lit et je ne n'ai pas prêté plus attention aux événements extérieurs.

Awa se pencha sur sa machine, ses longs doigts prêts à pianoter. Elle reprit :

— Bon, si vous ne vous rappelez pas de détails supplémentaires, je vais devoir transcrire votre déclaration mais avant je vais prendre vos nom… prénom… date de naissance…

Alain relut rapidement sa déposition puis la signa. Ensuite, il tendit la feuille à la fille qui en pinçant les lèvres lui demanda :

— Il y a quelque chose qui m'intrigue… Euh, le masque… celui que vous possédez chez vous. Ces signes…. C'est quelque chose de vraiment inhabituel.

Alain se dit qu'il fallait saisir là l'occasion :

— Si vous voulez, je suis à votre disposition pour vous le montrer à nouveau. Vous pourrez l'examiner tout à loisir. Cette fois-ci, vous n'aurez pas votre cerbère derrière vous.

La fille sourit. Alain la trouva encore plus désirable ainsi.

— Ce soir, après votre travail… Enfin, si vous êtes libre.

Il se passa quelques secondes durant lesquelles Awa sembla hésiter. Alain retint sa respiration. Il éprouvait une envie irrationnelle face au charme de cette fille.

— D'accord, ce soir, après 18 heures.

Elle se leva et lui tendit une main ferme en souriant. Alain se sentait conquis. En se retournant vers la porte, il reconnut Maurin dont la silhouette venait de s'encadrer dans le chambranle. Le visage renfrogné et le dos voûté, le policier pénétra dans la pièce. Son regard fulmina quand il aperçut Alain. Sa mâchoire se crispa quand il entendit sa collègue lancer à ce bellâtre de journaliste :

— À bientôt, monsieur Leprince.

*

Quand Awa eut enlevé son manteau et qu'elle l'eut posé sur le canapé du salon, Alain put apprécier les formes agréables de la jeune métisse. Cette dernière portait une minijupe d'où dépassait un panty en dentelle et un chemisier à fleurs assez dégrafé pour laisser entrevoir la peau de son décolleté ambré. Awa se rendit compte du regard appuyé du journaliste sur son anatomie. C'était l'effet qu'elle avait escompté. L'homme ne lui déplaisait pas. Elle se sentait même attirée et on était dans les années post-soixante-huit, donc libres pour toutes les expériences.

— Je vous offre quelque chose ? demanda Alain en montrant les bouteilles d'apéritif qu'il avait pris soin de poser sur la table en bois du salon.

Pendant que son hôte lui versait un porto dans un petit verre coloré, Awa vit qu'un feu crépitait dans la cheminée, apportant une chaleur agréable. Elle prit place sur le canapé qui faisait face à la grande cheminée.

Alain se versa une bonne rasade de whisky. Il en avait pris l'habitude depuis ses derniers reportages pour apaiser les images de ces conflits terribles qu'il avait couverts dernièrement. Il regarda la fille croiser ses jambes dénudées. Celles-ci lui paraissaient interminables.

— Est-ce que je peux ? demanda-t-elle en sortant une cigarette d'un étui et un briquet.

Après l'avoir allumée, elle aspira profondément faisant rougir l'embout avant d'expirer une longue volute de fumée. Elle semblait à cran.

— Qu'est-ce qui a motivé votre vocation ? demanda-t-elle inopinément à son compagnon.

Alain s'assit à ses côtés, poussant vers elle une assiette de crackers.

— Je faisais mon service militaire en Indochine et j'ai eu l'opportunité d'assister Pierre Schœndœrffer au pire moment des événements. Ensuite, le virus m'avait piqué, il ne m'a plus jamais quitté. J'ai fait plusieurs reportages dans les Aurès... à Alger... J'ai aussi couvert le Vietnam, le Cambodge, l'Irlande, l'Érythrée, bref tous les pays où il y avait des photos à faire, des témoignages à rapporter.

— Ce devait être passionnant !

Alain ne répondit pas. Comment faire comprendre à son interlocutrice que voir des G.I., que l'on a côtoyés quelques minutes auparavant, les jambes emportées par une mine ou des corps de gosses brûlés au napalm n'avaient rien de passionnant. En une fraction de seconde, des regards remplis de terreur, des visages déformés par la haine, des hurlements de douleur, des râles de mourant, sa propre peur devant une kalachnikov posée sur sa tempe s'embrouillaient dans son esprit.

Awa perçut dans les yeux de son hôte une tristesse infinie. Elle se rendit compte qu'elle avait réveillé de douloureux souvenirs. En fait, les démons d'Alain étaient en train de le rattraper.

— Je me suis sans doute mal exprimée.

— Oui, nous avons tous les deux une passion pour notre métier mais les événements auxquels nous sommes confrontés ne sont pas de ceux qui nous font toujours rêver.

— À la différence, monsieur Leprince, que nous autres, policiers, n'avons pas toujours le choix et ne pouvons pas prendre la décision de nous rendre à tel endroit plutôt qu'à tel autre.

Alain pensa que cela n'avait pas seulement été la folie qui le guidait, mais aussi la nécessité de devoir rapporter de quoi nourrir une famille. Un cliché exceptionnel pouvait lui permettre de vivre trois mois, voire plus. Mais il n'avait pas envie de polémiquer ce soir. La fille se pencha pour picorer un biscuit et son corsage s'entrouvrit, laissant apparaître la couleur foncée de ses aréoles. Visiblement, elle ne portait pas de soutien-gorge. Alain avala une grosse gorgée d'alcool pour se calmer.

— Vous êtes marié ? C'est votre épouse ? demanda la jeune femme en indiquant du menton la photo posée sur le buffet, photo qui l'avait intriguée en entrant, la dernière fois, chez le reporter.

— Non, je suis divorcé, un mariage ne tient pas devant les absences répétées d'un chef de famille, et cette jeune fille est en fait ma fille.

Awa se leva pour aller voir de plus près le cliché.

— Elle est jolie. Quel âge a-t-elle ?

— Elle a vingt-deux ans maintenant.

Awa regardait le visage pour voir à travers la fille quel genre de femme avait su attirer Alain. Les yeux étaient bleus, les cheveux blonds et raides, les lèvres minces… Pas tout à fait ce qu'elle était, en fait. Elle se retourna vers le journaliste.

— On peut aller voir le masque ?

— Bien sûr.

Alain, reposa son verre sur le plateau de la table, se leva et se dirigea vers le bureau. Awa lui emboîta le pas. En le regardant de dos, elle put apprécier sa carrure et sa haute stature.

Alain récupéra le masque du mur et le déposa sur le secrétaire, à l'envers. La jeune femme se pencha pour en inspecter la face interne et les signes bizarres. Au bout d'un moment, elle souleva la tête et s'adressa à Alain :

— Regardez, ces curieux petits idéogrammes, ils suivent des lignes parallèles pour former une sorte de calligraphie et ils s'arrêtent au milieu pour laisser place à une image. Tout est un peu flou mais on distingue bien un homme couché ou une sorte de coffre ayant la forme d'un corps avec une tête.

— Oui, c'est vrai et il y a aussi deux personnages inclinés au-dessus de lui, de chaque côté, répondit Alain, en se penchant à son tour.

— J'avais bien remarqué cela la première fois que je l'ai regardé. Cela m'a rappelé quelque chose. C'est sans doute une coïncidence mais j'ai déjà vu ces signes, j'en suis sûre !

— Ah bon ! Et où ça ?

— Quand j'étais petite, j'ai vécu également en Côte d'Ivoire comme vous, mais dans le Nord. Mon père y avait une usine de traitement d'anacardes[1]. Nous avions l'habitude, nous les enfants, d'aller courir dans la brousse. Or, il y a ces formations rocheuses qui parsèment la savane, la plus connue étant le mont Korhogo. En cachette, nous allions escalader cet inselberg. Sur la pente, il y avait une caverne, creusée dans la paroi, que nous avions

1. Noix de cajou.

découverte et où nous allions jouer à cache-cache, et ce, malgré l'interdit, à cause des insectes dangereux et des serpents venimeux. Une fois que nos yeux s'habituaient à la pénombre, nous y avions décelé des inscriptions sur les parois. C'était un mystère que nous partagions loin du monde des adultes. Je ne me souviens plus des détails mais le dessin du coffre et celui des deux personnages, ceux-là je ne les ai jamais oubliés.

Alain était intrigué. Ce masque qui était en possession de sa famille depuis plus de quarante ans avait-il un lien avec cette grotte enfouie au fin fond de la brousse ?

— À la fin de l'année, au moment des fêtes, je prends quelques jours de vacances et je retourne en Afrique pour rendre visite à la famille de ma mère. Si cela ne vous dérange pas, je viendrai copier ces inscriptions et je les comparerai à celle de la grotte. Je vous tiendrai au courant.

Alors qu'Awa parlait avec excitation, ses longs doigts couraient avec sensualité sur le bois du masque qu'elle paraissait caresser. Alain sentit ses sens s'enflammer. Il posa sa main sur la sienne et lui enlaça les doigts tandis que ses lèvres se posaient sur sa nuque. Sa chevelure bouclée avait l'odeur excitante du karité et de la cannelle. La jeune femme se retourna et son regard croisa le bleu troublant des yeux du reporter. Leurs lèvres se rencontrèrent avec avidité. Leurs corps collés l'un contre l'autre comblèrent avec précipitation un désir réciproque.

La peau ambrée et douce de la jeune métisse, ses muscles longilignes et fermes, ses mains expertes enivraient le journaliste. Les cris rauques presque sauvages de la jeune femme allaient décupler sa fougue…

Une fois leurs sens assouvis, les deux amants restèrent allongés à même le tapis de laine du bureau. La nuit était tombée et les ombres des arbres se balançaient doucement devant les carreaux de la fenêtre. Awa frissonna quand elle ressentit la fraîcheur automnale sur son corps dénudé. Elle attrapa un plaid qui traînait à côté du fauteuil pour s'y pelotonner. Elle se retourna pour effleurer le torse d'Alain qui était couché sur le dos. Elle le contempla.

Il avait les yeux levés vers le ciel, comme tournés vers ses lointains souvenirs. Son regard clair observait le faciès du masque dont l'ébène brillait dans la pénombre. Tout à coup, son visage se durcit. Son attention avait été alors attirée par les vifs éclats de lumière que renvoyaient les armes accrochées sur le mur. Les éclats de lumière se mélangeaient dans son crâne en un ballet infernal. Soudain, l'acier froid du couteau de jet se refléta dans sa prunelle et pénétra au plus profond de lui.

Une lame pour trancher. Un poignard pour découper. Un pic pour achever.

Comme une ritournelle, ces mots lui revinrent à l'esprit. Il ne savait plus qui le lui avait enseigné, ni quand?

Au même moment, une vive douleur traversa la tête de l'homme. Son corps entier tressaillit. Ses mains se crispèrent. Alors, les mêmes sons, les mêmes images revinrent comme à chaque fois et toujours avec la même horreur.

— Ça ne va pas? demanda la jeune femme, inquiète.

Awa prit peur, un instant, devant les yeux exorbités de son amant. Halluciné, ce dernier s'était redressé sur son coude et la fixait avec l'air menaçant d'un dément…

Chapitre 8
Avis de tempêtes

La jalousie engendre le mal... la jalousie, c'est le mal.
Agatha Christie

600 ans avant J.-C.

L'obscurité était tombée depuis longtemps. C'était une nuit sans lune, la mer et les cieux ne faisaient qu'un. À part le clapotis des vagues qui cognaient régulièrement sur la coque, on n'entendait plus aucun autre bruit.

Sous leur tente, Elyssa et Tatouia avaient terminé de ranger leurs ustensiles de cuisine. Le gros Nubien était en train d'étaler deux nattes sur le sol afin de permettre le repos de sa maîtresse et du sien.

À cet instant, Hannan Baal s'introduisit dans la cambuse. Sa démarche était chaloupée et ses yeux étaient noirs. Elyssa sursauta. Au cours du dîner, l'homme avait abusé de boissons alcoolisées. Depuis le départ des côtes africaines, Elyssa voyait bien que son époux était différent. Même les hommes d'équipage avaient remarqué ses accès de violence répétés et une atmosphère étrange s'était installée.

D'un geste de la tête, le triérarque fit signe à Tatouia de s'en aller. Ce dernier se baissa pour récupérer sa couche et déguerpit sans demander son reste pour aller s'installer sur le pont.

Elyssa était tétanisée. Elle attendait immobile. L'homme affichait un rictus de haine sur son visage tanné qui découvrait des dents de carnassier.

— Sers-moi un gobelet de vin et dépêche-toi.

La jeune femme saisit une amphore appuyée contre une paroi pour en verser le contenu dans un récipient puis elle s'approcha lentement de son époux pour lui tendre le breuvage en tremblant. L'homme avala d'un trait la boisson faisant dégouliner du liquide pourpre sur sa barbe et sur sa poitrine. Il lui tendit à nouveau son verre.

— Encore ! Après tu te déshabilleras.

Elyssa retourna vers l'amphore mais dès qu'elle eut terminé de remplir la timbale, elle sortit de sa ceinture un flacon contenant une poudre qu'elle versa dans le gobelet d'une main mal assurée, à l'abri du regard d'Hannan Baal.

Ce denier ingurgita la liqueur avec un gargouillement répugnant et attira sa femme violemment contre lui pour l'étreindre. Elyssa eut l'impression de manquer d'air puis elle émit un gémissement quand la main de son époux broya un de ses seins avec cruauté. Il la poussa ensuite avec force en arrière et elle tomba lourdement à terre tandis qu'il se jetait sur elle en ahanant grossièrement et en tentant de soulever sa tunique d'une main brutale. Les lèvres empuanties cherchaient celles de sa femme quand soudain, Hannan Baal s'abattit comme une masse, terrassé par un profond sommeil. Elyssa, prisonnière, se dégagea avec difficulté du corps pesant. Quand elle fut assurée que l'homme dormait profondément et qu'elle l'entendit ronfler bruyamment, elle se releva prestement et sortit de la tente pour traverser le pont. Devant le logement d'Enmouteff, elle enjamba le corps du serviteur qui dormait à l'entrée avant de s'engouffrer sous le pavillon.

— Mon adorée, je ne savais pas si tu allais pouvoir me rejoindre cette nuit.

— J'ai été obligée d'augmenter la potion pour que ça fasse effet. J'ai peur qu'un jour il ne comprenne.

Enmouteff regardait sa maîtresse avec tendresse. Ses yeux avaient un éclat particulier, ses cheveux étaient brillants, et sa peau satinée. Il la trouvait de plus en plus belle. Il la fit s'agenouiller à ses côtés et la déshabilla lentement tout en lui susurrant des mots doux. Elyssa se laissa emporter par la tendresse de l'Égyptien.

— Qu'est-ce que c'est ?

La jeune femme tressaillit au rugissement de son amant qui venait de découvrir des marques violacées sur son corps.

— Il y en a partout. Sur ton cou, tes bras, ta poitrine, ton ventre… Il te frappe, n'est-ce pas ?

Elyssa éclata en sanglots et se blottit contre l'épaule d'Enmouteff. L'Égyptien était furieux.

— Je te fais une promesse, Elyssa, quand nous retournerons en Égypte, je te ferai enlever et t'installerai dans mon palais. Là-bas, tu seras traitée comme une reine.

Tout en parlant, il embrassait la figure en larmes de la jeune femme.

— Il faut tenir bon. Dans quelques mois, si je ne me suis pas trompé, nous arriverons au terme du voyage et ton supplice sera terminé…

*

Les jours suivants, les vents firent défaut et les navires se retrouvèrent au milieu d'une brume épaisse et inquiétante. Le calme était terrifiant et les jours blafards ressemblaient aux nuits. Les hommes étaient sur le qui-vive. Les navires, tous feux allumés pour ne pas se télescoper, craignaient surtout de heurter un récif de ce rivage inconnu.

— Par tous les dieux, nous voilà dans un lieu de malédiction, soupira Haza'el qui se demandait quel mauvais sort s'abattait sur eux.

Quand au bout de quelques jours, le soleil réapparut, ce fut pour découvrir qu'ils longeaient une côte aride bordée de dunes[1]. Cela tombait mal car il aurait fallu faire escale pour récupérer de l'eau et de la viande fraîche. Une lumière brûlante écrasait les flots et la chaleur devenait étouffante. Ce qui était étonnant, c'était que les vents paraissaient jouer avec les navires passant du calme plat au coup de tabac en variant d'une direction à l'autre.

À la fin d'un de ces torrides après-midi, les équipages furent terrifiés par l'apparition soudaine d'un nuage monstrueux.

— Qu'est-ce que c'est que cette chose-là en provenance du nord-est, se mit à rugir l'un des hommes d'équipage en montrant du doigt une masse noire et menaçante qui se dirigeait vers les navigateurs comme si elle voulait les engloutir.

1. Namibie.

— Affalez les voiles, vite, hurla Haza'el alors que les hommes n'avaient pas attendu son ordre pour se précipiter à la manœuvre.

À peine l'opération fut effectuée qu'une nuit totale entoura l'*Eshmoun* et ses frères. De violents éclairs se mirent à déchirer cette obscurité lugubre et des vents d'une rare violence se déchaînèrent, irritant la mer qui se creusa pour mieux balloter les navires dans tous les sens. Un épais rideau de pluie s'abattit alors, semblant relier le ciel à la mer. Le bruit qui accompagnait la tempête était monstrueux. C'était un spectacle d'épouvante.

La panique s'empara des hommes. Dans les cales, les marchandises furent renversées. Sur le pont, les habitations de toile furent arrachées et ce qu'elles contenaient, jeté à la mer. Les hommes désemparés qui essayaient de lutter glissaient sur le pont et manquaient d'être emportés par des paquets d'eau…

Au bout d'une heure à peine, la tempête disparut comme par enchantement. Devant ses hommes médusés, Hannan Baal scruta le ciel d'un air circonspect.

— C'est un curieux présage, dit-il, approuvé par le reste de l'équipage. Haza'el, vois avec les autres bateaux quels ont été les dégâts…

Le lendemain, Hannan Baal fit immobiliser les navires et plusieurs hommes plongèrent dans une eau chaude et poissonneuse. Sous un magnifique soleil, ce moment de détente fut apprécié par l'équipage après le stress de la veille. Les cris et des plaisanteries fusaient de la part de ceux restés sur le pont en direction des nageurs.

— Attention aux requins, ils vont vous bouffer. J'en vois là-bas !

— Voilà qui va améliorer l'ordinaire. Il a lutté mais j'ai été le plus fort ! sourit un matelot en se hissant le long de la coque à l'aide de cordages.

Il jeta, sur le pont, le thon qu'il avait harponné. Le poisson n'eut pas le temps de se débatte longtemps car Tatouia l'assomma avec le manche d'une gaffe.

— Et voilà le repas du soir !

Armbjorn remonta à son tour à bord. Son corps ruisselait et sous ses cheveux plaqués, son visage paraissait plus anxieux quand il alla rapporter la mauvaise nouvelle à son capitaine :

— Hannan Baal, nous avons un grave souci. Il faut accoster au plus vite. J'ai plongé sous la coque et ai examiné les bordés. Ils sont envahis par les tarets[1] et les coquillages. Il faut procéder à un carénage en urgence.

Hannan Baal frotta sa barbe de sa grosse main et regarda la côte au loin. Son ordre fusa :

— Haza'el, convie tous les autres capitaines à venir prendre le repas à bord de l'*Eshmoun*, ce soir même.

*

Le dîner était bruyant. Il y avait longtemps que les chefs ne s'étaient pas retrouvés tous ensemble. Assis en tailleur autour des plats, les patrons de marine s'animaient en racontant la tempête de la veille. Leurs trognes burinées paraissaient monstrueuses à la lumière des lampes à

1. Vers marins xylophages.

huile. Les propos qu'ils tenaient se mélangeaient en une cacophonie tandis qu'ils enfournaient dans leurs bouches, avec leurs mains calleuses, de gros morceaux de poissons.

— J'ai bien cru que la voile allait être arrachée par les bourrasques. Les gars n'avaient pas assez de force pour la manœuvre.

— L'un de mes matelots a eu les jambes brisées et il s'en est fallu de peu qu'il ne tombe à la mer.

— J'ai eu peur que nous ne soyons drossés sur un écueil. Le *Shalim* semblait être la proie d'un démon.

Effrayés et roulant de grands yeux, les hommes ne parlaient que de forces démoniaques et de la colère des divinités. Le capitaine du *Shapash*, un homme ventripotent, envoya un crachat sur le sol en grommelant :

— Je crois que depuis quelque temps, le mauvais œil est sur nous !

Hannan Baal tressaillit à cette affirmation. Il jeta un regard mauvais en direction d'Elyssa qui soulevait une amphore pour remplir les gobelets des convives. Alors qu'elle passait à côté de lui, il lui décocha un violent coup de pied qui la fit glisser et elle tomba à la renverse. Elle poussa un cri aigu. Sa chute fut accompagnée des fous rires des amphitryons quand le capitaine du *Shahar* brailla :

— Hannan Baal, c'est un critère de recrutement chez toi ? Pour être cuisinier, il faut être eunuque !

Au même moment, Enmouteff, assis de l'autre côté, avait tenté de se lever brusquement pour porter secours à Elyssa mais la main robuste d'Haza'el l'avait agrippé par le bras et le maintenait fermement assis. À la faveur du vacarme, il susurra à l'oreille de l'Égyptien :

— Tu ne peux pas l'humilier en public. Tu es fou ! Tu lui as déjà dérobé sa femme.

Enmouteff écumait. Il regardait sans pouvoir réagir. La jeune femme, contusionnée, était en pleurs. Aidée par Tatouia, elle nettoyait les salissures du vin répandu.

Hannan Baal, exaspéré, stoppa le raffut de sa voix grave :

— Compagnons, écoutez-moi ! Si je vous ai réunis, tous, aujourd'hui, c'est que nous avons un nouveau problème. Les coques risquent de ne pas tenir si nous n'effectuons pas un calfatage d'urgence. Nous allons devoir accoster rapidement et nous mettre au travail.

Enmouteff n'écoutait plus. Son esprit cherchait désespérément une solution qui abrégerait les supplices de la femme qu'il aimait.

*

Cela faisait plus d'un mois que les Phéniciens avaient drossé les bateaux sur la grève, pour effectuer le traitement des bois rongés. Ils avaient construit des sortes de cales sur lesquels ils faisaient glisser les lourds navires, l'un après l'autre. Puis une fois que chaque bâtiment était à sec, ils enduisaient la carène d'une sorte de pâte confectionnée à base d'huile de poisson et de galets de chaux qu'ils avaient prudemment apportés dans les cales. Ce travail était épuisant, long et fastidieux.

Jusque-là, Elyssa avait été confinée à bord de l'*Eshmoun* en attente de son calfatage tandis qu'Enmouteff avait été assigné à surveiller les travaux à terre.

— L'homme qui a supervisé la construction se doit de vérifier le bon état des navires, avait déclaré Hannan Baal lors du repas réunissant les capitaines. Ce sera donc toi Enmouteff avec tes connaissances des bateaux qui sera chargé du contrôle…

Quand ce fut au tour de l'*Eshmoun* d'être mis au sec pour y être calfaté, la totalité de l'équipage dut descendre à terre.

Dès qu'il aperçut la Phénicienne sauter sur la grève depuis le rebord du bateau, Enmouteff éprouva le vif désir de passer un moment auprès d'elle. Il avait utilisé l'entremise de Tatouia pour lui fixer un rendez-vous malgré la présence perpétuelle d'Hannan Baal à ses côtés…

Chapitre 9
Le *Boléro* de Ravel

La force du sadisme, l'attrait qu'il présente,
gît tout entier dans la jouissance prohibée
de transférer à Satan les hommages
et les prières qu'on doit à Dieu…
Joris-Karl Huysmans

1976, région bordelaise

L'homme regarda la jeune femme allongée, nue, à côté de lui. Il surprit la peur au fond de ses yeux et il en éprouva un sentiment d'extrême plaisir. Il savait qu'elle ne pouvait maintenant plus bouger et qu'elle était en train de lutter pour essayer de sortir de son corps de pierre. Mais tous ses efforts seraient vains puisque le poison qui se répandait lentement en elle, paralysait ses muscles.

Dorénavant il pouvait agir à sa guise. Il lui sourit puis il se releva et alla fouiner dans sa grosse sacoche. Un bruit de cliquetis métallique accompagna la sortie de l'appareil.

Il revint vers sa proie et resta un moment à la contempler, debout devant elle, les jambes écartées. En bas, à terre, le corps dénudé lui était tout offert. Il pouvait maintenant en faire ce qu'il voulait et laisser libre cours à ses pulsions.

Il s'agenouilla, caressa ses cheveux avec une main et lui annonça d'un ton doucereux :

— Quelle nuit, nous avons passé ! Tu m'as fait jouir plusieurs fois tout à l'heure mais ce n'était rien à côté de ce que je vais éprouver maintenant.

Sa face était barrée par un rictus de sadisme quand il agita l'arsenal devant le visage de sa victime pour qu'elle comprenne. Lentement il en caressa l'ovale avec. La femme sentit le froid d'une lame sur ses joues. Une peur inexprimable l'envahit. Malgré tous ses efforts, son corps ne lui répondait plus. Elle ne comprenait pas ce qui était en train de lui arriver.

À mesure qu'il discernait la terreur dans les yeux de la jeune femme, l'homme ressentait monter en lui cette jouissance qu'il connaissait bien. Sa respiration s'accéléra.

— Ah, j'allais oublier !

Il déposa la chose sur la poitrine de la femme et se releva pour aller fouiller à nouveau dans sa besace. Il en ressortit un microsillon qu'il alla déposer sur la platine du Teppaz[1] qu'il avait remarqué en rentrant quelques heures auparavant. Les premières notes du *Boléro* de Ravel s'égrenèrent. Avec cette musique, il rentra en transe. Il pouvait maintenant travailler.

Accroupi au-dessus de la femme, il allait commencer son œuvre :

1. Marque de tourne-disque.

— Je vais pouvoir jouer avec toi… Jouer, jouir ? Il n'y a qu'une lettre qui sépare ces mots, as-tu remarqué ?

Tout en récupérant les lames sur son thorax, il observait le corps de la fille. Ses yeux firent un premier état des lieux pour recenser le travail à effectuer. La musique entraînante allait guider ses gestes.

Les seins un peu plats lui faisaient penser à ceux de sa mère. Le menton trop rond, le nez trop large, la bouche trop épaisse. Il y avait vraiment une similitude. Il fallait faire disparaître cette ressemblance. Sa génitrice ne devait jamais survivre.

— Tu vois ce petit bourrelet que tu as sur le ventre, je vais d'abord te le raboter. Vous les bonnes femmes quand vous vieillissez, vous avez cette chair immonde comme celle qu'elle me montrait, chaque matin, quand elle se promenait nue devant moi…

L'homme saisit la lame qu'il leva au-dessus de lui. Celle-ci brilla d'un éclat malveillant. Terrifiée, la jeune femme pensa qu'elle était en train de vivre un cauchemar et qu'elle allait se réveiller mais quand le fer entama sa chair, la douleur fut si atroce qu'elle comprit de quelle façon elle allait mourir…

*

Alain mit un certain temps à reprendre ses esprits. Il avait l'impression d'être dans un épais brouillard. Ses membres lui paraissaient mous. Il n'avait plus aucune force et, en plus, un mal sournois vrillait ses tempes.

— Ne bougez plus, monsieur Leprince. Je suis le docteur Anglade. Vous avez fait un malaise et heureusement qu'on m'a appelé. Je viens de vous faire une piqûre, vous allez maintenant dormir un bon bout de temps mais il faudra vous rendre à l'hôpital pour des examens complémentaires.

Alain regarda autour de lui sans comprendre. On l'avait allongé sur le divan du salon. En tournant la tête, il vit Awa, debout, derrière l'inconnu. Le visage de la jeune femme reflétait l'inquiétude.

Le docteur se leva et déposa une ordonnance sur la table de la salle. Il prit congé. Awa le raccompagna jusqu'à la terrasse des *Tamaris*. Une brume blafarde enveloppait le petit matin. Elle annonçait une belle journée. Le bruit rappelait que l'océan était caché là, tout proche, derrière les fantômes des pins.

Avant de monter la dune pour aller récupérer son véhicule garé sur la route, le médecin dit en aparté à la jeune femme qu'il pensait être l'épouse du malade :

— Ce malaise ressemble à des convulsions dues à une épilepsie. Il ne faudrait pas qu'il tarde à consulter un neurologue. Si une nouvelle crise se profilait, vous lui administrez les médicaments que je lui ai prescrits. N'hésitez pas à me rappeler. Au revoir, madame.

Quand Awa retourna dans le salon, Alain dormait paisiblement. Elle regarda son visage apaisé. Une heure plus tôt, les traits de l'homme avec qui elle avait fait l'amour, s'étaient soudainement crispés et tout son corps avait été secoué par des mouvements anarchiques. L'homme avait aussi déliré en émettant des propos décousus.

— *L'océan encore et encore... Le feu... Vengeance... L'éternité refusée... Où est-elle ?*

Awa avait paniqué dans un premier temps. Voir cet inconnu se tortiller dans tous les sens, surprendre ses yeux clairs prêts à sortir de ses orbites et l'entendre hurler des propos incohérents, l'avaient tétanisée. Elle avait essayé de le maintenir mais devant sa force monstrueuse, elle avait finalement appelé ses collègues pour qu'il fasse venir le docteur de permanence…

Awa caressa le visage serein de son ami qui s'était assoupi. Ses traits étaient détendus, ils paraissaient presque enfantins. Elle trouva même que cela lui donnait un charme hors du commun.

L'inspectrice décida de passer la journée au chevet de son amant. Elle attrapa le téléphone placé sur un guéridon pour appeler son bureau. Ce fut Maurin qui décrocha. Il était agité :

— Putain, mais qu'est-ce que tu fabriques ?

— Je ne me sens pas très bien. Je dois couver une grippe. Je ne viendrai pas au boulot aujourd'hui.

— Ça tombe mal. On a du nouveau. On vient de découvrir une nouvelle victime. Même mode opératoire… Même boucherie. Tu ne pouvais vraiment pas trouver un autre jour avec ta putain de grippe, non ?

Awa se retourna pour regarder Alain qui sommeillait paisiblement. Le docteur lui avait administré un sédatif. Il n'aurait sans doute pas besoin d'elle pendant un certain moment. Elle reviendrait le soir même avec ses médicaments et quelques victuailles.

— Bon, OK, j'arrive. Juste le temps de passer à la pharmacie. Donne-moi l'adresse où je dois me rendre.

Elle nota dans sa tête les coordonnées et raccrocha. Elle chercha de quoi griffonner un petit mot, à l'attention d'Alain. Elle déposa la feuille de papier à côté du téléphone, puis elle alla récupérer son manteau posé sur une chaise. Elle prit aussi l'ordonnance pour le traitement d'Alain. Auparavant, elle se pencha sur son ami et déposa un baiser maternel sur son front. L'homme ne broncha pas. Awa ressentait un sentiment bizarre pour le journaliste. Il était à la fois athlétique mais fragile, attentionné mais égoïste, intelligent mais coléreux. Un peu compliqué…

— Au revoir, mon baroudeur, à ce soir.

Elle se concentra sur les paroles de Maurin et se parla toute seule en franchissant la porte sur la terrasse :

— Merde, une autre victime. On a maintenant affaire à un dingue !

Ses pas crissaient sur le sol envahi par les aiguilles de pin tandis qu'elle se dirigeait vers sa 4L blanche…

*

Les sonneries de téléphone retentissaient, désagréables et stridentes. Toujours allongé, recroquevillé sur lui-même, Alain eut du mal à réagir. Son esprit paraissait embrumé et lourd. Il allongea son bras avec difficulté pour tenter de récupérer le combiné. Le reste de l'appareil chuta sur le sol avec un bruit détestable, emportant avec lui la lettre d'Awa qui s'envola vers le sol.

— Allô, fit Alain d'une voix pâteuse alors qu'en tirant le fil distendu, il essayait de récupérer le bloc du téléphone

— Allô, p'pa, ça va ?

Alain sortit de sa torpeur et s'arcbouta sur son avant-bras gauche. Son torse nu émergea de dessous le plaid.

— Ah, ma chérie ! Comment vas-tu ?

Un sourire éclaira le visage de l'homme en imaginant Malou, sa fille, à l'autre bout du téléphone. Il se remémorait ses yeux bleus rieurs et son sourire malicieux. Pourtant, il ne se sentait pas au mieux de sa forme. Il ressentait encore un malaise, sa tête lui tournait et son corps lui paraissait amorphe.

— Ça va, p'pa, tu as l'air bizarre ? demanda Malou avec inquiétude, connaissant le penchant de son père pour les alcoolisations intempestives.

— Ça va, ça va. Je sors juste d'une petite sieste mais tout va bien. Et toi, où te trouves-tu ? Qu'est-ce que tu deviens ?

— Je suis sur une aire d'autoroute avec J.F. du côté de Montélimar. On fait un peu de tourisme et ensuite, on remontera vers Megève. On va s'arrêter voir tante Agnès.

Le visage d'Alain se crispa. Rien que ces deux simples phrases le mit de mauvaise humeur. D'abord savoir que sa fille s'était entichée de ce Jean-François, un interne en médecine, fêtard et bellâtre, et ensuite qu'elle continuait à avoir des relations avec la famille de son frère, lui semblaient inappropriés. L'altercation avec son frère, Patrick, lui revint en mémoire.

— Tu restes longtemps chez ces prétentieux ?

— Oh, papa, tu ne vas pas recommencer. Il y a longtemps que je n'ai pas vu ma cousine Hélène. Je voudrais quand même le faire avant mon départ.

— Quel départ ?

La figure d'Alain refléta l'appréhension.

— Justement, je voulais te mettre au courant. Voilà. Euh... J'ai trouvé un job pour six mois dans un hôpital en Afrique. Je vais en Côte d'Ivoire. C'est vraiment une coïncidence troublante, tu ne trouves pas ? Que je marche sur les traces de Grand-père !

La voix de Malou était enjouée. Elle venait de décrocher son diplôme d'infirmière et elle avait toujours eu dans l'idée d'aller travailler en Afrique. Elle ajouta :

— Et J.F. s'occupera du secteur pédiatrique là-bas aussi. C'est super, non ?

Alain déglutit. Deux jours de merde, voilà comment il qualifierait ces dernières quarante-huit heures, d'abord la visite de son frère avec sa suffisance et ses exigences, ensuite sa contre-performance ridicule au lit couronnée par un malaise qui avait fait fuir une fille, belle comme une déesse. Et maintenant l'annonce du départ de Malou ! Il se sentait accablé.

— Et les fêtes, on avait projeté de les passer ensemble, tu t'en souviens, quand même, non ?

— Écoute, papa c'est une opportunité qui ne se renouvellera pas. Et puis, toi aussi, tu m'as lâchée bien souvent quand j'étais petite. Tu t'en rappelles, non ? Si tu le veux, tu peux très bien venir passer, toi aussi, la semaine entre Noël et le premier de l'An, là-bas ! Bon, je vais devoir raccrocher, je n'ai plus de pièces. J.F. te fait ses amitiés. Je te ferai signe depuis Megève. Je...

La communication se coupa net et un sifflement aigu se fit entendre.

— Et merde, lança Alain en raccrochant violemment le combiné.

L'homme s'assit sur le canapé. Il frissonna en découvrant que son corps était dévêtu. Il se leva pour récupérer ses affaires qu'il avait dû laisser dans le bureau.

Il se sentait faible, à la limite de l'épuisement, mais il se dit qu'il fallait qu'il sorte s'il ne voulait pas devenir fou. Il lui fallait se procurer de nouvelles pellicules au cas où il serait appelé quelque part en urgence. Il décida de se rendre à Bordeaux...

*

La fille était allongée sur le lit, presque inconsciente.

Il avait rencontré cette junkie, en fin d'après-midi, dans la rue Saint-Rémy[1]. La fille, en manque, était prête à tout et vendait ses charmes pour quelques francs. Malgré ses yeux cernés, elle était plutôt jolie avec ses cheveux blonds et ses tâches de rousseur. Elle devait être à peine majeure. Elle grelottait de froid, sur le trottoir, à attendre, enveloppée dans un manteau de fourrure blanche trop grand pour elle. Quand elle avait vu cet homme mûr, bien habillé et au physique agréable, elle lui avait adressé un pâle sourire en ouvrant sa pelisse. Ce dernier avait examiné un instant

1. Rue d'un quartier du centre-ville de Bordeaux où exercent, de jour, les prostituées.

le corps de la gamine puis lui avait demandé sur un ton monocorde :

— Jolie marchandise et tu prends combien pour la passe ?

Après avoir discuté du tarif, elle l'avait emmené dans son studio d'étudiante, situé au dernier étage d'une échoppe de la rue Sainte-Catherine…

Le quadragénaire avait alors déposé son sac à terre dans le désordre du petit appartement. Sur le sol, des canettes de bière, des vêtements dépliés s'entassaient sur des polycopiés. La fille était nerveuse et se rongeait les ongles. Il lui avait proposé de lui faire un shoot de suite après qu'elle se fut déshabillée.

— C'est un petit supplément pour te récompenser de ce que tu vas me faire maintenant, et ça te fera du bien, avait dit l'homme tandis qu'il injectait la drogue dans la veine de la pute.

Il remarqua que le bras avait de nombreuses traces de piqûres.

— Il y a longtemps que tu te défonces, demanda-t-il mais la gamine avait commencé son trip et ne fut plus en mesure de lui répondre.

La jeune prostituée était recroquevillée sur elle-même et il ne pouvait donc pas examiner son anatomie pour voir ce qui ne lui plaisait pas chez elle. Il alla fouiller dans sa sacoche et récupéra des liens en caoutchouc. Quand il revint, faisant face au lit, il se mit à siffloter les premières notes du *Boléro* de Ravel tout en agitant nerveusement sa main pour battre la mesure. L'adolescente ouvrit les yeux et fut prise d'un fou rire. Le type se mit aussi à pouffer :

— Vas-y, fous-toi de moi. Tu vas voir tout à l'heure, si tu auras encore envie de glousser.

Tout en continuant à chanter, il s'agenouilla sur le lit et attrapa un des poignets de la fille pour le ligoter à un montant du lit en fer. Elle eut un moment de recul. L'homme lui mit dans la main une petite enveloppe pliée :

— Si tu es gentille, chérie, tu en auras une autre dose dans ton autre main. La fille enserra les sachets de poudre et se laissa docilement ligoter les mains et les chevilles. Elle retomba dans une nouvelle torpeur.

Au-dessus d'elle, l'homme s'agitait frénétiquement en chantant de plus en plus fort. Il inspecta le corps juvénile et éprouva une déception en découvrant qu'il n'y avait pas grand-chose à changer. De sa main, il dégagea les cheveux d'une des tempes. L'oreille de la fille apparut. Il poussa un soupir de soulagement :

— Énormes et décollées, comme celles de Mère. Je pourrais les retirer et peut-être même dégager le front. Je ne me suis jamais entraîné à scalper.

Il se recula pour mieux scruter la chair pâle de l'adolescente. Tout à coup, l'homme trouva ce qui clochait chez la fille. Au-dessous de sa toison pubienne, les lèvres étaient asymétriques.

— Ah voilà, je vais quand même avoir du travail !

Il se précipita vers son sac, en retira de l'adhésif qu'il appliqua sur la bouche de sa victime. Reprenant conscience, celle-ci essaya de s'en débarrasser en secouant la tête et en gémissant de frayeur. L'homme avait aussi récupéré le dispositif qui lui était devenu indispensable et il le brandit au-dessus de lui comme un objet sacré.

D'une voix monocorde, il s'adressa à la fille qui ouvrait de grands yeux terrifiés :

— Tu as compris, maintenant. Regarde bien. *Une lame pour trancher. Un poignard pour découper. Un pic pour achever.*

L'homme exhibait l'appareil en le tournant de façon à ce qu'elle le voit sous toutes ses faces puis il ajouta alors que la gamine, en proie à la panique, se secouait en tous sens pour tirer de toutes ses forces sur ses liens :

— Mais auparavant, je vais me dédommager pour t'avoir offert un trip. Je le mérite bien. L'homme reposa délicatement l'objet sur le lit pour avoir les mains libres afin de dégrafer la ceinture de son pantalon et d'en abaisser la fermeture éclair...

Chapitre 10
Abandon

La vengeance est le plaisir des dieux.
Proverbe français

600 ans avant J.-C., côte de l'Afrique

Enmouteff n'en pouvait plus d'attendre, tapi dans les frondaisons. La silhouette d'Elyssa apparut au loin. Gracile et agile, la jeune femme courait parmi les hautes herbes desséchées par le soleil brûlant. Elle accéléra la cadence quand elle aperçut l'Égyptien qui se dissimulait au loin dans un buisson.

— J'ai réussi à droguer son vin ! Mais, cela ne nous laissera que peu de temps, affirma la Phénicienne en parvenant auprès de son amant.

— Cela fait quatre-vingt-huit jours que je ne t'ai pas tenue dans mes bras, tu te rends compte ! Cela me rend fou, répondit Enmouteff en attirant Elyssa contre lui.

Enmouteff avait décidé qu'ils se rencontreraient dans un endroit qu'il avait repéré dans la savane et qu'il avait aménagé auparavant. Un rocher plat caché au milieu la végétation. Il en avait informé Tatouia, en lui expliquant le chemin à suivre, pour que ce dernier le restitue à sa maîtresse. Il prenait des risques car non seulement Hannan Baal pouvait être mis au courant à tout moment, mais il y avait aussi la possibilité de voir apparaître des bêtes sauvages et peut-être même des indigènes.

— Je ne peux plus vivre sans toi, affirmait Enmouteff en ôtant les habits la jeune femme. Le corps cuivré, dont il avait tant rêvé ces dernières nuits, lui apparaissait enfin. Ses mains impatientes redécouvraient les formes insolentes de sa maîtresse.

Elles effleurèrent l'ovale de son visage, elles frôlèrent la peau si douce de son cou et de ses épaules puis elles caressèrent ses seins. Il avait oublié comme ils étaient si fermes et si bombés. Aussi ses lèvres s'approchèrent-elles pour mieux en apprécier la saveur. Quelque chose glissa alors sur la bouche d'Enmouteff qui ne comprit pas de suite. Un liquide chaud et inhabituel coulait sur sa langue. Il se recula et pressa les seins de la jeune femme. Quand il vit un fluide blanc qui s'en écoulait, il resta un moment perplexe avant de comprendre. Elyssa était enceinte ! Voilà pourquoi ses seins étaient plus lourds et sa démarche inhabituelle.

Elle lui sourit faiblement et le visage de l'Égyptien devint radieux. Il allongea ses bras pour enserrer le ventre déjà rond qui contenait la vie.

— Tu seras une reine dans mon palais, Elyssa, je te l'ai promis !

Les pensées s'entremêlaient dans l'esprit de l'Égyptien. Puis soudain ses mains se crispèrent et il les retira brutalement. Il se rendit compte que l'enfant qu'elle portait pouvait ne pas être de lui. Cette idée lui était insupportable.

Il darda des yeux impitoyables sur Elyssa. Celle-ci se contracta et des larmes embuèrent ses yeux.

Enmouteff resta un long moment les mâchoires serrées, l'œil sombre tandis qu'Elyssa restait abasourdie par sa réaction. Elle ramassa brutalement ses vêtements et s'enfuit en courant. Enmouteff était tétanisé. La jalousie le torturait. Ce qu'il faisait endurer à son rival se retournait contre lui.

Il regarda au loin la silhouette de sa maîtresse qui se rapetissait à l'horizon et fut pris de remords. Il se releva soudainement pour hurler :

— Tu seras reine et ton fils sera un prince !

Enmouteff courut derrière elle mais Elyssa avait disparu.

Lorsqu'elle revint au campement, la jeune femme fut terrifiée de voir qu'Hannan Baal debout, les jambes écartées et les mains sur les hanches, l'attendait :

— D'où viens-tu, cuisinier, tonna-t-il d'une voix forte.

De façon assurée et soutenant son regard, elle lui répondit :

— Je suis allée satisfaire un besoin naturel.

Quand elle jeta un coup d'œil vers l'abri de toile établi pour les cuisines, elle frémit en voyant Tatouia affalé à même la terre battue et qui ronflait bruyamment.

Enmouteff arriva à son tour, essoufflé. Hannan Baal s'adressa à lui sur un ton où la colère et le mépris se mêlaient :

— Toi aussi, tu as satisfaisait un besoin naturel ? Tu es allé vite en besogne ?

L'Égyptien ne comprit pas l'allusion mais les paroles que le Phénicien adressa à Elyssa l'inquiétèrent :

— J'ai offert le verre de vin que tu m'as versé à Tatouia et maintenant il dort, tu ne trouves pas ça curieux? Au fait, tu vois toutes ces calebasses, quand tu auras fini de préparer le repas pour nous tous, tu iras les remplir au marigot et tu les rapporteras. Les hommes ont besoin de se rafraîchir. Le Nubien ne pourra t'assister puisqu'il sommeille. Ensuite, tu iras aider les marins. Ils ont besoin d'un tâcheron pour broyer la chaux. Et, ce soir après le dîner, tu rapporteras à nouveau des récipients avec de l'eau du marécage. Tu feras attention de ne pas te faire dévorer, il y a des bêtes qui viennent boire à la fraîche. Quand à toi, Enmouteff, les hommes t'attendent et demandaient ce qu'il était advenu de toi.

L'Égyptien ne réagit pas. Il ne savait quelle attitude adopter. S'il se rebellait, cela ne ferait qu'accentuer la colère du capitaine contre son épouse.

*

Cela faisait trois mois que les navires avaient repris la mer après les travaux sur les coques. Il semblait que, depuis quelque temps, des courants contraires ralentissaient la progression des esquifs, obligeant les rameurs à reprendre du service.

Elyssa n'était plus jamais retournée sous la tente d'Enmouteff. Ce dernier la voyait dépérir à petits feux et se sentait inutile. S'il s'approchait d'elle, il risquait de déclencher à nouveau le courroux d'Hannan Baal. La seule chose qui était en son pouvoir était de lui glisser à l'oreille, dès qu'il le pouvait, des phrases d'encouragement.

— Tiens bon, dès que nous accosterons, je te ferai délivrer. Tu viendras vivre en Égypte et je vous comblerai de cadeaux, toi et l'enfant. Accroche-toi. Je t'aime.

La jeune femme souriait faiblement. Même si son visage avait gardé cette douceur, elle n'était plus que l'ombre d'elle-même. Elle paraissait épuisée. Ses joues étaient pâles et ses yeux creusés étaient entourés de cernes bleutés. Elle cachait l'embonpoint de sa taille sous une tunique empruntée à Tatouia. Le Nubien, consterné, faisait le maximum pour aider la jeune femme. Celle-ci souffrait en silence car ses mains et ses bras brûlés par la chaux n'arrivaient pas à cicatriser.

Un soir, les chefs de l'*Eshmoun* s'étaient rassemblés comme à chaque fois sous la tente de la cantine, mais l'atmosphère était bizarre. Tatouia s'affairait seul car Elyssa n'était pas là pour servir.

Enmouteff interrogea le Nubien du regard pour en connaître la raison mais le Noir lui fit des signes qu'il ne comprit pas. L'Égyptien sentit monter en lui un sentiment d'inquiétude. Il nota aussi que les hommes évitaient son regard. Seul Hannan Baal était volubile et lançait des plaisanteries.

— Demain, nous allons partir en reconnaissance, il semblerait qu'il y ait un accès facile vers la côte. Il nous faudra bien encore bivouaquer pour renouveler les vivres. Nous utiliserons l'une des pirogues dont nous avait fait cadeau Muchanga. Armbjorn, tu choisiras trois rameurs des plus costauds qui te seconderont. Haza'el, tu t'occuperas de préparer des armes et quelques vivres au cas où nous nous attarderions ou… si par hasard, nous rencontrions à nouveau des danseuses à la cuisse accueillante…

Le Phénicien enfourna un morceau de nourriture dans sa bouche et éclata d'un rire dément :

— Je pense qu'on va bien s'amuser ! Ah, Enmouteff bien entendu, en tant que frère du pharaon qui a permis cette expédition, tu nous feras l'insigne honneur de te joindre à nous !

Une ombre de déconvenue s'afficha sur le visage de l'Égyptien. Il s'était dit qu'il aurait pu profiter de l'absence d'Hannan Baal pour essayer d'entrer en contact avec Elyssa…

Un peu plus tard, dans la nuit, Enmouteff revint en catimini sous la cambuse pour interroger le Nubien :

— Où est-elle ? Qu'en a-t-il fait ?

— Elle est alitée dans la cale, mais n'y va pas, cela mettrait en colère le patron, lui répondit Tatouia en roulant des yeux effarés. Il essaya de retenir l'Égyptien par le bras mais ce dernier ne suivit pas les conseils de l'esclave et en se dégageant brutalement, il se précipita, comme un fou, pour descendre dans les entrailles du navire.

Devant le seuil de la cale, un matelot lui barra la route. C'était un colosse hirsute à la musculature développée. Il avait la réputation d'avoir un esprit limité.

— Personne ne doit rentrer, personne, personne, répéta l'individu de sa bouche édentée.

— Sais-tu à qui tu parles, marin ? Je suis le frère du pharaon !

— J'ai reçu des ordres, il y a eu des rapines et si je laisse entrer le frère du pharaon, on va dire que c'est lui qui est un voleur et que je suis son complice.

Le géant interposa sa masse devant l'accès qui menait au ventre du bateau. Il affichait une attitude menaçante en bombant le torse et en montrant le poing. Enmouteff capitula devant cet homme borné en se disant que le lendemain, le prochain gardien serait peut-être moins regardant…

La nuit fut terrible pour l'Égyptien. Allongé sous sa tente, il fixait les étoiles par l'embrasure de la toile restée ouverte. Les remords le rongeaient. En se remémorant les derniers mois, il commença à comprendre ses erreurs et se culpabilisait. Il calcula qu'il devait encore rester au moins six mois de trajet plus le temps nécessaire à refaire les vivres. Il ne savait pas si Elyssa tiendrait. Comment cacher plus longtemps à l'équipage qu'elle était une femme si ce n'est en la retenant prisonnière à fond de cale avec son enfant ? Enmouteff ne supportait pas l'idée que son propre fils, de sang royal, soit reclus comme un malfrat…

*

La pirogue cabriolait dans les vagues gigantesques et tentait d'escalader une barre écumante. Au loin, la terre apparaissait à travers la brume. Éclaboussés par des lames démesurées, les hommes s'arcboutaient sur leurs avirons et souquaient ferme. Un bruit d'enfer accompagnait la manœuvre. Tatouia avait été troublé quand on lui avait intimé l'ordre de faire partie du voyage. Il restait pétrifié au milieu de la barque. Tassé sur lui-même, il s'agrippait au ballot contenant les armes et les vivres. Devant lui, les marins ahanaient pour se donner du courage. Les hommes de mer savaient que la moindre erreur pouvait les jeter à la mer…

Enfin, la petite embarcation accosta sur une plage de sable fin en bordure d'un bras de mer qui s'enfonçait profondément dans les terres. Dans le lointain, on entendait l'océan qui grondait de colère. Les rives étaient couvertes d'une végétation dense de fougères et de palmiers.

Les sept hommes hissèrent la pirogue pour la placer en lieu sûr et Haza'el distribua les armes. Seuls Tatouia et Enmouteff n'en reçurent pas. Sur le qui-vive, l'Égyptien en demanda la raison.

— Pourquoi n'ai-je pas droit moi aussi à me défendre ?

Hannan Baal, le visage durci, ne répondit pas de suite. Ignorant la demande de l'Égyptien, il se mit à marcher, suivi de ses hommes, vers l'intérieur du territoire.

— Hannan Baal, je t'ai posé une question ! Tu te dois de me répondre !

Le Phénicien s'arrêta net et se retourna vers son interlocuteur. Son regard était froid et implacable :

— Enmouteff, l'amitié est une chose qui ne se trahit pas chez nous, les Phéniciens. Il semblerait que, vous autres Égyptiens, vous vous croyez tout permis. Vous avez conquis et soumis de nombreux peuples avec le mépris qui est le vôtre. J'étais ton ami et tu m'as pris mon bien le plus cher.

Enmouteff frémit. Hannan Baal fit signe aux matelots de s'éloigner. Le géant à l'intelligence minuscule, qui faisait partie du groupe, fit comprendre à Tatouia qu'il devait les suivre en lui envoyant une bourrade dans les reins.

Haza'el et Armbjorn, le visage fermé, entourèrent l'Égyptien comme s'il voulait l'empêcher de partir. Ce dernier était nerveux et s'avança vers le Phénicien.

— Hannan Baal, si tu veux, nous pouvons nous expliquer à la loyale et nous battre sans avoir besoin de garde-chiourme.

Hannan Baal éclata d'un rire nerveux.

— Loyal, c'est toi qui ose parler de loyauté alors que tu ne sais même pas ce que c'est.

Haza'el s'était rapproché d'Enmouteff en manipulant un gros cordage de ses mains calleuses. Enmouteff se recula. Un mélange d'irritation et de peur s'afficha dans son regard.

— Je suis le frère du pharaon, celui qui a payé pour cette expédition, vous n'avez pas le droit de lever la main sur moi…

Pendant ce temps, Tatouia et les trois autres marins s'enfonçaient dans les frondaisons. Le Nubien regardait inquiet ses compagnons qui ne bronchaient pas.

— On va où ? On fait quoi ?

Le gros esclave commençait à transpirer et rouler de gros yeux remplis d'inquiétude. Soudain les hommes s'arrêtèrent devant une sorte de sentier. L'un des matelots se pencha pour examiner ce chemin incongru, creusé dans le sable. Un bruissement sourd s'en éleva.

— Ça va, on en a trouvé. Tiens, viens donc voir, Tatouia.

Sur le sol, à l'endroit où la végétation faisait place à un passage dénudé, une marée noire bouillonnaient.

— Des magnans[1] et elles sont de taille ! Regarde-les bien, Tatouia, elles ne laissent rien sur leur passage. Tu sais bien, il y en avait au pays de Muchanga. Il vaut mieux éviter

1. Fourmis légionnaires.

d'y mettre le pied par mégarde. Leurs piqûres provoquent de telles douleurs qu'elles te paralysent en un instant.

C'est alors que Tatouia se sentit soulevé par les aisselles par l'un de ses compagnons et attrapé par les pieds par un autre. En riant, les deux mastodontes le balançaient d'un côté et de l'autre au-dessus de la légion de fourmis. Un grondement lourd de menaces, en provenance du magma noir, se fit entendre. Terrifié, Tatouia suppliait.

— Lâchez-moi ! Je vous en prie. Ce n'est pas drôle !

Le troisième marin, qui se tenait à ses côtés, s'adressa à lui :

— De la part d'Hannan Baal. Voilà comment il récompense ceux qui l'ont trahi.

Les deux matelots balancèrent alors le Nubien qui tomba au milieu de la procession des insectes. Le gros homme se tortilla en hurlant de douleur tandis que les fourmis l'assaillaient en lui infligeant de cuisantes morsures venimeuses. Bientôt son corps ne fut plus qu'une masse grouillante tandis que les hyménoptères s'attaquaient aussi à ses organes internes après s'être insinuées dans les orifices de son corps.

Devant lui, les marins hilares étaient pliés en deux en assistant au supplice de l'eunuque. L'homme poussait des cris stridents avant d'être pris de convulsions grotesques...

— Qu'est-ce que c'est, rugit Enmouteff en se retournant vers la clameur soudaine en provenance de la forêt.

— Ce n'est rien, c'est Tatouia qui expie sa déloyauté. Tous ceux qui m'ont trahi vont disparaître et c'est maintenant à ton tour.

Armbjorn ceintura brusquement Enmouteff par l'arrière tandis qu'Haza'el lui passait un nœud coulant autour de ses poignets pour les lier entre eux. Déséquilibré, Enmouteff s'affala lourdement sur le ventre. Il se sentit traîné sur le sol, bras en avant, par la force herculéenne d'Haza'el. Ce dernier lança l'autre bout de la corde au-dessus de la branche d'un baobab. Enmouteff en profita pour se relever mais il reçut un coup violent sur la nuque qui l'assomma. Quand il reprit connaissance, il était suspendu comme un vulgaire quartier de viande, les bras en l'air, les orteils touchant à peine le sable. Il avait beau s'agiter dans tous les sens pour essayer de se délivrer, la corde qui enserrait ses poignets était trop coriace et résistait.

Hannan Baal se positionna en face de lui. En affichant une froide jouissance, il lui déclara :

— Ce cordage de marin est costaud et te maintiendra ainsi, jusqu'à ce que ton corps devienne squelette.

Enmouteff balança sa jambe pour lui asséner un violent coup de pied dans l'entrejambe. Surpris, Hannan Baal se plia de douleur. Quand il reprit son souffle au bout d'un moment, il lui hurla :

— Dans quelques heures, tu seras mort. Elle ne te verra jamais plus.

Le Phénicien avait le visage défiguré par la haine. Il envoya un crachat à la figure de son rival.

— Je ne me salirai pas les mains à te toucher. Tu n'en vaux pas la peine. De plus, je ne mentirai pas à ton frère quand je lui dirai que je n'ai rien à voir avec ta mort. Tu auras simplement disparu dans la brousse.

Le Phénicien arbora un sourire de triomphe et continua :

— Tu verras, tu vas mourir lentement. D'abord l'impression de manquer d'air, puis la soif qui assèchera ta langue. Il y aura aussi la brûlure du soleil, sur tes yeux, qui te rendra aveugle. Ta peau rougira jusqu'à en saigner. Tes bras n'en pourront plus de te soutenir et se déchireront. Ensuite les bêtes sauvages n'auront plus qu'à te dévorer lentement.

Il martela lentement les derniers mots savourant la panique qu'il lisait dans les yeux de son rival :

— De ton corps, il ne restera plus rien. Tu m'as dérobé mon bien le plus précieux, je te volerai ton éternité. Tu n'accèderas jamais à l'immortalité. Tu entends, tu ne seras, jamais, un bienheureux Osiris[1]. Tu auras alors tout le temps de méditer sur la fidélité et la trahison.

Enmouteff fut pris de frayeur. Des mouvements anarchiques agitaient son corps, ajoutant à la douleur de ses bras. Il ne pourrait jamais traverser le fleuve qui le séparerait du royaume des dieux. Il ne serait pas à même de triompher des embûches du monde souterrain. Il n'affronterait jamais le jugement d'Osiris.

Il s'adressa à Haza'el et à Armbjorn qui se tenaient à l'écart.

— Vous ne pouvez pas laisser toucher un fils de sang royal. Délivrez-moi et je ferai votre fortune.

Hannan Baal éclata de rire :

— Tu n'es pas sérieux, Enmouteff, ces gens-là m'obéiront jusqu'à la mort. Je détiens leur famille en lieu sûr et ils ne savent pas où. Ils me sont tout dévoués.

1. Dieu du panthéon égyptien, symbole de l'éternité. En identifiant tous les morts à Osiris, le dieu assassiné, les Égyptiens ont conçu la mort comme le franchissement du monde terrestre vers le monde de l'au-delà.

Sortant des taillis, les trois tortionnaires de Tatouia étaient maintenant de retour Ils s'envoyaient de grandes bourrades, en riant. Ils ne lancèrent même pas un regard à l'Égyptien suspendu.

— Mission accomplie, Hannan Baal. Il ne reste plus qu'une carcasse blanche à la place du Noir, plaisanta le colosse.

— Alors, on n'a plus rien à faire ici ! déclara calmement Hannan Baal, un sourire de jubilation sur les lèvres.

En proie à une panique incontrôlée, Enmouteff essayait désespérément de tirer sur ses liens mais la position était inconfortable et les efforts qu'il faisait ne contribuaient qu'à l'épuiser. Ses muscles se tétanisaient douloureusement et il commençait à manquer d'air. Il regarda les six hommes qui s'éloignaient en direction de la pirogue. La terreur se lisait dans son regard. Mourir ne lui faisait pas peur mais ne pas accéder à l'éternité lui était insupportable. Hannan Baal avait trouvé le supplice que redoutait le plus un Égyptien.

Soudain, Haza'el fit volte face et abandonna ses compagnons. Il revint en hurlant vers le prisonnier. Il lui donna un grand coup sur la tête après l'avoir traité de « fils de chien ».

— Sale Égyptien, tu as jeté l'opprobre et le malheur sur nous !

En assénant une claque sur le crâne d'Enmouteff, la main d'Haza'el avait aussi habilement glissé un petit objet pointu entre les doigts du prisonnier.

— Je t'ai aussi laissé le sac de victuailles dans un buisson derrière toi. Bonne chance, fils, murmura l'Arabe en tournant les talons pour courir rejoindre ses compagnons.

— Veille sur elle, Haza'el, veille sur elle ! Va voir mon frère pour elle et Karib'il, hoqueta Enmouteff dans un sanglot.

*

Tandis que le prisonnier cisaillait ses liens en essayant de ne pas laisser tomber la fine pointe de fer donnée par Haza'el, au loin, la pirogue bondissait sur les vagues de l'océan. Dans la brume lointaine, huit petites ombres attendaient de continuer leur course vers l'Égypte.

Dès qu'il réussit à se dégager, Enmouteff se précipita en courant vers le rivage. Quand il pénétra dans l'eau, il tomba à genoux les bras en croix pour hurler sa douleur :

— Elyssaaaaa !

Il savait qu'il ne la verrait jamais plus…

Chapitre 11
Stigmates

La colère est la non-acceptation de l'inacceptable.
Marek Halter

1976, côte atlantique

Le jour commençait à décliner et les lueurs orangées du soleil couchant se reflétaient sur l'océan. Depuis la route, le spectacle était splendide.

Awa attrapa un gros sac à provisions qu'elle serra contre sa poitrine et claqua la porte de sa petite voiture blanche qu'elle venait de garer sous la pinède. Elle descendit le chemin pentu menant aux *Tamaris* et contourna la terrasse pour accéder à la porte-fenêtre. Celle-ci était verrouillée.

Elle frappa avec force contre le carreau de sa main libre. Personne ne lui répondit.

— Eh oh ? Il y a quelqu'un ? Tu es là ? Alain, coucou !

Elle colla son nez contre la vitre pour regarder à l'intérieur. Elle n'y distingua rien. Elle posa le sac à terre et se recula pour voir si elle pouvait apercevoir l'étage au-dessus. Aucune lumière et les volets étaient ouverts.

— Il n'est pas sorti dans son état, quand même ! maugréa-t-elle.

Une fraîcheur humide avait envahi l'atmosphère et la jeune femme sentit le froid sur ses jambes dénudées. Abandonnant ses achats, elle regagna sa voiture. Une fois assise à l'intérieur, elle alluma une cigarette pensant que cela l'aiderait à se réchauffer. Elle grelottait. Ce qu'elle avait vu dans la journée l'avait aussi passablement ébranlée.

— Faut être complètement dingue, s'était-elle écriée à son collègue Grégoire Maurin en découvrant les lambeaux de chair sanguinolente éparpillés un peu partout dans l'appartement de la victime. Elle avait du mal à effacer ces images atroces de son esprit.

Il devait être 19 heures. La jeune femme ressentit un profond désappointement. Elle aurait voulu se retrouver auprès d'Alain et faire encore une fois l'amour avec lui. Sans le vouloir, elle commençait à s'attacher à cet homme. Ses yeux l'avaient troublée. Ce regard unique, un peu ensorceleur, ne la quittait plus.

— Tu es dingue. Il est plus âgé que toi ! Juste un trip sexuel entre lui et toi ! Tu dois vivre pleinement cette liberté que les jeunes de ta génération ont acquise sans risque de tomber enceinte ou de contracter une maladie incurable. Mais, rien de sentimental, surtout !

Soudain, une autre idée traversa son esprit et l'inquiéta.

— Pourvu qu'il n'ait pas eu une autre crise et qu'il n'ait pas été transporté à l'hosto !

Elle aspira une profonde bouffée de sa cigarette puis se pencha pour insérer la clé dans le barillet de la voiture. Elle essaierait de contacter le CHU depuis chez elle. C'est au moment où elle relevait la tête qu'elle fut éblouie par les phares d'une voiture arrivant en face. Une R5 blanche vint stationner à côté d'elle. Elle en reconnut le chauffeur. Ce dernier sortit de son véhicule portant en bandoulière, sur son épaule gauche, un sac pesant.

Alain se penchant vers la vitre d'Awa. Son sourire était franc et enjôleur :

—Il y a longtemps que tu attends ?

— Oui et je suis vraiment congelée, souffla-t-elle avec une certaine mauvaise humeur.

Quand Awa sortit de sa 4L, Alain l'enveloppa de son bras libre et l'embrassa tendrement :

— Viens, rentrons, tu vas attraper la crève…

L'homme referma la porte-fenêtre derrière lui. Quand il déposa sa lourde besace sur le carrelage du séjour, un cliquetis se fit entendre.

Awa ouvrit le sac à provisions qu'elle avait mis sur la table et alla fouiller dans le buffet pour en sortir des plats :

— Je nous ai pris quelque chose de rapide. De la charcuterie, des chips, des oranges et des bananes.

Puis la jeune femme se retourna vers Alain et lui demanda :

— Comment te sens-tu ? Est-ce que tu as contacté l'hosto ?

Le reporter s'approcha de la jeune femme, l'entoura tendrement de ses bras et se mit à frotter rapidement son corps pour la réchauffer :

— Ça va, ne t'inquiète pas. J'ai besoin de repos, c'est tout. Mais, ne t'en fais pas, j'ai pris un rendez-vous, lui mentit-il, puis il ajouta :

— Tu restes, cette nuit ?

— Non, désolée, je vais devoir aller me changer. Le temps s'est rafraîchi et je ne suis pas habillée en conséquence.

— Écoute, si tu décides de passer la nuit ici, je crois avoir résolu le problème. Ma fille et toi, avez la même taille. Je pense que tu devrais trouver ton bonheur dans sa garde-robe. On va aller voir là-haut dans sa chambre. Elle affirme qu'elle n'a rien à se mettre mais je crois qu'elle exagère en disant cela…

L'armoire de Malou débordait de vêtements, pulls et vestes entassés, pantalons enfournés, chemisiers dépliés en désordre…

— Oui, tu as raison, elle n'a rien à se mettre, sourit la jeune policière en fouillant. Ça… ça me conviendra parfaitement.

Elle avait sorti un jean et un pull en mohair qu'elle déposa sur la courtepointe rose du lit de Malou. Elle regarda la chambre de style Louis XV. *Pauvre gamine ! Quel calvaire ! Vivre dans une bonbonnière de style pompadour ! Heureusement, les fringues ne sont pas en rapport !* pensa-t-elle. Elle fut tirée de ses pensées par les propos d'Alain.

— Tu devrais prendre une bonne douche chaude, cela te ferait du bien.

L'homme avait repoussé Awa en direction de la salle de bains. En sentant les mains masculines qui glissaient sous sa jupe, elle eut envie de lui répondre :

— Rectification, cela nous fera du bien à tous les deux !

Mais elle laissa son compagnon la dévêtir et partagea son excitation sous l'eau chaude…

*

Alors que leurs corps étaient enlacés sous l'édredon moelleux du lit de la chambre, Awa eut besoin de parler pour évacuer l'horreur qu'elle avait vue dans ce petit appartement du quartier Mériadeck.

— Ce type, c'est un vrai dingue ! Il a découpé des parties entières du corps de ces femmes. Elles étaient vivantes au moment où il a fait ça ! On ne comprend pas pourquoi elles n'ont pas cherché à se soustraire à leur bourreau ! La première a eu la peau entière du visage arrachée, la graisse du ventre aussi a été découpée… Et il avait disposé les morceaux en damier comme pour faire un dessin. Même le légiste, un vieux toubib habitué à en voir de toutes sortes, en a eu un haut-le-cœur…

Alain sursauta en écoutant ces descriptions. Des images familières réapparurent dans son esprit. Il ne se rappelait plus où, ni quand ? Il se souvenait juste qu'il mitraillait avec son appareil photo… Devant lui, des visions d'horreur… Des femmes éventrées, des enfants démembrés, des êtres humains torturés… Des morceaux d'os… Du sang partout… Une odeur écœurante de pourriture… Non, il devait chasser ces évocations. Ce n'était pas le moment de recommencer à faire un malaise. Il inspira fortement et se força à ouvrir les yeux. Il étendit lentement sa main pour toucher le corps chaud de sa compagne sous l'édredon. Il sentit que la vie y palpitait. Le caresser maintenant apaisa ses tourments.

— Allez, on descend. J'ai une petite faim ! dit-elle en se dégageant et en sautant hors du lit.

*

Il était plus de 21 heures. Awa s'était enroulée dans une grosse veste en laine blanche ornée de dessins géométriques noirs qu'Alain était allé lui chercher sur une étagère d'un placard.

— Je l'ai rapportée du Mexique lorsque j'ai couvert les J.O. de Mexico de 1968. Tu es super sexy dedans.

— Sexy, tu trouves ? Mais j'ai l'air d'une grosse dondon, avait-elle répondu en se regardant dans la glace de la chambre.

— Je te rappelle que Marilyn avait la même et bon, on n'a jamais trouvé qu'elle avait l'air énorme ! Et puis avec ces jambes, tu peux soutenir la comparaison…

Une fois au rez-de-chaussée, Alain alla chercher une bouteille de vin au cellier et Awa fouilla dans le buffet. Elle avait repéré, tout à l'heure, un tourne-disque enfoui à l'intérieur du meuble. Un système ingénieux de portes coulissantes le rendait invisible. Elle souleva le couvercle et le mit en marche. Tout à côté, s'entassait une pile de vinyles. Elle les examina, les uns après les autres : Pink Floyd, les Bee Gees, Joan Baez, Maxime Le Forestier, Mort Schuman, James Brown, les Beatles, les Stones, Led Zeppelin… Il y avait aussi quelques disques de musique classique Tchaïkovski, Vivaldi, Bizet…

— Oh, ça, j'aime bien, murmura la jeune femme en plaçant un microsillon noir sur la platine avant de poser le bras pour actionner l'appareil.

Quand Alain revint, une bouteille de Château Pape Clément à la main, il resta tétanisé à la porte en entendant les premières notes de la mélodie : le *Boléro* de Ravel ! Il déglutit et entra dans la pièce :

— C'était le morceau préféré de ma mère. Elle l'écoutait en boucle, des heures durant.

— Oh, je suis désolée !

Awa se précipita pour aller arrêter la musique.

— Non, laisse. De toute façon, maintenant…

Et il saisit la main de la jeune femme pour l'attirer contre lui.

Les notes s'égrenaient, lancinantes, agaçantes, et elles entraient dans la tête d'Alain pour rouvrir une plaie jamais cicatrisée. Il respira l'odeur des cheveux d'Awa pour tenter de se calmer…

La jeune femme avait très faim. Elle se libéra des bras de son ami au bout de quelques minutes et attrapa, dans l'assiette, une tranche de saucisson qu'elle enfourna avec rapidité puis, la bouche pleine, elle demanda à son hôte :

— En dehors de ta fille, tu as encore de la famille ?

— Oh, personne qui n'en vaille la peine. Mon père et ma mère sont tous les deux décédés. Il ne me reste que mon frère cadet.

Sans porter attention au forfait qu'il commettait, Alain porta un verre de vin à ses lèvres et en avala tout le contenu d'un seul coup, comme pour se donner du courage. Le tempo constant du *Boléro* continuait à agresser son mental :

— Mon connard de frère.

— Et il fait quoi, ton connard de frère ?

— Il est chirurgien, beau, con et riche !

— Ouah, ça n'a pas l'air de bien aller entre vous deux ?

Awa fit la moue. Alain ne répondit pas de suite. La rage le gagnait comme à chaque fois qu'on évoquait Patrick. Il se sentait envahir à nouveau par une amertume insupportable. Le passé ressurgissait et même cette musique s'immisçait à nouveau dans sa tête, comme avant. Il eut besoin de parler pour extérioriser sa souffrance.

— Tu sais, moi aussi, je désirais être chirurgien. L'année de mon bac, je suis parti sur la Côte d'Azur. Mes premières vacances, seul ! Un été formidable ! La mer, la plage, les boîtes de nuit ! J'y ai rencontré des gens extraordinaires ! J'ai fait la fête. C'est là que j'ai connu Amy. Elle était belle, américaine et blonde ! Vraiment jolie ! Elle avait quelques années de plus que moi et donc beaucoup d'expérience, tout ce qu'un jeune homme comme moi pouvait attendre.

Awa se renfrogna. Elle n'aimait pas quand ses *petits amis* s'épanchaient sur leur « ex ». Alain continua :

— En septembre, je suis revenu à Bordeaux et j'ai commencé ma première année de doctorat en médecine. Tout allait bien, je me sentais invincible. J'adorais l'embryologie et l'histologie. J'étais passionné par la génétique, l'anatomie et la biologie cellulaire.

Alain s'était versé un nouveau verre de vin qu'il savourait à petites gorgées, cette fois-ci.

— J'avais une chambre sur le cours de la Marne, à deux pas de la faculté de la Victoire. Un jour, Amy est venue me retrouver. Elle m'a annoncé qu'elle était enceinte. Quand ma charmante mère l'a appris, elle est entrée dans une rage folle et elle m'a coupé les vivres. J'ai dû prendre un emploi de magasinier, la nuit, pour nous assumer, Amy et moi, et bientôt le bébé. Je n'ai pas tenu le coup et je me suis fait étendre au concours…

Awa regarda les yeux d'Alain. Ils semblaient regarder au loin. Elle discerna une grande tristesse qui accentuait le bleu de son regard.

— Amy était photographe. Elle m'a tout appris de la technique. Elle savait comme personne capturer la lumière et attendre l'instant *t*. Elle m'a donné le virus. C'est comme ça que j'ai commencé à faire des reportages. Mon sursis militaire a été supprimé juste après la naissance de Malou, je me suis donc retrouvé en Indochine, avec mes appareils.

— Tu as suivi une autre voie, Alain. Quelquefois, on ne maîtrise pas son destin, lui dit Awa en se penchant pour le prendre dans ses bras.

Alain se dégagea comme pour fuir et allongea ses bras devant lui. Il regardait ses mains qui tremblaient étrangement :

— Regarde, j'ai des mains de chirurgien. Elles étaient faites pour ça. Longues, habiles, fines. Elles auraient su manier un bistouri, Elles auraient pu sauver des vies. J'aurais été un très bon praticien, meilleur que lui, bien meilleur. Tout ça, c'est de sa faute à elle ! Te rends-tu compte, une mère qui refuse d'aider son fils !

La mélodie uniforme et répétitive continuait à marteler l'atmosphère accentuant la colère du reporter qui était dans un état second.

Awa fut surprise de constater que le visage de son compagnon s'était soudain transformé. Ses yeux hagards et ses traits durcis et contractés lui donnaient l'aspect d'un dément. La jeune femme se sentit mal à l'aise. Un long silence s'ensuivit. La musique se termina brusquement et un grincement répétitif accompagna le glissement du saphir sur le disque qui tournait dans le vide.

Pour rompre l'atmosphère pesante, la jeune femme prit la parole sur un ton qu'elle voulait enjoué :

— Confidence pour confidence. Moi aussi, je n'ai pas fait ce dont je rêvais, je voulais être actrice, tu sais ?

Elle soupira, les yeux au ciel :

— Mais la mode est aux blondes comme Farrah Fawcett, Grace Kelly ou Brigitte Bardot. Tu me vois avec une perruque blonde ? Je suis loin de ressembler à Marilyn Monroe.

Amenant sa main sur sa joue, elle mima l'attitude d'une femme fatale. Alain éclata d'un rire nerveux. Le visage d'Awa s'attrista :

— Les petites Noires n'intéressent que la *Revue nègre* et je n'ai pas le talent d'une danseuse comme Joséphine Baker.

Chapitre 12
Esclave en terres hostiles

L'esclavage crée le désir de la libération ;
l'exil, lui, fait naître le rêve de la délivrance.
Marek Halter

600 ans avant J.-C., Afrique

Enmouteff ne comprit pas de suite ce qui lui provoquait ces chocs désagréables sur le crâne. Allongé sur le sol, il était dans une semi-torpeur. Son corps entier lui faisait mal et ses paupières semblaient tuméfiées. Tout en essayant de remettre de l'ordre dans ses idées, il entrouvrit les yeux.

Devant lui, une bande de gamins agités riaient en lui envoyant des fientes de poulet ou de petits cailloux. L'Égyptien voulut se lever pour les déloger. Mais il retomba à nouveau à terre avec une vive douleur au niveau de la gorge. Il se rendit compte qu'il avait le cou enserré par un lien de cuir maintenu à un piquet solidement ancré dans le sol et qu'il était aussi complètement nu. C'est alors que les événements des deux derniers jours lui revinrent en mémoire.

Il se rappela son abandon sur cette terre inconnue par ses frères, les marins de l'*Eshmoun*. Pris de panique, il avait longtemps erré en hurlant sur le rivage, comme un animal blessé. Puis, par instinct de survie, il s'était mis à la recherche d'un abri. Au crépuscule, en entendant les bruits insolites provenant des taillis, il avait préféré revenir sur la grève, pour s'y asseoir, en ramenant ses jambes contre lui, et attendre.

Le sac laissé par Haza'el était à ses côtés. En le fouillant, il y avait découvert des galettes de blé, du poisson séché, des dattes, une petite amphore de vin. Il avait englouti d'un seul coup la totalité du breuvage alcoolisé pour ne plus remuer de sombres pensées et était tombé dans une profonde léthargie.

Vers le milieu de la matinée suivante, la brûlure du soleil l'avait ramené à la réalité. Durant la nuit, son corps avait été attaqué par des nuées d'insectes et sa peau était parsemée de grosses boursouflures Commençant à perdre la raison, l'Égyptien s'était mis à se parler tout seul. Il avait l'impression que son esprit et son corps s'étaient dissociés.

— Bon, maintenant tu vas m'obéir. Il faut que tu viennes avec moi. Je sais que tu souffres mais il nous faut trouver une solution.

L'homme avait arpenté le rivage, en courant, à la recherche de quelque chose qui aurait pu l'aider...

Il ne s'était pas rendu compte que, depuis un moment, quelques ombres tapies dans les feuillus l'observaient. Enmouteff continuait à se parler tout seul ou à s'adresser aux dieux en levant le regard vers le ciel.

Soudain, cinq individus, noirs de peau, sortis de nulle part, s'étaient rués sur lui. Enmouteff avait lutté avec l'énergie du désespoir contre ces assaillants trapus et doués d'une force inattendue. Avec une détermination dont il ne se serait pas cru capable, ils cognaient de ses poings et frappait de ses jambes contre la meute enragée. Les chocs qu'il encaissait ne semblaient pas l'atteindre. Ce ne fut que lorsque l'un de ces hommes lui asséna un coup avec une grosse pierre sur la tête qu'il s'effondra. Il tomba dans un coma profond…

Attaché maintenant à ce pieu comme un animal, l'Égyptien essayait de réfléchir. La situation dans laquelle il était placé n'avait pas de quoi l'apaiser. Il se tâta la tête, à l'endroit où c'était douloureux, et il se rendit compte qu'une large plaie lui avait entaillé le cuir chevelu et qu'il était recouvert de sang séché. Il regarda autour de lui tandis qu'il essayait toujours d'éviter les projectiles des enfants indigènes. Il remarqua une esplanade avec quelques cases en torchis dans le fond. Un attroupement de vieillards, noirs de peau, palabraient, assis sous un arbre.

Une grosse femme édentée vint chasser les garnements en émettant des sons qui ressemblaient à des éructations et des borborygmes. Elle se plaça devant Enmouteff. Elle le regarda un moment sous tous les côtés puis avança prudemment la main vers lui, pour le pincer au niveau des côtes. Il essaya d'éviter les doigts crochus et fixa la mégère avec méfiance.

— Humm, lui fit-elle en enfonçant ses doigts dans la bouche avant de tourner les talons.

Enmouteff ressentit un sentiment d'effroi en comprenant qu'il allait finir dans l'estomac des autochtones. Il essaya de prononcer les mots qu'il avait appris quand il vivait parmi le peuple de Muchanga.

— Moi, ami… Gentil… paix…

Il s'agitait tellement que les vieux qui parlementaient se levèrent pour venir l'examiner de plus près. L'un d'entre eux lui lança une banane et le plus vieux se demandait quel pouvait bien être cet animal curieux qui était apparu sur leurs terres.

— Est-ce un singe blanc ? Ou un gros rat à deux pattes avec son museau pointu.

— De toute façon, on verra bien le goût qu'il aura !

Enmouteff, bien qu'il ait été restreint dans ses mouvements, s'évertuait, à faire des mimiques et des sourires pour tenter d'amadouer ses geôliers. Il essaya de faire un mouvement en arrière, le cœur battant. Ses liens l'en empêchaient. Un des vieillards avait brandi une dague dans le but de le transpercer. L'Égyptien crut que, cette fois-ci, sa dernière heure était arrivée.

C'est à ce moment-là qu'un jeune homme d'une quinzaine d'années, provenant de côté, s'interposa en attrapant la main du vieux. Enmouteff comprit que l'adolescent tentait de le sauver ou du moins l'espérait-il. Il ne comprenait rien à ce que disaient les autres mais les adversaires paraissaient s'invectiver. Les cris fusaient.

— Ubakwanda, tu es fou !

— Ubakwanda, ce que tu nous demandes là doit être réfléchi auparavant !

— Ubakwanda, tu prends des risques. On ne sait même pas ce que c'est !

— Ubakwanda, tu es fils de chef, tu viens de terminer ton initiation et comme tel, tu as le droit de siéger au conseil. Viens donc palabrer avec nous et nous nous expliquerons.

Sans avoir compris le sens de leurs paroles, Enmouteff vit alors le groupe retourner sous l'arbre. Il se rendit compte qu'il avait éprouvé une telle frayeur que son corps était maintenant agité de tremblements intempestifs.

Le temps passait. Les sages piaffaient en remuant. Ils parlaient encore et encore. Le soleil cognait de plus en plus fort. La tête d'Enmouteff était en feu. La sécheresse dans sa gorge était insupportable... Tétanisé, l'Égyptien attendait. Le soleil dardait une chaleur implacable... L'homme souffrait... Le captif sombra dans une inquiétante léthargie...

Une puissante gerbe d'eau vint fouetter vigoureusement le prisonnier. En reprenant ses esprits, l'Égyptien vit que le jeune Noir lui avait lancé le contenu entier d'une calebasse sur la tête. L'adolescent se pencha ensuite pour couper, au niveau du pieu, le nœud qui retenait l'homme blanc. Enmouteff se sentit alors traîné par le jeune homme jusque sous une case où il fut à nouveau attaché. L'Africain héla des femmes qui vinrent déposer devant le prisonnier une natte et trois calebasses. L'une contenait de gros vers et des insectes, l'autre des mangues ramollies et la troisième de l'eau. Enmouteff se rua sur cette dernière engloutissant avec extase un liquide pourtant chaud et saumâtre.

Ubakwanda observait, avec circonspection, l'hominien blanc accroupi qui enfournait maintenant la nourriture, goulûment, dans sa bouche. Il se demanda alors s'il avait eu vraiment raison d'en demander la possession au conseil des sages. De toute façon, s'il avait eu tort, il serait toujours à même de le tuer et le dépecer pour en faire plusieurs repas.

— Ubakwanda, fit le jeune Noir en se frappant la poitrine. Il tapa à plusieurs reprises le thorax de l'Égyptien en hochant tête vers lui. Ce dernier lui répondit :

— Enmouteff.

*

Quelques jours plus tard, Ubakwanda vint trouver Enmouteff, au petit matin, sous sa case. Il lui rendit sa tunique et ses sandales de cuir ainsi que sa besace qu'il avait remplie de victuailles. Il lui fit signe de s'habiller, de se lever, de prendre son sac et d'en porter en plus un second, énorme, tressé avec des pailles de sorgho.

Quand Enmouteff fut chargé de son équipage, le Noir détacha le lien qui l'emprisonnait au piquet et il prit le Blanc en laisse. D'un signe de tête impératif, il lui fit signe de le précéder.

Quand les deux hommes sortirent dans la cour, une nombreuse assemblée attendait. Elle venait prendre congé d'Ubakwanda, fils d'un chef du Nord venu faire son initiation parmi le peuple de la côte…

Chargé comme une bête de somme, Enmouteff accompagna Ubakwanda vers l'inconnu. Les deux voyageurs cheminèrent ainsi toute la journée, Enmouteff chargé comme un animal de trait à l'avant. Il précédait Ubakwanda qui portait une longue lance à la main. Le duo faisait des haltes, de temps à autre, pour se reposer et pour boire.

Au cours de ces instants de relâchement, Ubakwanda commença à enseigner le nom des choses et des êtes vivants qui les entouraient à son compagnon. Celui-ci comprit que cela lui serait nécessaire pour essayer de communiquer et raconter son histoire.

Quand la nuit arrivait, Ubakwanda accrochait solidement la laisse à un arbre pour empêcher l'hominidé de s'enfuir.

Les jours et les nuits se succédaient, longues et monotones. Enmouteff ne les avait pas dénombrés mais il lui semblait que cela durait depuis une éternité. Pourtant l'Égyptien était rasséréné, tant qu'il avait conservé son corps, il lui restait encore un espoir, celui de trouver le moyen d'atteindre un jour la vie de l'au-delà.

Les paysages changèrent peu à peu. Les forêts touffues firent place à une végétation clairsemée de mimosas, d'acacias et de figuiers de brousse. De loin en loin, des baobabs géants affichaient leur insolence sous un soleil implacable.

Petit à petit, un dialogue s'était instauré entre l'Égyptien et son geôlier.

— Faim... Soif... Chaud... Fatigue...

— Enmouteff a faim ! Ubakwanda est fort ! Ubakwanda est malin !

Enmouteff se rendit compte que l'adolescent était comme tous les adolescents du monde, audacieux et courageux, enthousiaste et exalté... Il s'attacha, peu à peu, à lui comme un chien à son maître.

L'Égyptien trouva même que le jeune Noir avait de la prestance. Il était grand et avait un port altier comme celui d'un souverain. Son visage aux traits marqués était strié de cicatrices tribales. Un front haut et des yeux acérés et étirés vers les tempes lui donnaient l'air d'un fauve.

Un soir, alors qu'ils choisissaient un lieu adéquat pour y passer la nuit, Ubakwanda saisit le poignard qu'il avait à sa ceinture et appela Enmouteff qui le précédait. Ce dernier, en se retournant, eut un moment de recul lorsque ses yeux aperçurent l'arme. L'autre lui fit des signes d'apaisement. Il lui montra ostensiblement son cou à plusieurs reprises. Enmouteff ferma les yeux et sentit qu'Ubakwanda cisaillait le lien de cuir autour de sa gorge.

L'Égyptien porta ses mains sous son menton. Ne plus ressentir cette chose qui lui entaillait la peau fut pour lui un tel plaisir qu'il entama une danse endiablée en riant et en criant.

— Libre, je suis libre !

Bientôt Ubakwanda le suivit dans sa bacchanale et les deux compagnons sautèrent et pirouettèrent comme deux amis ivres. L'air chaud et humide retentit longtemps de ces clameurs dont l'écho fit fuir au loin jusqu'aux esprits de la forêt.

Chapitre 13
Retour d'Alain

La guerre civile est le règne du crime.
Pierre Corneille

Mercredi 17 décembre 1976

Bordeaux grelottait sous les premiers frimas de l'hiver. La grisaille des échoppes du centre-ville s'était pourtant égayée depuis le début du mois de décembre. En effet, dès que le soir tombait, le cours de l'Intendance, la place Pey-Berland et la rue Sainte-Catherine allumaient leurs scintillements de Noël et dans la capitale girondine les badauds se pressaient bon train pour les achats de victuailles et de cadeaux en prévision des fêtes.

Pourtant, les agissements du « tueur de femmes » étaient dans toutes les conversations et il régnait une angoissante appréhension parmi les Bordelaises.

Awa occupait, depuis peu, l'appartement d'une de ses amies qui était partie en voyage aux États-Unis. En contrepartie, elle arrosait ses nombreuses plantes et prenait soin de ses deux chats, Milord et Bagatelle. L'immeuble de cinq étages situé sur une petite rue calme du quartier Nansouty se trouvait à proximité du centre-ville et Awa n'en était pas mécontente. Cela lui permettait, au sortir du bureau, de se plonger dans cette ambiance de fêtes si particulière.

Elle avait été soulagée de recevoir un appel téléphonique d'Alain le matin même, avant de se rendre à son travail. Le reporter lui annonçait qu'il était enfin de retour d'Angola où il avait couvert les derniers événements.

Depuis que l'indépendance avait été proclamée le 11 novembre dernier, ce qui devait mettre fin à un conflit de vingt-six ans, la paix n'était toujours pas revenue dans ce pays d'Afrique. Les troupes cubaines faisaient face aux troupes sud-africaines et savoir qu'Alain se trouvait en plein milieu de ces combats avait affolé la jeune femme. Elle s'était rendu compte à ce moment-là qu'elle tenait à lui.

— Allo ! Bonjour, mon ange, je viens d'atterrir à Orly. Pas fâché d'être sur le sol français. Je vais rester quelques jours, histoire de négocier mes clichés et je devrais pouvoir venir passer le prochain week-end à Bordeaux.

Awa avait senti son cœur s'emballer.

— Comment vas-tu ?

— Bien, un peu saisi par le froid mais tout va très bien, et toi ? lui dit-il alors que son esprit n'arrivait pas se débarrasser de ces exactions et cruautés commises par les combattants.

— Je suis vraiment heureuse de t'entendre. Tu me donneras le numéro de ton vol. Je viendrai te chercher à Mérignac[1]…

1. Aéroport de Bordeaux.

Il y eut un petit moment de flottement avant qu'elle n'ose ajouter :

— Tu sais, tu m'as manqué.

— Moi aussi, tu m'as manqué.

Alain était dans une position inconfortable, le dos appuyé contre la paroi d'une des cabines téléphoniques semi-ouvertes de l'aéroport, le combiné coincé sous le menton avec sur chacune de ses deux épaules les lanières de ses deux sacs. L'un contenait ses effets personnels ainsi que quelques médicaments contre le palu et les désordres intestinaux. L'autre plus lourd lui cisaillait l'épaule. Il est vrai que son équipement de reporter, même s'il était des plus rudimentaire, contenait un stock de pellicules Ektachrome noir et blanc et couleur ainsi que son monstrueux appareil photo, un Nikon F, son *tank photographique,* comme l'avait surnommé son ami reporter, Jacques-Marie Bourget[1].

Entendre maintenant la voix de la jeune femme le rassurait. Il ferma les yeux pour mieux se souvenir de son visage. Ses yeux en amande, son sourire, les boucles de ses cheveux...

Le brouhaha du grand hall et la fatigue du vol l'avaient rendu nauséeux. Ses pieds endoloris dans ses lourds pataugas le faisaient souffrir. Il avait du mal à se réhabituer à la température. Son visage hâlé portait une barbe blonde de plusieurs jours et il se sentait crasseux.

Il avait hâte de passer à l'agence où il était attendu avant d'aller prendre du repos dans le studio qu'il occupait dans

1. Grand reporter de la presse française qui sera gravement blessé lors des affrontements israélo-palestiniens en 2000.

une petite rue située non loin du jardin des plantes. Le manque de sommeil avait ravivé ses maux de tête et, avec, les visions insupportables.

Il se ressaisit :

— Je pense à toi.

— J'ai tellement hâte de te prendre dans mes bras.

— Je t'aime.

Alain fut surpris d'avoir susurré ces derniers mots. Depuis qu'il connaissait la jeune femme, il se rendait compte que quelque chose en lui avait changé. Cette fille lui avait apporté un peu de cette humanité qu'il avait abandonnée sur tous les champs de bataille parcourus. Depuis son divorce, il ne pensait pas être capable de ressentir à nouveau des sentiments pour une femme et surtout de pouvoir les exprimer.

— Moi aussi, je t'adore. Reviens vite, mon amour.

Awa se sentait comme sur un petit nuage en cette matinée ensoleillée et tout aurait été idyllique si elle n'avait pas remarqué la tête de croquemort que faisait Maurin quand il l'avait accueillie dès son arrivée dans les locaux gris du commissariat de la rue Mouneyra.

— Enfin, je pensais que tu avais pris ton après-midi !

Son collègue était devenu immonde depuis qu'il s'était rendu compte que « la fille sortait avec ce baroudeur ». L'inspecteur la regarda d'un air mauvais. Elle avait l'air heureuse, cela le mit de mauvaise humeur. Il pensa qu'elle avait dû s'envoyer en l'air cette nuit et cela augmenta son agressivité.

Awa respira profondément, bien disposée à ne pas se laisser gâcher la journée par son collègue. Elle ne put s'empêcher toutefois de lui jeter un bref coup d'œil. L'homme, une cigarette au coin de la bouche, avait les traits renfrognés. Avec sa nouvelle coupe au bol, il lui sembla ridicule. Elle fut prise d'un fou rire et se mordit les lèvres pour ne pas pouffer.

Depuis le début de la série de meurtres, l'équipe chargée de l'enquête était sous pression. Huit ! On avait dénombré huit femmes sauvagement dépecées après avoir été préalablement neutralisées, pour la plupart.

Devant ses cinq collègues enfin réunis dans le bureau exigu, Grégoire Maurin, assis de biais sur une des tables en bois, se saisit du rapport du légiste. Les autres, éparpillés dans la pièce, conversaient dans la plus grande cacophonie.

Maurin commença à parcourir le document puis il le brandit au-dessus de sa tête. Pour faire taire ses collègues et appeler leur attention, il lança un « s'il vous plaît » d'une voix tonitruante. Le silence se fit.

Maurin, content de l'effet produit, en profita pour parler sur un ton dogmatique. Depuis quelque temps, il s'érigeait en chef de file et cela agaçait Awa au plus haut point.

— Si on reprend les résultats du toubib, à part une victime, toutes ces femmes ont eu droit préalablement à un traitement spécial. « *Blocage des récepteurs nicotiniques au niveau de la membrane synaptique de la jonction neuromusculaire par un antagonisme compétitif*… ou plus simplement, droguées les nanas, avant de prendre leur pied ! »

Awa sursauta. Maurin était ignoble. Elle le regarda avec des yeux méchants mais en percevant le sourire pervers sur ses lèvres, elle comprit qu'il l'avait fait exprès pour la choquer. Il reprit, satisfait d'avoir provoqué la colère de cette péronnelle.

— *Le glycoside cardiotonique utilisé provient d'un poison appelé* Strophantus hispidus, *qui est vraisemblablement tiré à partir de l'*Apocynaceae qui comme tout le monde le sait est… une liane qu'on trouve où ? Alors, mademoiselle l'Africaine… Eh bien, en Afrique de l'Ouest !

Awa serra les dents. Il ne paierait rien pour attendre. Un autre collaborateur, un vieux briscard aux cheveux grisonnants reprit :

— Même s'il n'y a plus eu de crime depuis plus d'un mois, les instances supérieures ne vont pas nous lâcher jusqu'à ce qu'on retrouve ce salopard. Ce n'est pas parce qu'aucun nouveau corps n'a été découvert récemment que ce malade n'a pas recommencé ailleurs. Le procureur aurait envie de passer son réveillon avec les honneurs que pourrait lui apporter une arrestation inopinée.

D'autres collègues lancèrent des commentaires à tour de rôle.

— La diffusion, hier soir sur TF1 et Antenne 2 de reportages étalant les détails sordides, en cette période festive, n'est pas du goût du ministre de l'Intérieur.

— Ouais, et la panique commence à saisir la population dans la ville. Ce n'est pas bon pour le commerce. Le boss s'est fait remonter les bretelles par le proc, pas plus tard que ce matin. On va être amené à faire des heures sup, les gars.

— Ouais et Awa qui va nous lâcher pour aller se dorer au soleil des tropiques, grommela Maurin, affichant un air exécrable.

— C'est toi qui va me lâcher la grappe, connard ! rugit la jeune femme en s'approchant de l'homme pour le toiser.

— Ouh, une vraie tigresse des savanes !

Awa bondit en direction de Maurin le poing serré, prêt à lui décocher un coup. Elle fut stoppée par son jeune confrère Laurent qui s'interposa.

— Laisse, tu as raison, certains pervers ont la tête échauffée depuis un moment. Ça risque de faire des émules, on dirait.

— Quoi, qu'est-ce que tu sous-entends...

Au grincement de porte qui laissa apparaître le commissaire Grenier, le silence revint.

— Bonjour, mademoiselle, bonjour, messieurs. Vous allez retourner, tous, sur le terrain, pour inspecter à nouveau, fouiller, analyser. Il y a certainement quelque chose qui nous a échappé et ce quelque chose, il faut le trouver et vite. Cette ordure peut récidiver d'un moment à l'autre...

Engoncé dans un costume-cravate en lainage sombre trop petit pour lui, Grenier fit une tirade pour essayer de responsabiliser ses inspecteurs. La couperose de son visage s'empourpra encore plus et à la fin, il était devenu violet...

Quand il sortit du bureau, Maurin revint à la charge.

— Quelque chose nous a échappé. Reprenons le premier crime, il a quand même eu lieu près du domicile d'un type qui a vécu en Afrique. Il faut chercher de ce côté-là.

— Oui et moi aussi, j'ai vécu en Afrique. Est-ce pour autant que je suis l'assassin ? Il y a des tas de gens qui ont vécu en Afrique, ici, à Bordeaux, ça fait beaucoup de suspects, non ?

Awa avait quand même ressenti un malaise après la dernière affirmation de Maurin.

Grégoire Maurin savait qu'il avait touché là où ça faisait mal et n'était pas mécontent de son effet. Quand le groupe se dispersa, il jeta un coup d'œil sur le bas du dos d'Awa. Il eut des pensées lubriques devant son déhanché sensuel. Il se la serait bien tapée. Il aurait aimé en faire la petite esclave de son plaisir. Il émit un grognement sourd en pensant aussi qu'après tout cela lui ferait du bien de subir le même traitement que les autres bonnes femmes qui y étaient passées. Elle se rendrait compte, un peu tard, que son bellâtre de journaliste était le pervers recherché. Il aimerait bien voir sa tête à ce moment-là. Grégoire Maurin admit qu'il avait peut-être des défauts dont ce sale caractère mais on n'allait pas tarder à savoir aussi qu'il avait eu du flair.

Les groupes se constituèrent. Awa fit équipe avec Laurent. Elle s'était proposée pour retourner sur les lieux de ce premier crime découvert sur la côte océane. Comme Alain lui avait confié les clés pour surveiller, à l'occasion, les travaux de rénovation, elle en profiterait pour faire un saut aux *Tamaris*.

Laurent et Awa partirent en début d'après-midi après avoir encore compulsé méthodiquement le dossier.

*

L'endroit où avaient été retrouvés les morceaux de corps était situé à quelques centaines de mètres de la route, juste au bas de la dune. Ils s'y rendirent en serpentant entre les massifs d'oyats, de genêts et d'armoises. Aujourd'hui, un soleil éclatant illuminait l'écume des vagues qui se fracassaient avec force sur le rivage. Il faisait presque chaud.

— Récapitulons. La première victime n'a pas été découpée sur place suivant les constatations du légiste, commença Awa, les lividités cadavériques ne correspondaient pas à la position du corps.

Elle parut réfléchir avant d'ajouter à son collègue :

— Si le témoin a entendu une voiture sur la route là-bas, c'est donc que celle-ci a dû s'y arrêter quelques mètres plus loin et le ou les assassins ont donc été obligés de tirer le sac de jute contenant le cadavre depuis tout là-haut. Ça fait quand même une sacrée trotte, tu ne trouves pas ?

Awa leva la tête en protégeant son regard du revers de la main à cause de la forte luminosité. Elle réfléchissait. Ça ne collait pas, en effet. Pourquoi le type s'était-il donné tout ce mal pour déposer le corps à cet endroit précis ? Et pourquoi avait-il sciemment déchiré la toile de l'emballage mettant au jour le cadavre ? En agissant ainsi, il risquait de faire découvrir des indices encore frais.

Elle sortit de la poche de son manteau les notes qu'elle avait inscrites à partir du rapport et le relut.

— Il est pourtant dit que des traînées dans le sable étaient visibles depuis le milieu de la dune. Était-ce dû au fait que le meurtrier avait emprunté le remblai en pierres situé sur la propriété des *Tamaris* ?

— Dans le sable, les indices sont difficilement exploitables. On n'a pas, non plus, grand-chose concernant une marque de pneus, étant donné qu'à cet endroit la route est assez fréquentée de jour.

Les deux inspecteurs firent le trajet une première fois en analysant la topologie du lieu puis revinrent en marchant lentement à leur point de départ. Laurent réfléchit en se tâtant nerveusement le menton avant de décider :

—Awa, tu vas me traîner jusqu'au bas et on va voir si c'est faisable. On va aussi calculer le temps que cela prend.

La jeune femme fit la moue, alors le jeune inspecteur lui proposa :

— À moins que tu veuilles qu'on fasse le contraire mais je pense que tes vêtements et tes cheveux seront aussi ensablés que les miens le seront à la fin de l'opération.

Awa commença à tirer son collègue qui faisait le mort. Ce corps inerte était lourd. Elle avait du mal. Ce fut périlleux au début du parcours et Laurent poussa quelques cris de douleur lorsque son corps heurta les caillasses disséminées sur le sol. Awa fut prise d'un fou rire. L'hilarité de la jeune femme et les récriminations de Laurent durèrent tout au long de la manœuvre. Elle parvint enfin à son but.

— Bon, si tu te voyais, un vrai bonhomme de sable, dit-elle en continuant à pouffer alors qu'elle soufflait pour évacuer un terrible point de côté.

Son collègue, debout maintenant, se secouait et s'époussetait après avoir jeté un coup d'œil à sa montre.

— Il y a quelque chose qui me chagrine, dit Laurent en réfléchissant un moment. En pleine nuit, il fallait quand même avoir connaissance des lieux pour ne pas aller de ce côté-ci sans risquer de dégringoler de cette falaise située à proximité.

Awa ne releva même pas la remarque. Tout en regagnant ensuite la route bitumée où leurs deux véhicules étaient garés, Laurent regarda le chronomètre de sa montre qu'il avait arrêté à la fin de l'exercice.

— Douze minutes, ça fait long encore ! À peine un peu moins si on considère que c'est à un homme à qui on a affaire et qu'il est plus costaud que toi.

Dans un déni total, Awa se taisait...

En parvenant sur la route bitumée, Laurent ouvrit la portière de sa voiture puis se secoua à nouveau :

— Ma caisse va être belle. Heureusement, on rentre au bercail. Je vais pouvoir passer la soirée avec mon aspirateur. Ma femme va être contente. Tu ne regagnes pas ton véhicule ?

— Euh, c'est-à-dire que je vais en profiter pour marcher un peu, le bon air me fera du bien. Je rentrerai plus tard sur Bordeaux.

— Comme tu veux, mais fais gaffe. Ils annoncent du brouillard. Et puis... il y a le dépeceur. Qui sait, il peut encore rôder dans les parages.

Awa ne savait pas si Laurent plaisantait ou était vraiment sérieux.

— Merci pour ta sollicitude. Je ne tarderai pas, promis. Et puis, j'ai ça ! ajouta-t-elle en montrant le holster caché sous son manteau.

Awa attendit que l'automobile de Laurent disparaisse pour redescendre à pied vers les *Tamaris*. Sur la terrasse, elle y rencontra les deux peintres qui s'apprêtaient à partir. Ils avaient terminé de nettoyer leurs pinceaux et leurs rouleaux et faisaient un semblant de rangement de leur matériel. Après quelques banalités d'usage, ils prirent congé.

— Vous avez les clés, m'dame, alors fermez bien tout, en partant, lui recommanda le plus vieux avant de tourner les talons.

La jeune femme entra dans le séjour. Il y régnait un froid polaire. Elle fut aussi saisie par la forte odeur de térébenthine. Les meubles étaient recouverts de grandes bâches maculées de taches de peinture. Elle regarda les murs et trouva que les couleurs choisies par Alain rajeunissaient la pièce.

— Ouah, magnifique ! s'exclama-t-elle, à voix haute.

Machinalement la jeune inspectrice pénétra dans le bureau et elle se rendit compte que les artisans n'y avaient pas encore commencé leurs travaux de rénovation. Les bibelots et les meubles n'avaient pas encore été débarrassés. Elle se dit qu'elle en profiterait pour examiner le revers du masque avec ses signes bizarres. Alain lui avait promis des clichés mais en attendant, elle pourrait contempler calmement les caractères.

Debout face au mur, elle scruta, durant un long moment, le faciès de bois, lui trouvant une physionomie royale. Elle fut surprise de s'entendre lui parler comme à un être humain :

— Tu vas me raconter ton histoire ! Je sais, moi, l'importance que prend un masque pour le défunt mais il faut que tu m'aides pour comprendre !

La jeune femme se mit sur la pointe des pieds pour attraper la sculpture. Elle fut déconcertée par le contact glacial sur la paume de sa main. Elle fit face à la singulière effigie et elle eut l'impression que la figure cherchait vraiment à lui dire quelque chose.

— Allez, inspecteur Blanc, ne vous laissez pas aller à des idées bizarres. Monsieur le masque, vous possédez votre mystère mais quand même vous n'avez pas un pouvoir paranormal, encore que vous me fassiez douter... J'ai été élevée en Afrique, et là-bas la frontière entre le monde naturel et surnaturel...

Sans savoir pourquoi, elle se mit à déclamer les vers du poète sénégalais Birago Diop :

Ceux qui sont morts ne sont jamais partis :
Ils sont dans l'Ombre qui s'éclaire
Et dans l'ombre qui s'épaissit.
Les Morts ne sont pas sous la Terre :
Ils sont dans l'Arbre qui frémit,
Ils sont dans le Bois qui gémit...

Tout à coup, sa voix monocorde stoppa net. Son attention avait été attirée vers le milieu du mur, celui où s'étalait la collection d'armes blanches du docteur Leprince. Un cri s'étouffa dans sa gorge.

— Mais, non ! C'est impossible !

Chapitre 14
Royaume du Nord

Il n'y a guère au monde un plus bel excès
que celui de la reconnaissance.
Jean de La Bruyère

En Afrique

En fin d'après-midi, les deux voyageurs arrivèrent le long d'un immense fleuve qui roulait des flots boueux sous la lumière du soir. Ubakwanda s'extasiait en faisant de grands gestes mais Enmouteff savait que rien ne valait le Nil majestueux. L'Égyptien regarda le ciel. Rê allait bientôt sombrer de l'autre côté de l'horizon. Les eaux révélaient des reflets mordorés et une bise agréable apportait des senteurs nouvelles et fortes.

Ubakwanda fit signe à son compagnon de s'accroupir dans les graminées et de ne plus faire de bruit. Sur les berges, une pléthore d'animaux sauvages s'abreuvait, des antilopes, des zèbres, des gnous, des phacochères... Enmouteff savait ce que l'Africain avait en tête :

— Ce soir, viande fraîche pour Ubakwanda et Enmouteff ! murmura le Noir avec un sourire gourmand sur les lèvres.

Bien qu'il goûtât la chair du gibier, Enmouteff savait aussi que son sac, chargé de carcasses, serait plus lourd à porter, le lendemain. Il jeta un coup d'œil à son acolyte. Les muscles luisants et saillants, les yeux à demi clos, l'Africain guettait. Avec son doigt, il montra une harde de gazelles aux cornes lyriformes puis l'homme jaillit brusquement par-dessus les herbes hautes en brandissant sa sagaie au-dessus de sa tête. Il bondissait comme un forcené vers ses proies. Ce fut la débandade parmi le troupeau d'antilopes qui s'éparpillèrent en désordre. Ubakwanda choisit de poursuivre un faon affolé en le poussant vers les eaux. Il n'avait pas perçu le danger…

Derrière lui, au milieu des frondaisons, Enmouteff se mit à hurler. Abandonnant ses sacs, l'Égyptien s'élança à son tour, à la rescousse de son compagnon.

Dans un geyser d'eau, un monstre venait de sortir hors des flots. La gueule grande ouverte, il bavait de colère. Devant la menace, le chasseur resta pétrifié. L'hippopotame se rua alors sur lui. Le Noir fit quelques pas en arrière et tomba à la renverse. L'animal lui enfonça sa mâchoire dans une de ses jambes qu'il broya. Un hurlement de douleur roula sur l'onde. L'homme n'avait plus aucune chance de survie face à ce mastodonte qui se préparait à l'écraser de toute sa masse. Pourtant, quelque chose d'impensable se passa. Ce fut comme si l'arrivée d'Enmouteff avait brusquement stoppé net l'attaque de la bête et, contre toute logique, le colosse se retourna pour replonger dans l'eau brune du fleuve, abandonnant sa proie…

Accroché au bras de son sauveur qui l'entraînait loin de la berge, le jeune Noir grimaçait sous le coup d'une douleur épouvantable. Quand les deux hommes s'écroulèrent à l'ombre d'un baobab, Enmouteff observa la blessure de son compagnon. Les os de sa jambe étaient brisés et pointaient hors de sa chair sanguinolente. Ubakwanda était perdu. Terrassé par la souffrance, le blessé avait du mal à respirer. Enmouteff l'abandonna pour aller à la recherche des sacs. Quand il revint, il vit le renoncement dans le regard du guerrier.

— Pars, essaie d'atteindre mon village, là-bas. Raconte-leur que j'étais un brave. Peut-être, te laisseront-ils la vie sauve.

— Non, Ubakwanda, tu m'as sauvé la vie. Je dois faire la même chose pour toi !

Le guerrier sombra alors dans une sorte d'hébétude due aux endomorphines que la très forte souffrance lui avait fait secréter.

Enmouteff sortit de sa besace un morceau de viande faisandée où grouillaient des asticots et l'appliqua sur la plaie ouverte. Il déchira son pagne en longues lanières avant d'aller chercher une grosse tige pour y accoler la jambe du blessé dans la position la plus rectiligne possible…

Quand Ubakwanda reprit conscience, son supplice était monstrueux. Ses traits étaient déformés par les tourments et il lui semblait ne pas pouvoir trouver son souffle. Il vit qu'Enmouteff avait découpé le sac tressé pour en faire une natte. Il était en train maintenant de la maintenir ente deux grandes cannes en vue de fabriquer une civière. Ubakwanda perdit à nouveau connaissance…

C'était la nuit. Lugubres et angoissants, les cris des bêtes sauvages transperçaient les ténèbres. Enmouteff avait fait un grand feu qui embrasait les alentours. Allongé à ses côtés, Ubakwanda délirait. L'Égyptien ne cessait de passer de l'eau sur le visage et le corps de celui qu'il considérait comme son maître. Il le fit sans discontinuer, pour faire baisser la fièvre. De temps à autre, il levait les yeux vers les étoiles et repensait à la vision de ce ciel quand il la partageait avec Elyssa sur le pont de l'*Eshmoun*. Cela lui paraissait avoir eu lieu, il y avait des siècles. Il se mit à pleurer.

En écoutant les râles de l'Africain, Enmouteff récupéra de la pulpe du fruit de l'arbre sous lequel il se trouvait, l'écrasa puis la mit sur les lèvres du blessé pour essayer d'enrayer la douleur. Il lui murmura :

— Ne m'abandonne pas. Je suis perdu dans ce pays sans toi !

*

Enmouteff laissa plusieurs jours de répit à son compagnon jusqu'à ce que la fièvre baisse et que la souffrance soit supportable. La fatigue de l'Égyptien était extrême mais, durant ces longues nuits d'insomnie, il avait eu le temps de s'apitoyer sur son sort et avait mûri un projet complètement fou. Pour se persuader de sa cohérence et de sa faisabilité, il l'exposa à haute voix :

— Si j'ai pu effectuer un périple vers le nord, à travers des forêts hostiles et des contrées sauvages, pendant de longs jours avec un seul homme alors je pourrais, avec une armée entière, remonter plus haut encore et retrouver l'Égypte, mon pays !

Debout, face à l'immensité de la savane, il s'était même mis à hurler avec exaltation :

— Tu seras une reine, Elyssa et notre fils sera un prince d'Égypte !

Dans sa souffrance, Ubakwanda regardait la silhouette de son ami, la tête rejetée en arrière et les bras levés au ciel. Il pensait que celui-ci était en train de perdre la raison.

Un matin, le Noir observa avec curiosité son sauveur en train de finaliser le brancard. Enmouteff avait saisi le lien de cuir qui avait servi à l'entraver et le fixait à chaque extrémité des deux bâtons de la civière. Il aida le blessé à s'allonger sur ce lit de fortune, lui mit la besace sur le ventre. L'Égyptien s'attacha alors comme un animal de trait pour tracter cet attirail.

Dans la savane desséchée, un curieux attelage se déplaçait. Mû par un état d'esprit implacable qui décuplait ses forces, l'homme qui était placé en tête agissait, avec énergie, comme une bête de somme.

Pour avoir pansé le blessé avec son vêtement, Enmouteff se retrouvait maintenant totalement nu. La sangle de cuir qui glissait sur son torse entamait sa chair. Les muscles bandés et le visage inflexible, il tirait férocement de toutes ses forces pour traîner son fardeau. Il se sentait animé par une volonté inébranlable et nul n'aurait pu l'arrêter. Si par hasard, il sentait la fatigue l'envahir, il se mettait à hurler :

— Elyssa, tu seras reine bientôt et notre fils sera un prince !

L'espoir et la foi faisaient avancer l'Égyptien. Il se mit à nouveau à prier. Avec l'aide des dieux, il réussirait dans son entreprise.

À l'arrière, Ubakwanda serrait les dents quand le palanquin heurtait une racine ou une pierre. Il savait que son peuple n'était pas loin. Il fallait qu'il résiste comme le guerrier qu'il était. Il n'ignorait pas, aussi, que le chemin ne serait pas terminé pour lui quand il arriverait sur son territoire. Il devrait réapprendre à se tenir debout, à marcher et à courir…

*

Le village apparut, enfin, au bout d'un sentier en terre rouge, juste en lisière d'une forêt dense. Quelques huttes rondes s'étalaient sous la fournaise d'un milieu de journée. Enmouteff ahanait sous le dernier effort à fournir. Tels des fantômes, des silhouettes surgirent pour entourer les nouveaux venus. C'étaient uniquement des vieux car les femmes étaient aux champs et les hommes à la chasse. Des cris se mirent à fuser :

— Ubakwanda !

— Ubakwanda est là.

— Ubakwanda est de retour !

Ils se précipitèrent vers le jeune chef avant d'examiner, soupçonneux, l'animal de trait qui était en tête. Avant même que quelqu'un osât parler, Ubakwanda décréta :

— C'est Enmouteff, mon sauveur. Je tuerai quiconque voudrait toucher à mon frère.

L'Égyptien se rendit compte de l'importance de son équipier quand il vit que les vieux s'inclinaient et se prosternaient devant lui avec une extrême déférence. Il se dételа, étira son dos et regarda les maisons rudimentaires autour de lui. Il se sentait exténué mais au moins avait atteint un point de civilisation sans hostilité à son égard.

Alertés par un tam-tam, les autres villageois, abandonnant leur labeur, arrivèrent, en courant, les uns après les autres, pour accueillir leur souverain. D'abord méfiants envers l'étranger, ils ne se risquèrent pas à désobéir à leur jeune chef quand ce dernier leur ordonna sur un ton péremptoire :

— Vous traiterez mon frère comme vous me traitez, moi.

Soutenu par des hommes valides, Ubakwanda s'était mis debout comme le lui ordonnaient son rang et son titre. Des femmes venaient l'embrasser, les hommes se courbaient en proférant des compliments et des litanies, mais personne n'osait regarder l'hominidé qui était à ses côtés et que l'on trouvait fort laid. Ubakwanda se retourna vers son compagnon :

— Enmouteff, je n'oublierai jamais ce que tu as fait pour moi. Tu vas aller reprendre des forces dans une case et demain, en soirée, tu assisteras au conseil des sages…

Même s'il regrettait le confort de son palais, Enmouteff apprécia la paillotte comme un luxe. La terre battue lui sembla plus tiède que les froides dalles de marbre, les parois de terre séchée plus belles que les colonnes de stuc et le toit de sorgho, un abri plus intime que les plafonds de la grande salle de la résidence royale. Même les cafards qui couraient sur le sol lui parurent sympathiques.

Des femmes, les yeux baissés pour ne pas le regarder, vinrent lui apporter des calebasses de lait de chèvre et de poissons ainsi que des rayons de miel.

— Merci, merci… ne cessait de répéter Enmouteff pour qui ces aliments paraissaient plus appétissants que le plus beau des mulets péchés dans le Nil accompagné de la meilleure des seremet[1].

Après s'être restauré, l'homme s'effondra sur une natte pour dormir d'un sommeil si profond qu'il n'entendit même pas les tam-tams et les chants des festivités organisées pour le retour d'Ubakwanda et qui durèrent toute la nuit.

Au petit matin, réveillé par des rires d'enfants et des jacasseries de femmes, Enmouteff mit un moment à réaliser où il se trouvait. Les rais de lumière qui glissaient à travers les chaumes du toit lui chatouillaient ses yeux. Quand il se mit debout, tout son être lui faisait un mal atroce. Ses muscles étaient endoloris, ses articulations raides et les chairs de sa poitrine entaillées. Sa peau lui cuisait et il s'aperçut qu'elle saignait même en raison de la brûlure infligée par soleil. Il se pencha pour attraper la calebasse de lait dont il vida goulûment le contenu. Il décida de trouver un point d'eau pour se rafraîchir.

Lorsqu'il franchit la porte de son habitation, les femmes, occupées à piler les graines, se figèrent et se turent, les enfants s'enfuirent en hurlant. Le soleil était déjà haut dans le ciel. Enmouteff suivit le chemin que prenaient les ménagères qui portaient des récipients sur la tête. Au détour d'un sentier pentu, il découvrit en contrebas un marigot entouré de fougères et de grands arbres. Un remugle de moisissure et de limon s'en exhalait. Le sol de vase était

1. Bière de mil.

jonché de branchages tombés et de galets arrondis. Plusieurs femmes s'y affairaient. Sous les regards curieux, l'étranger s'accroupit et, de sa main, il se désaltéra. C'est alors qu'il aperçut son propre reflet sur l'eau.

— Par tous les dieux, ce ne peut pas être moi ?

Son apparence était effrayante. Une barbe hirsute couvrant la moitié de sa poitrine et des cheveux indisciplinés descendant jusque sur ses épaules lui donnaient l'aspect d'une bête sauvage.

Il se mit à courir pour remonter en direction de la case où il avait passé la nuit. Une fois arrivé, il fouilla nerveusement dans son sac et récupéra le couteau qu'Haza'el lui avait glissé dans la main avant de l'abandonner sur la plage.

Revenu au bord du marigot, Enmouteff s'agenouilla à nouveau et, penché vers l'eau, il s'évertua à raser tous les poils de son visage et de sa tête. Les femmes avaient arrêté leur besogne et l'observaient. Au fur et à mesure que sa toison tombait dans l'eau, elle découvrait, avec curiosité, le visage du Blanc. Certaines pouffèrent. En se mirant une dernière fois dans l'eau, Enmouteff se rendit compte qu'il avait une vilaine estafilade qui déchirait son visage depuis le sourcil gauche jusqu'au milieu du crâne.

L'homme blafard plongea son corps douloureux dans l'onde fraîche avec délice. Le courant glissait sur son corps nu et lui procurait une sensation de jouissance extrême tandis qu'il effectuait des mouvements pour flotter. Soudain, il se retrouva nez à nez avec une femme qui lui souriait. Elle était juvénile et il remarqua qu'elle avait des seins énormes. Devant son regard étonné, l'adolescente éclata de rire puis disparut en plongeant dans l'eau trouble…

*

— Enmouteff, en tant que membre de la communauté, tu dois participer à la vie du village. Que sais-tu faire ? demanda le plus ancien du village, un vieux à la figure parcheminée et aux yeux délavés.

Les hommes se tenaient assis en rond sous les ombrages. Le soleil de l'après-midi y était plus supportable.

— Je sais combattre et former une armée pour défendre le village, affirma avec fierté l'Égyptien.

— Défendre, mais contre qui ? Nous n'avons pas d'ennemis. La cité à côté de la nôtre nous permet de nous trouver des nouvelles femmes et il en est de même de ces villageois avec nos filles.

Les autres participants au conseil pouffèrent devant l'ineptie de la proposition de l'étranger.

— Même s'il n'y a pas de danger, on doit se préparer à la guerre, prévint Enmouteff.

— Non, c'est inutile, conclut le vieillard en abattant bruyamment un bâton sur le sol pour donner plus de poids à son affirmation. Étranger, tu apprendras qu'ici, on ne discute pas la parole d'un vieux.

— Je pourrais peut-être vous apprendre de nouvelles techniques de culture, suggéra timidement Enmouteff.

— Pourquoi changer les techniques que nous avons appris de nos pères qui eux-mêmes les tenaient de leurs pères ? objecta avec surprise un grand homme efflanqué au visage sec.

— Laissez-moi quand même tenter. Donnez-moi juste un lopin de terre pour essayer, supplia l'Égyptien.

Les hommes palabrèrent encore et encore pendant un interminable laps de temps devant Enmouteff incrédule. Ils hochaient la tête, ponctuaient leurs dires de claquements de langue, soupiraient, geignaient, ronchonnaient et même crachaient à terre. Finalement, ils décidèrent que l'étranger ne sachant pas faire grand-chose pourrait quand même essayer de cultiver un champ à sa manière, aidé par un groupe de femmes.

— Juste une chose, homme blanc, conseilla un homme au visage poupin, dans les champs, tu peux te servir d'une femme de temps en temps pour tes besoins personnels mais essaie de toutes les honorer, à tour de rôle, car sinon elles se jalouseront et les faire travailler sera impossible.

Enmouteff ouvrit de grands yeux mais les autres hommes approuvèrent avec force onomatopées, comme s'ils avaient expérimenté le problème.

— Mais, avant, il faut que tu fasses ton initiation comme l'ont fait tous les hommes du village, reprit l'ancien. C'est primordial !

— Tout à fait d'accord, acquiesça Ubakwanda mais comme Enmouteff a déjà prouvé par son physique et sa force qu'il pouvait accomplir un acte de bravoure, il ne lui restera plus qu'à apprendre la connaissance des esprits et la magie.

— On t'approuve sur ce point, reprit l'homme grand et sec.

— Ah, une autre chose, reprit Ubakwanda en s'adressant directement à Enmouteff, il n'est pas bon qu'un homme n'ait pas de famille. L'homme solitaire fait des rêves, la nuit, qui attirent les esprits. Cela pourrait porter malheur au village, aussi, dès ce soir, tu pourras essayer une première épouse. Si elle ne te satisfait pas sur la natte ou si les mets qu'elle te prépare ne te conviennent pas, tu pourras en changer jusqu'à ce que tu trouves ton bonheur.

— La femme qui va venir auprès de toi, ce soir, s'appelle Bawana. Tu verras, elle a de belles mamelles qui sauront nourrir généreusement des enfants.

— Et un ventre qui accueillera chaleureusement le père avant de porter les fils, ponctua le doyen.

Enmouteff allait récuser l'offre mais quand le jeune chef ajouta que Bawana était sa petite sœur, l'Égyptien n'insista pas.

*

En rentrant à la nuit dans sa case, après le conseil, Enmouteff aperçut l'ombre d'une femme qui l'attendait, tapie dans un coin. Il eut un moment de surprise en reconnaissant la jeune fille aux seins volumineux. La gamine était nue et le regardait avec des yeux effrayés. Tremblante, l'adolescente s'approcha du centre de la hutte et se mit à quatre pattes en levant un postérieur proéminent pour l'exhiber devant Enmouteff. Tout en cambrant ses reins au maximum, elle balança ses deux fesses frénétiquement de droite à gauche et répéta comme un automate :

— Bawana saura te satisfaire en tous points. Bawana sera une maîtresse complaisante pour toi. Bawana portera dans son ventre de beaux garçons. Bawana sera une bonne mère pour tes nombreux enfants. Bawana sera une cuisinière qui te rassasiera. Bawana…

Amusé, Enmouteff s'approcha de la fille. Il la poussa doucement pour qu'elle reprenne une position normale. Elle tomba à la renverse. Il s'allongea à ses côtés en pouffant de rire comme un très jeune enfant… Mais, quand il distingua ses seins d'ébène qui luisaient sous la lune, l'homme se figea. Ces rondeurs lui firent soudain penser à celles d'Elyssa enceinte, quand il les avait découvertes dans la brousse. Il ferma les yeux et commença à caresser cette peau qui lui sembla aussi douce que celle de sa maîtresse. Il aspira goulûment les mamelons avant de copuler machinalement avec la fille alors qu'il pensait très fort à sa jolie Phénicienne.

— Elyssa, Elyssa, Elyssa, ne cessait-il de répéter à chaque soupir…

Alors, Bawana fut aux anges, persuadée qu'« Elyssa, Elyssa » signifiait « je t'aime, je t'aime » dans la langue de l'étranger et qu'elle était devenue officiellement la première femme du nouveau frère de son frère…

Le lendemain, à peine l'aurore avait-elle coloré le ciel que Bawana sortit en trombe de la case pour aller raconter, aux autres femmes impatientes, la nuit qu'elle avait passée avec l'étranger. Elle ne négligea aucun détail, aucun fait et geste, aucune position et encore moins le leitmotiv « Elyssa, Elyssa ».

Peu de temps après, tout fut rapporté à Ubakwanda qui, en entendant le récit des prouesses de son ami, hocha la tête en pensant qu'il avait trouvé la bonne épouse pour son frère blanc en choisissant Bawana, sa petite sœur.

Chapitre 15
Réminiscence

Une photo, cet instant fugitif qui ne réapparaîtra jamais.
Sylvain Leser

Fin de l'année 1976, Bordeaux

Le hall de l'aéroport de Bordeaux-Mérignac était animé en ce vendredi du mois décembre 1976. À travers la grande baie de la terrasse, Awa regardait le ballet des avions dans le ciel azur.

Sur la piste, une caravelle d'Air Inter, au fuselage blanc rayé de bleu, toucha la piste dans un vrombissement d'enfer. Quand elle revint se positionner devant le bâtiment de l'aérogare, une passerelle fut accolée à sa porte. De loin, à travers la grande verrière, Awa regardait les cadres pressés en pardessus sombre qui en descendaient.

Le cœur d'Awa s'accéléra quand elle aperçut parmi les voyageurs la silhouette athlétique et décidée d'Alain. Quelques minutes plus tard, après avoir traversé le tarmac, il se retrouvait dans le hall. Il était vêtu d'une veste large en daim beige. La jeune femme pressa le pas pour aller à sa rencontre.

Un large sourire s'afficha sur le visage volontaire de l'homme. Avant qu'il ne la prenne dans ses bras, Awa avait été saisie par la clarté du bleu de son regard qui se détachait sur son visage hâlé. Il lui faisait penser à un ange.

Leur étreinte dura un moment et la jeune femme fut la première à se dégager.

— Mais, tu me fais concurrence avec ta couleur, se mit-elle à rire en comparant le bronzage de l'homme à sa peau ambrée.

Ils se dirigèrent vers le parking. Tout en la maintenant sous son épaule, il la regardait avec tendresse. Elle lui avait tant manqué. Ses yeux en amande, ses pommettes haut placées, son nez aquilin, ses lèvres bien dessinées et sa peau si douce le rassurèrent. Il en avait besoin.

— Ce week-end va me faire du bien. Je suis vraiment heureux de te retrouver.

Il la serra à nouveau contre lui. Durant son dernier déplacement, il avait maintes fois eu l'occasion d'avoir des relations avec de superbes femmes, de belles Angolaises qui se prostituaient pour survivre et même une sculpturale blonde et énigmatique aventurière qui suivait l'armée sud-africaine. Mais la pensée d'Awa l'avait toujours empêché de passer à l'acte.

Il eut le sentiment curieux d'avoir retrouvé ses vingt ans et avec, l'espoir de commencer une relation pérenne. Il s'arrêta, se recula pour mieux la regarder et lui sourit. Il eut hâte de la retrouver en tête à tête. En la prenant par la taille, il pressa le pas.

— Brrr, il fait glacial ce soir, s'exclama-t-il en abordant le parc de stationnement où un vent sec et froid balayait l'esplanade. Des volutes de vapeur s'échappaient de ses lèvres.

— Quand tu verras le petit nid douillet que j'ai dégoté, tu seras ravi, lui murmura Awa avec un sourire entendu.

Un halo orangé nimbait l'horizon quand la 4L blanche de la jeune inspectrice quitta l'aire aéroportuaire.

Alors que la jeune femme essayait de se faufiler entre les files de voitures sur les boulevards engorgés, afin d'essayer de gagner du temps, elle questionna son compagnon :

— Tu as ramené des clichés intéressants ?

— Je parlerais plutôt de témoignages intéressants. Tu sais, nous autres, reporters, sommes les observateurs de la folie des hommes. Il faut que les gens qui sont ici, à côté de nous et qui ne pensent qu'à leur dinde et leurs cotillons, sachent qu'à quelques milliers de kilomètres, il y en a d'autres qui essaient de survivre au milieu des armes et de l'aliénation d'autres hommes. Quand je reviens de mes reportages, j'ai la tête pleine de ces images si terribles qu'elles me paraissent irréelles.

Awa jeta un coup d'œil par le biais du rétroviseur à son passager. Leurs yeux se rencontrèrent. Alain lui sourit faiblement puis avança son doigt pour lui caresser le bout du nez.

— Heureusement, tu es là maintenant ! Tu vois, pour une photo, il suffit juste d'être là pour saisir un moment éphémère, unique qui ne reviendra jamais plus. C'est un geste, un mouvement, un jeu de lumière… Si j'avais pu avoir mon appareil, j'aurais pu saisir ton regard, il était unique.

Awa se sentit rougir. Pour échapper à son trouble, elle fit diversion en appuyant sur son klaxon alors qu'une camionnette lui coupait la route au niveau de la barrière Saint-Genès.

*

Quand ils pénétrèrent dans le petit appartement, Alain fut saisi par la forte odeur d'encens qui y flottait. Il regarda le décor avec curiosité. Des voilages parme ornaient les murs et les fenêtres et on trouvait des bougies de toutes tailles allumées sur des meubles en bois sculpté.

— Sympa comme ambiance ! s'écria-t-il en regardant tout autour de lui alors qu'il jetait son sac à terre et qu'il posait son lourd manteau sur une chaise.

— Mon amie a fait plusieurs séjours en Inde et est adepte du yoga, lui répondit Awa tandis qu'elle lui tendait une coupe d'un cocktail qu'elle avait préparé avant de partir et qu'elle avait gardé au réfrigérateur.

Après avoir trinqué et bu leur verre, leurs corps se rapprochèrent doucement et ils s'aimèrent avec tendresse sur le cachemire d'un tapis indien aux arabesques colorées. Alain n'avait pas oublié le corps voluptueux d'Awa.

Tandis qu'elle faisait glisser ses doigts fins sur le torse musclé de son compagnon, la jeune femme effleura la profonde cicatrice sur son flanc. Sa curiosité l'emporta.

— Ça, ça t'est arrivé comment ?

Le visage d'Alain se contracta. Il répondit sur un ton mécanique :

— Blessure en Afrique.

Son esprit se mit à vagabonder péniblement dans le passé...

Il y avait longtemps, très longtemps mais la douleur qu'il avait éprouvé à ce moment-là, elle, n'avait jamais quitté son esprit. Fulgurante, atroce.

Il n'avait pas compris de suite ce qui lui était arrivé. Il avait porté la main à son côté. Un liquide vermeil s'en était échappé à gros bouillons. Il avait juste entendu la voix fluette de son frère cadet qui hurlait :

— Maman, maman ! Vite, vite ! Bakari a poignardé Alain.

Alain s'était alors écroulé et avait perdu connaissance avant d'apercevoir son frère cadet avec, à la main, le couteau qu'il devait avoir ramassé.

Quand il s'était réveillé, le jeune Alain était couché dans un lit à l'hôpital avec ses parents debout à son chevet. Il était dans une semi-torpeur et une douleur lancinante lui vrillait le flanc.

— Sans le sang-froid de ton petit frère, tu ne serais pas là, avait commencé à dire sa mère d'un ton aigrelet.

— Tu es hors de danger maintenant et Bakari sera sévèrement châtié pour ce qu'il a fait, jura son père en posant sa main rassurante sur le front du garçon...

Peu à peu, les événements du matin revenaient à la mémoire du jeune garçon... Il revoyait, dans un brouillard, la scène où Bakari Diarrassouba, assis sur la terrasse de la concession, était en train d'astiquer, avec dévotion, les armes que son père affectionnait. Lui et son petit frère assistaient, intrigués, au travail du boy. Il n'était pas encore 8 heures. Suzette, sa mère, était allée dans le cabinet de toilette pour s'y rafraîchir et s'y pomponner. En partant, elle avait placé la tête de lecture du gramophone du salon sur un disque posé sur la platine puis avait tourné la manivelle. Depuis le séjour, les notes du *Boléro* de Ravel s'égrenaient nerveusement, amplifiées par le pavillon conique de l'appareil.

Le soleil rasant éclaboussait la varangue jusqu'à aller éclairer le mur de la pièce, là où le masque exposait son énigmatique sourire.

Dans le jardin, des oiseaux multicolores venaient s'ébouriffer sur une grosse pierre à eau[1]. Des amarantes vermeilles, des souimangas irisés, des choucadors bleus et des spréos améthyste pépiaient de gaieté.

Bakari était boy, fils de boy lui-même. Il exerçait son métier avec amour et beaucoup de fierté. C'est sur lui que reposait l'entretien de la maison, le blanchissage du linge et la préparation des repas. Il était même très flatté de savoir que les Blancs aimaient venir dîner chez Mme Leprince qui « servait une cuisine digne d'un des meilleurs restaurants de Paris », enfin c'est ce qu'il avait entendu dire, un jour, de la bouche d'un des invités. En outre, il était dévoué aux enfants, surtout à l'aîné qui lui posait des tas de questions sur sa culture et ses croyances.

1. Pierre creusée par les ménagères à force de moudre le mil et où l'eau stagne.

— Dis, Bakari, ça sert à quoi ce couteau à plusieurs lames que tu as en main ?

Bakari leva le poignard à la hauteur de son visage pour mieux l'observer et répondit :

— Ça, c'est une arme sacrée. Elle a servi à un jeune, comme toi, à faire son initiation. C'est un moment très difficile où l'enfant devient un homme après avoir subi plusieurs épreuves.

— Et avec le couteau, il a fait quoi ? s'était exclamé le cadet, Patrick, qui paraissait subjugué par l'arme qui brillait sous le soleil matinal.

— Ça, c'est secret. Si un jour tu fais, toi aussi, ton initiation, tu sauras !

Les yeux noirs de l'enfant s'étaient alors transformés. Il porta une attention bizarre sur les lames.

— Moi, je sais !

— Attention, Patrick, tu vas te blesser, exhorta le boy.

— Arrête avec tes jeux débiles, lui cria son frère aîné tout en voulant soustraire l'arme des mains de son jeune frère.

Bakari se précipita pour tenter de récupérer le couteau que se disputaient les gamins. Son élan fut stoppé par le regard d'un des deux frères. Il eut l'impression d'avoir un esprit mauvais en face de lui. La voix qui sortit de la gorge du gamin blanc n'avait plus rien d'humain.

— Je sais, moi ! Une lame pour trancher ! Un poignard pour découper ! Un pic pour achever ! déclamait-t-il tout en caressant curieusement chacun des éléments d'acier.

Bakari n'en croyait pas ses oreilles. L'enfant des Blancs connaissait les paroles consacrées. Comment avait-il pu être au courant ? Une rage folle l'envahit.

— C'est une arme sacrée, vous ne devez pas la toucher si vous n'avez pas été initiés. Lâchez ça, se fâcha-t-il en tentant d'arracher le couteau des mains profanes.

Le Noir avait les yeux remplis de haine et de colère. Lorsqu'il aperçut le masque de l'ancêtre que les impies avaient osé accrocher sur un mur, sa rage s'amplifia. Ces Blancs se croyaient vraiment tout permis.

Alors, avant d'avoir pu comprendre, Alain avait ressenti une vive douleur et il avait eu l'impression de tomber dans un gouffre. Devant lui, les orbites hallucinées du coupable avaient disparu dans un flash de lumière…

*

— Alain, tu vas bien ?

La voix douce et sensuelle d'Awa le ramena au moment présent.

— Excuse-moi, un moment de fatigue. Je n'ai pas encore digéré le décalage horaire. Au fait, tu n'as pas la fringale ? Moi, je meurs de faim ?

— Au choix, plateau-télé sur le canapé ou restaurant chinois de la place des Grands-Hommes ?

— Vu le froid, je préfère rester à l'intérieur si cela ne te dérange pas et en plus… j'aurai mon dessert à portée de main, lui répondit-il en l'enlaçant alors qu'Awa poussait un petit cri strident…

Ils s'assirent sur le canapé, serrés l'un contre l'autre. Tout en grignotant les derniers morceaux de pizzas, Alain demanda évasivement :

— Et ton enquête, ça donne quoi ?

Awa venait de se lever pour éteindre une bougie qui se consumait dangereusement sur un des buffets.

— Ça piétine. Le dingo n'a pas récidivé depuis un moment, semble-t-il. On n'a aucune piste sérieuse pour l'instant, on ne comprend pas.

Awa pinça sa bouche en se troublant un instant. Elle prit une grande respiration et lui posa la question qui lui brûlait les lèvres :

— Quand je suis allée aux *Tamaris*, cette semaine, il y a quelque chose qui m'a surprise. Euh...

— Oui, quoi ?

Elle sembla hésiter.

— Voilà, quand je suis rentrée dans le bureau, les ouvriers n'avaient pas encore touché la pièce mais il manquait une arme sur le mur, celle du milieu.

— Ce ne sont pas les artisans ! Ce sont des personnes qui travaillent pour la famille depuis longtemps. Mon père a même sauvé le fils lorsqu'il avait attrapé une méningite. Ce sont des gens honnêtes et ils n'auraient rien volé.

— Alain, je n'accuse personne. Je voulais juste te dire qu'il manquait cette arme. Te souviens-tu de celle que c'était ?

— Oui, si c'est celle au milieu, c'est la pièce maîtresse de la collection de mon père, un couteau de jet à trois lames...

Alain se figea comme si quelque chose l'avait piqué. Awa perçut son trouble. Alain avait pris conscience que c'était cette même arme qui l'avait blessé au flanc, quand il n'était qu'un enfant.

Au bout de quelques secondes, le reporter rompit le long silence qui s'en était suivi :

— De toute façon, j'avais l'intention, lundi, d'aller voir sur place l'avancement des travaux. Je pourrai me rendre compte par moi-même et chercher si l'objet n'a pas été déplacé. Ma voiture étant à Paris, j'en louerai une dès lundi matin.

Un voile assombrit le regard d'Awa.

— Au fait, tu repars quand ? Tu sais que je m'envole mercredi pour la Côte d'Ivoire pour quinze jours de vacances bien méritées.

— De toute façon, je n'avais pas l'intention de quitter Bordeaux avant vendredi. Lundi matin, je dois aller chercher une voiture de location, la mienne ayant quelques soucis, j'ai préféré la laisser à Paris.

Le visage d'Awa s'éclaira d'un sourire comme ceux qu'Alain appréciait tant chez elle.

— C'est super, nous allons passer quelques jours de plus ensemble, à moins que tu n'aies eu l'intention de résider aux *Tamaris* ?

— Non, je vais demeurer ici, à Bordeaux, si tu veux bien m'héberger ? J'ai pas mal de choses à régler.

L'esprit d'Alain se focalisa un moment sur la prochaine journée du vendredi. Ce jour-là, il avait quelque chose d'important à faire. Son visage se figea et ses traits se durcirent à l'idée de devoir exécuter sa décision.

— Ça va ?

— Hein ? Oui, pas de problème. Je me sens un peu crevé.

Son aspect se rasséréna.

— Au fait, tu sais que ma fille est là-bas dans le nord de la Côte d'Ivoire pour son boulot avec son petit ami ? Tu pourrais faire sa connaissance ! Vous vous entendriez très bien toutes les deux.

— Certainement et si tu veux, je pourrais lui apporter son cadeau de Noël.

— Attends, on oublie l'essentiel !

Awa ouvrit de grands yeux tandis qu'Alain s'était levé pour s'approcher d'elle.

— Mon dessert !

La jeune femme éclata de rire alors qu'Alain commençait à ôter ses vêtements avec frénésie...

*

Awa et Alain s'étaient levés de bonne heure, ce lundi matin. Le week-end en amoureux avait permis à Alain de récupérer.

La jeune femme déposa son compagnon à l'aéroport, là où se trouvaient des véhicules de location, avant de se rendre au commissariat.

— À ce soir, mon trésor. Courage pour ton boulot, lui lâcha Alain avant de refermer la portière alors que l'automobiliste pressé, garé derrière Awa, appuyait vigoureusement sur le klaxon

— À ce soir, je vais essayer de ne pas rentrer trop tard, répliqua-t-elle en lui envoyant un baiser du bout des doigts...

*

La route vers les *Tamaris* se fit sous une bruine qui s'étalait en un brouillard opaque. Les essuie-glaces de la voiture de location étaient en piètre état et Alain avait adopté une allure nonchalante. Les allégations d'Awa, qui certifiaient que le couteau de jet avait disparu, l'avaient irrité.

Lorsqu'Alain parvint à la villa, une camionnette bleue y était déjà. L'homme se dépêcha en descendant vers la terrasse. Le crachin était déplaisant. Il pénétra tout trempé dans la maison où d'un regard il put admirer les murs de la pièce principale.

— Ça vous plaît, monsieur Leprince ? demanda le plus vieux des peintres, vêtu d'une salopette tachée et un mégot jauni au coin des lèvres.

— Ah, oui. Tout à fait, fit-il en tournant sur lui-même pour voir l'effet produit, Awa ne lui avait pas menti. La salle, ainsi éclairée par la peinture blanche, paraissait beaucoup plus grande. Il se rendit vers le bureau et il fut contrarié de voir que tout ce qui ornait les murs avait déjà été mis en carton.

— Mon fils et moi-même sommes venus samedi pour avancer un peu et nous en avons profité pour dégager le bureau, lui dit le vieil homme qui l'avait suivi.

Le peintre se souvenait même qu'après avoir attrapé le drôle de masque, il s'était senti bizarre. Un sentiment de malaise qui l'avait rendu agressif puisqu'il avait même eu des mots avec son fils.

Alain ne voulut pas froisser le vieil homme en cherchant dans la boîte l'objet qui le tracassait d'autant que son fils arrivait avec une palette de coloris à la main :

— Bonjour, Alain, vous deviez me confirmer la teinte pour les murs des chambres ?

— Oui, bien sûr…

*

Awa écoutait d'une oreille distraite les deniers commentaires de ses collègues sur l'affaire du dépeceur en série. Elle était déjà presque en vacances et pensait à d'autres horizons. Le ton du commissaire Grenier la fit sursauter :

— Il y a plus grave ! En essayant de rassembler les morceaux des victimes, le légiste s'est heurté à quelque chose d'incompréhensible. Il s'est rendu compte que ça n'allait pas. Il manque toujours une partie de chaque victime et il est arrivé à la conclusion que le forcené l'a peut-être fait disparaître un fragment humain en…

Le commissaire déglutit comme si ce qu'il allait dire était inexprimable.

— En le dévorant. On aurait affaire à un tueur anthropophage.

— Un ca…nni…ba…le, pouffa Maurin en adoptant un accent africain prononcé et mimant des gestes simiesques dans l'intention d'agacer sa collègue.

Awa marmonna, alors que Laurent l'avait attrapé par le bras pour la calmer :

— J'espère qu'un jour des propos aussi répugnants seront punis. Sincèrement, Awa.

Un autre des inspecteurs se gratta le crâne d'une façon dubitative :

— On est en plein film d'horreur ! Déjà les crimes n'étaient pas ordinaires mais là, ça dépasse tout entendement. Quand le vulgum pecus va savoir ça, ce n'est plus un vent de panique qui va souffler sur la région, c'est une tempête.

Chapitre 16
Inscriptions sur le mont Korhogo – Expédition vers l'Égypte

Le voyage est un retour vers l'essentiel.
Proverbe tibétain

Cela faisait déjà cinq longues années qu'Enmouteff était arrivé dans ce village perdu au fin fond de l'Afrique occidentale. Cinq années durant lesquelles il s'était peu à peu fait accepter par les villageois, et il avait contribué à améliorer la vie locale.

Il avait acquis une aura semblable à celle qu'il possédait en Égypte. Tout comme le frère du pharaon, le frère du « chef de village » était écouté et respecté. On lui avait octroyé un nouveau nom au terme de son initiation :

— Que signifie Enmouteff, lui avait demandé le doyen de la communauté, toujours soupçonneux à l'égard de cet humain curieux.

— « Celui qui ne meurt jamais. »

— Alors tu te nommeras Ka-Saabo, « l'Éternel », si tu veux être des nôtres.

Enmouteff, désormais Ka-Saabo, enseigna à ce peuple des procédés qui lui paraissaient élémentaires : d'abord, le tracé de sillons pour rentabiliser la surface d'un champ, ensuite l'élaboration de mécanismes nécessaires pour apporter de l'eau depuis le marigot jusqu'au village et encore la confection et le maniement d'un propulseur pour les chasseurs. Il avait aussi fait filer les fleurs de coton sauvage pour élaborer des nasses pour la pêche et des atours pour les femmes.

En retour, Enmouteff avait aussi reçu beaucoup de choses de la part de ses nouveaux concitoyens.

Il avait appris à être au plus près de la nature, à connaître la faune et la flore. L'usage des plantes et des simples ainsi que la connaissance des poisons n'avaient plus de secret pour lui.

— Tu es maintenant capable de te débrouiller, seul, dans une nature hostile, avaient affirmé les anciens du village.

Ses pairs lui avaient ensuite fait découvrir des choses invisibles qu'il ne soupçonnait pas. Il savait maintenant communiquer avec des mondes parallèles. On lui avait enseigné à regarder le ciel différemment et il y découvrit d'autres dieux et d'autres mythes.

Quand il fut éclairé sur ces univers de mystères, le doyen décréta, un soir de pleine lune, alors que l'Égyptien se tenait nu et courbé, devant lui et les autres hommes du clan, tel un enfant qui sort du ventre de sa mère :

— Tu es devenu un membre à part entière de la confrérie des Initiés.

Ce jour-là, Ka-Saabo sut surtout qu'il possédait en lui des pouvoirs inconnus jusqu'alors…

L'Égyptien avait achevé son initiation sur le mont sacré, au milieu des esprits cachés dans les feuilles et les herbes. Lorsqu'il s'était retrouvé seul sur les flancs de la montagne, il y avait fait une découverte surprenante qu'il se devait de partager avec son frère. Un soir alors qu'Ubakwanda mâchait des noix de cola, assis solitaire, à méditer devant sa case, l'Égyptien vint le trouver. Il s'accroupit à ses côtés et vérifiant d'un coup d'œil circulaire qu'aucune femme n'était à proximité, il lui murmura à l'oreille :

— Ubakwanda, je vais bientôt te livrer mon secret. J'ai découvert un endroit magique que personne ne connaît encore. Tu y viendras quand le moment sera venu.

— Tu m'intrigues, Ka-Saabo ! J'ai entendu dire que tu avais acquis des pouvoirs et une sagesse que même le sorcier t'envierait.

*

La vie de tous les jours s'écoulaient. Devenant un personnage important, Ka-Saabo avait obtenu deux cases supplémentaires et on venait de lui attribuer une seconde épouse, Nienefolô. Sa première femme en avait pris ombrage. Elle avait donné trois fils et une fille à son époux et elle pensait qu'elle ne méritait pas ça.

Bawamana se tenait assise, appuyée le dos contre le mur de sa case. Le visage inondé de larmes, le ventre gonflé par une nouvelle maternité et la mamelle étirée jusqu'en bas de sa panse pour allaiter le dernier, elle ruminait. Elle avait pourtant acquis un embonpoint qui aurait dû faire la fierté de son mari mais ce dernier avait jeté son dévolu sur une nubile qui n'avait même pas encore de forme. C'était au milieu de la nuit. Elle était dans sa hutte, entourée de sa progéniture, tandis que Ka-Saabo partageait sa couche avec la nouvelle élue dans la chaumière d'à côté.

Bawamana avait tendu l'oreille pour surprendre le moindre bruit. Quelques gémissements perçus lui avaient fait endurer un supplice insupportable. Quand cela avait cessé, malgré ses sanglots, elle était pourtant rassurée car Ka-Saabo n'avait jamais crié « Elyssa, Elyssa » à sa nouvelle femme comme il l'avait fait avec elle, la première fois. Elle en déduit que Ka-Saabo n'aimait donc pas Nienefolô autant qu'il l'aimait, elle...

*

Ubakwanda suivait son frère blanc sur la déclivité d'une sente menant vers le sommet du mont Korhogo. La matinée promettait d'être belle. La saison des pluies se terminait et l'époque de la sécheresse n'avait pas encore brûlé l'air qui était embaumé par des odeurs de graminées et de fleurs.

Le Noir réussissait à adopter l'allure vive de son ami malgré une légère claudication qui entravait l'élégance de sa course. La blessure de sa jambe, due au monstre du fleuve, le gênait toujours.

— Ka-Saabo, tu ne veux pas me dire ce que tu veux me montrer, j'ai hâte de savoir.

— Ne sois pas si excité par la curiosité, Ubakwanda, nous arrivons bientôt, répondit Ka-Saabo en s'arrêtant à mi-course pour admirer le panorama.

Au loin, dans la brume, les forêts semblaient ne jamais avoir de fin. Les deux hommes se tenaient, côte à côte face à la cime des arbres qui dessinaient, en contrebas, un océan ouaté par la vapeur.

— Il m'arrive souvent de venir contempler ces merveilles. Tu vois, à chaque fois, je me dis que mon pays, l'Égypte, se trouve par là-bas vers le nord, enfoui à l'horizon et que je pourrais l'atteindre si je savais voler.

L'Égyptien semblait ailleurs, perdu dans ses pensées. Au bout d'un long moment, il rajouta :

— Là-bas, tout est gigantesque. Les tombeaux des rois sont aussi majestueux que cette montagne ! Les temples sont soutenus par des colonnes trois fois plus hautes que des termitières, le Nil charrie bien plus d'eau que le Bandama, sa crue offre un limon nourricier et personne ne meurt de faim. Kemet[1] me manque tellement !

— Ce que tu racontes, m'étonne, Ka-Saabo, tu n'exagèrerais pas un peu ?

— Non, Ubakwanda. Chez moi, tu respires du Kuphi et des aromates dans des maisons si blanches que tu ne peux les regarder, Les femmes y sont aussi douces et belles. Elles portent des bijoux qui brillent et des pierreries. Si tu venais dans mon pays, on t'accueillerait avec des guirlandes de fleurs de crocus et de safran. Tu aurais des tas de servantes attentionnées pour satisfaire tes plaisirs.

— Tu me donnerais de ces femmes soumises ? Combien ?

---

1. Bande de terre rendue fertile par le limon noir déposé par la crue annuelle du Nil.

— Cinquante, cent… Je ne sais pas. Tu es un roi, tu peux en demander autant que tu veux.

— Tu me donnes envie d'aller visiter ton pays, Ka-Saabo !

— Allez, repartons. Je ne suis pas venu pour éprouver de la tristesse mais pour te montrer un lieu extraordinaire.

Tandis que les deux hommes continuaient leur escalade en se frayant un chemin parmi les hautes fougères, sous un soleil devenu aveuglant, Ubakwanda réfléchissait. Le pays de Ka-Saabo l'intriguait. Dans sa tête, une idée se mit à germer…

*

— Voilà, c'est ici !

Ubakwanda regardait incrédule. Ni lui, ni son père, ni aucun de ces ancêtres n'avait découvert ce que Ka-Saabo lui montrait en soulevant un monceau de lianes enchevêtrées entre les bruyères et les filaments d'un figuier étrangleur. Une cavité obscure et glaciale paraissait s'enfoncer dans la paroi de la roche. Ka-Saabo laissa retomber les ramées et se baissa pour frotter des silex dont les étincelles allumèrent une des torches qu'il avait préalablement préparées. Il se releva. Avec un grand sourire sur les lèvres, il se faufila ensuite dans la végétation pour s'y engloutir. Une voix caverneuse résonna :

— Suis-moi, Ubakwanda ! Qu'est-ce que tu attends ?

L'Africain hésita avant de s'aventurer, à son tour, tout en craignant que des esprits surgissent de ce trou d'enfer. Saisi par la fraîcheur qui y régnait, il frissonna mais ce qu'il vit alors, à la lueur de la torche le saisit de stupeur. Au-dessus de lui, une voûte gigantesque étincelait de mille feux. Il resta un moment abasourdi puis il laissa son regard parcourir la paroi où il remarqua de petits traits irréguliers, des hachures et des marques qui grêlaient la roche.

— C'est quoi, ça ?

— Une écriture

— É-cri-tu-re… À quoi ça sert ?

— On les appelle des hiéroglyphes.

— Des quoi ?

— C'est un groupe de signes qui transcrivent la parole dans la langue de mon pays.

— Tu ne vas pas me faire croire ça. La parole qui est émise par la bouche et écoutée par les oreilles ne peut pas être vue par les yeux. Depuis tout à l'heure, tu ne cesses de me raconter des bêtises avec tes tombeaux grands comme des montagnes, tes maisons qui grimpent jusqu'au ciel ! Ça suffit ! Ou tu me prends pour un idiot ou tu deviens fou.

— Ubakwanda, non, tu es mon ami. Je voulais juste te faire partager mon secret. Sur ce mur, j'ai raconté mon histoire. Ces dessins là :  veulent dire Enmouteff … Et ceux-là, Ubakwanda. Tout en parlant, l'Égyptien martelait de son index la pierre pour mieux faire découvrir le signe qui correspondit au son.

— Regarde, tu vas comprendre. Ça, c'est un enfant, on le représente par un individu qui porte son pouce à la bouche. Ici, ce « rond percé » symbolise le soleil, il peut aussi signifier le jour…

Alors que Ka-Saabo continuait à parler, Ubakwanda s'approcha de la muraille et se pencha pour mieux distinguer les petits dessins gravés.

— Là, c'est Ubakwanda, tu dis ?

— Exact, je relate mon histoire depuis mon départ d'Égypte. Je la grave dans la pierre pour qu'elle soit éternelle. La parole s'envole, l'écrit reste. Je parle donc aussi de toi quand tu m'as sauvé la vie.

Ubakwanda essayait d'appréhender ce qui lui paraissait incompréhensible. Il resta un long moment à scruter ces centaines de symboles qui tapissaient la roche tandis qu'Enmouteff orientait la torche vers la muraille pour qu'il puisse mieux les observer. Au bout d'un moment, l'Africain se retourna brusquement vers son compagnon.

— Pourrais-tu m'apprendre à faire ces choses, pour que je raconte, moi aussi, mon histoire.

— Alors, il faudra aussi que tu apprennes la langue de mon pays pour accéder au savoir.

Ubakwanda réfléchit. Un éclair de jubilation passa sur son visage. S'il voulait accompagner le Blanc en Égypte comme il l'avait décidé tout à l'heure, il lui faudrait aussi pouvoir communiquer avec les gens quand il arriverait là-bas. Il se souvenait combien cela avait été malaisé pour Enmouteff d'essayer de se faire comprendre au tout début. Et puis, s'il voulait se faire obéir de ses cinquante femmes, il lui serait indispensable de savoir leur parler.

*

Ka-Saabo avait pris une seconde épouse depuis plus d'un an maintenant mais Bawamana et Nienefolô n'arrêtaient toujours pas de se chamailler. Elles discutaient à propos de tout et de rien. Par jalousie, par colère, par esprit de contradiction, par orgueil ou par bêtise, les deux femmes ne pouvaient se supporter.

Cet après-midi-là était une dernière de la saison sèche. Un ciel plombé et lourd écrasait le monde des vivants. Le premier orage ne tarderait pas à crever la voûte d'azur. Ka-Saabo qui tentait de faire la sieste sur sa natte n'en pouvait plus. La cour de sa concession ressemblait à un élevage de pintades. En entendant des coups retentir et des hurlements devenir stridents, Ka-Saabo comprit que ses deux femmes en étaient venues pour la première fois aux mains. Il se leva promptement en fulminant. En sortant de sa case, il aperçut les deux matrones, à terre, qui s'envoyaient une volée de coups comme deux matous en colère. Ka-Saabo se précipita en rugissant comme un fauve. Il avait ceinturé Nienefolô qui se débattait en agitant les jambes et les bras en tous sens et bavait de rage alors que Bawamana assise par terre récriminait d'une voix forte. Tout autour, les enfants pleuraient et tapaient du pied.

— Je vais vous abandonner toutes les deux et je vais aller en chercher une autre plus docile, mugit Ka-Saabo, en laissant tomber lourdement Nienefolô sur son postérieur.

Bawamana et Nienefolô se turent incessamment. Elles prirent conscience qu'elles pouvaient être conduites au fond de la forêt, là où les esprits s'emparaient des êtres humains.

— C'en est assez maintenant, vous l'aurez voulu !

Les deux épouses, encore affalées sur la terre battue, roulèrent des yeux effarés quand elles virent Ka-Saabo se diriger rondement vers la case d'Ubakwanda. Elles se mirent à trembler de frayeur en entendant leur mari exiger une réunion du conseil de village dans les plus brefs délais.

— C'est pour une affaire de la plus haute importance, hurla-t-il.

Quand elles virent tous les hommes accourir, les deux femmes étaient persuadées que c'était pour elles que le conseil allait se réunir. Elles se mirent à chanceler et tombèrent dans les bras l'une de l'autre en pleurs.

— Cette fois, nous allons être punies et nous serons dévorées par les êtres malfaisants tapis dans les arbres et les plantes. Pourquoi ? Nous n'avons pas mérité cela. Nous sommes de bonnes épouses.

— Oui, toi, tu élèves bien tes enfants, moi, je suis une bonne amoureuse la nuit et nous travaillons, toutes les deux, très dur aux champs.

— Viens, Nienefolô, allons écouter ce qui se dit, là-bas. Et vous les enfants, vous allez commencer par vous taire sinon le crocodile va venir vous dévorer…

*

Devant la nombreuse assemblée qui avait du mal à tenir sur la place, Ubakwanda opinait de la tête.

— Ce sera un long voyage.

— Un très long voyage, répéta le doyen en mâchant de la noix de cola.

— Mais le souverain du pays sénoufo, frère du frère du pharaon, se doit de connaître un jour son autre frère, le souverain de la grande Égypte, ce pays où les tombeaux sont hauts comme des montagnes et les routes bordées de grands lions de pierre. Je lui apporterai en cadeaux des peaux de félins, des défenses d'éléphant, des diamants et des poudres, reprit Ubakwanda.

— Cependant, il faut tout bien préparer. D'abord, choisir la saison favorable, ensuite répartir les hommes en plusieurs groupes qui seront instruits à des tâches bien précises. On doit avoir de nombreux guerriers capables de combattre, des sprinteurs sachant capturer du gibier et des jeunes, faisant leur initiation, d'autres seront dressés à porter le matériel et les vivres sur de longues distances.

— Je donnerai des cours de stratégie aux guerriers, comme je l'ai déjà fait en Égypte.

— Nous proposerons aussi aux hommes les plus braves des royaumes voisins de nous accompagner. Ce sont d'excellents braconniers, grommela le doyen.

*

Une année entière fut nécessaire d'abord pour rallier les autres peuples situés au-delà des forêts et ensuite pour monter l'expédition d'une façon rationnelle. Depuis l'intendance jusqu'à l'armement, tout avait été mûrement réfléchi sous la houlette de l'Égyptien.

Ensuite, lors d'une cérémonie secrète, les sorciers et les vieux avaient interrogé les esprits pour connaître le jour le plus faste.

C'est alors que la date fut choisie. La nuit précédant le départ, la brousse avait frémi de mouvements anormaux. Des ombres étaient apparues depuis la pénombre des broussailles et des boqueteaux pour prendre place au milieu d'une immense clairière. Ces hommes jeunes, pour la plupart, avaient surgi religieusement et s'étaient placés sans bruit comme on leur avait enseigné.

Pour ne pas déranger les esprits et attirer le mal sur eux, ils étaient plongés dans un mutisme surnaturel. Rejoignant leur position, ils se tinrent debout sans bouger, parfois pendant des heures, le visage fermé et le mental prêt à tout. Sous la lune, les silhouettes continuaient à affluer et, au petit matin, ils étaient déjà plus de mille alignés militairement.

À l'avant se tenaient une cinquantaine d'adolescents, tam-tam en bandoulière. Venaient ensuite de grands guerriers, le corps inondé de macération de plantes magiques et la peau ornée de motifs mystérieux. Vêtus de peaux de léopard et puissamment armés, les hommes de la confrérie des chasseurs se tenaient sur une dizaine de rangs pour entourer six palanquins portés chacun par quatre athlètes au corps musclé. Ka-Saabo, Ubakwanda et quatre autres chefs amis avaient pris place sur ces filanzanes. À l'arrière de ces notables, sous la protection d'une escouade d'hommes aguerris à la chasse, se trouvaient de nombreux porteurs avec l'intendance, les armes de rechange et les cadeaux somptueux destinés au pharaon.

Aux premières lueurs de l'aube, le bruit sourd des tam-tams déchira soudainement l'air du matin. Des vols de perdrix s'enfuirent en frémissant au loin, dans le ciel cendré et l'imposant cortège commença à s'ébranler alors au rythme des percussions qui martelaient étrangement l'atmosphère.

Ce que Ka-Saabo éprouvait à ce moment-là était inexprimable. Les yeux fiévreux, il regardait au loin, vers l'Égypte, son pays qu'il allait bientôt revoir. Mais plus que l'Égypte, c'était à elle qu'il songeait. Elle était devenue une obsession au point qu'il avait l'impression qu'au fur et à mesure que le temps s'écoulait, il paraissait de plus en plus envoûté. Des pensées se mélangeaient dans sa tête…

Quand le soleil fut haut dans le ciel, alors que l'immense cortège cheminait, Ubakwanda fut le premier à rompre le silence :

— Dis-nous, Ka-Saabo, comment sont les femmes, là-bas ?

L'Égyptien pour qui la vision d'Elyssa était toujours omniprésente, lui répondit :

— Elles ne vivent pas nues comme les femmes d'ici et donc on imagine leurs formes cachées sous leurs vêtements. Elles ont des cheveux qui caressent le bas de leurs reins à chacun de leurs pas. Leurs yeux sont des braises qui vous dévorent, leur bouche plus désaltérante qu'une source fraîche et leurs mains des oiseaux qui vous frôlent…

Chapitre 17
Solitude

Les larmes prouvent leur amour,
elles n'apportent pas leur remède.
Gabriele d'Annunzio

Aéroport Bordeaux-Mérignac

La Citroën DS grise qu'Alain avait louée pour la semaine braqua pour entrer dans le parking de l'aéroport de Mérignac. L'homme s'engouffra avec nervosité sur une place qui venait de se libérer juste devant les portes d'entrée du grand hall.

Il descendit de voiture pour se diriger vers le coffre et Awa, sa passagère, l'y rejoignit. Ils furent surpris par un vent glacial. En soulevant les deux lourdes valises et l'énorme sac de voyage de la jeune femme, Alain ne put que maugréer :

— Mais, qu'est-ce que tu transportes là-dedans ! Tu ne pars que pour quinze jours !

Il se rappelait qu'avec Amy, c'était aussi la même chose. Awa se justifia.

— Je n'ai pas vu la famille de ma mère depuis trois ans. Alors, il y a des cadeaux pour les uns et les autres. Et, je n'ai pas intérêt à oublier quelqu'un. Quand on revient, c'est toujours pareil. Et encore j'imagine tout ce que l'on va me demander de payer, soupira-t-elle. Il va ya avoir les cours de couture de la cousine, les livres du neveu... C'est la solidarité africaine ! Je ne te raconte pas ce qui est arrivé à ma sœur l'an dernier, elle a dû payer les funérailles de l'arrière-grand-mère qui était morte deux ans auparavant.

Après avoir récupéré un chariot à bagages, ils entrèrent dans le hall bondé. Une bouffée de chaleur les y accueillit. Awa s'enthousiasma devant l'énorme sapin de Noël qui clignotait au milieu de la salle. Une animation inhabituelle créait un brouhaha qui résonnait sous la haute voûte.

— J'espère trouver un baobab géant décoré pour m'accueillir à l'aéroport d'Abidjan !

Elle plaisantait malgré cet imperceptible sentiment de tristesse qu'elle ressentait au fond d'elle-même. La joie de retrouver sa famille maternelle n'était pas totale. Elle avait eu beau essayer de convaincre Alain de l'accompagner, ce dernier avait refusé catégoriquement.

Alain poussait le lourd chariot de sa main droite tandis qu'il avait passé son bras gauche autour des épaules de son amie. Il humait la chevelure de sa compagne une dernière fois pour s'imprégner de son odeur avant la séparation. Il n'aimait pas les départs des autres, lui qui, pourtant, avait abandonné les siens plus d'une fois dans un aéroport ou sur le quai d'une gare.

Le couple se dirigea vers le comptoir d'embarquement pour les formalités d'enregistrement. Ils prirent place dans la file d'attente. Awa ouvrit nerveusement son grand sac qu'elle portait en bandoulière. Elle revérifia qu'elle y avait bien mis les photos de l'intérieur du masque, celles qui montraient les signes énigmatiques.

— Je vais contacter Kassoum, un ami d'enfance qui est maintenant instituteur. Il m'emmènera à la caverne et je pourrai comparer. Je te tiens au courant.

Alain se sentait dans une semi-torpeur. Il aida machinalement Awa à poser ses bagages sur le chariot roulant dès qu'ils furent en face de l'hôtesse. Ensuite, il entoura la jeune femme de ses bras et ils restèrent un moment collés l'un à l'autre jusqu'à ce que la voix irréelle de l'hôtesse qui appelait à l'embarquement les passagers du vol Air Inter, à destination de l'aéroport d'Orly, les oblige à se séparer. Des larmes perlèrent dans les yeux d'Awa.

— Quinze jours, ça passe vite ! lui dit Alain tant pour la réconforter que pour se donner lui-même du courage. Une gêne désagréable oppressait sa poitrine.

Ils s'embrassèrent une dernière fois puis Awa se dégagea pour s'insérer dans la file. Quand il vit la jeune femme se retourner et lui faire un dernier petit signe de la main avant de disparaître derrière une porte, Alain eut un pincement au cœur. Il revint sur ses pas et lorsqu'il passa devant le grand sapin, il prit conscience qu'il allait passer les fêtes seul.

— Comme un con !

Et il pensa qu'il avait été idiot de ne pas suivre les conseils d'Awa de se rendre quelques jours en Afrique. En plus, il aurait fait plaisir à sa fille.

Le dos voûté, il repartit vers la sortie. Il se mit aussi à penser à ce qu'il avait décidé de faire le lendemain. Rien ne le rebutait plus. Il frissonna et son visage se contracta avec dureté…

*

Les éclairs fulgurants qui accompagnaient de drôles de cliquetis mécaniques revenaient à intervalles réguliers. Ils tournaient autour d'Alain et ce dernier avait l'impression qu'ils pénétraient dans sa tête comme des couteaux acérés. L'homme était dans une semi-torpeur, allongé sur le dos, les yeux grands ouverts, les mâchoires contractées.

Ce n'était vraiment pas de gaieté de cœur qu'il avait pris cette décision mais il avait dû se résoudre à faire ce qui était devenu une nécessité. Il n'avait plus le choix. Son cœur s'emballa soudain.

— Ne bougez plus ! Ne respirez plus pendant quelques secondes, lui intima une voix sortie d'outre-tombe, puis le manipulateur qui dirigeait le scanner lui donna la permission de reprendre son souffle.

Il imagina qu'il était dans un film de science-fiction en proie à des extraterrestres qui le disséquaient. Des idées saugrenues lui traversèrent la tête alors que les bruits insolites, qui paraissaient être le souffle d'un monstre, l'engloutissaient tout entier. Il se demandait stupidement si on pouvait, à ce moment-là, lire dans ses pensées. Alors qu'on découpait son cerveau en tranche, est-ce qu'on allait pouvoir visionner cette violence qui l'avait habité de tout temps et à jamais ? Est-ce qu'on allait violer ses pensées intimes ? Peut-être même qu'on allait y déceler ce que lui-même n'avait jamais trouvé ?

Il eut l'envie soudaine de sortir du tunnel. Il se raisonna puis un sentiment de terreur s'empara de lui. Il se demanda ce qu'on allait pouvoir trouver dans son crâne. Il y avait bien une raison à ces éclats de férocité quand il n'arrivait plus à dominer son comportement. Il allait mieux depuis que le médecin lui avait prescrit ces médocs. Mais il avait pris la résolution de se faire examiner quand il avait réfléchi au fait qu'une crise pouvait survenir sur le théâtre des opérations de guerre et mettre sa vie en péril.

*

Le radiologue qui le reçut avait un bec d'aigle et des yeux perçants. Debout à côté de son bureau, l'homme examinait, avec circonspection, les clichés apposés sur le scialytique. Le type déplut d'emblée à Alain surtout quand ce dernier se retourna vers lui pour lui demander :

— Leprince, Leprince… Êtes-vous parent avec ce brillant chirurgien, Patrick Leprince ?

— Non, du tout, rétorqua-t-il avec une certaine brutalité.

Alain n'avait pas envie d'écouter des louanges sur son frère alors qu'il crevait de trouille quant aux résultats de l'examen.

Après avoir examiné les clichés, le docteur se gratta la gorge et revint s'asseoir en face d'Alain, le visage emprunt de gravité. Le cœur d'Alain battit à tout rompre dans l'attente du verdict.

— Monsieur, je ne vais pas y aller par quatre chemins, vous avez une tumeur dans la région frontale, plus exactement un méningiome. Il est de la taille d'une balle de ping-pong. Vous pouvez le voir d'ici, la tache blanche sur le cliché du haut.

Alain blêmit en apercevant la radio de son crâne et après avoir avalé sa salive demanda d'une voix faible :

— C'est grave ?

— Rassurez-vous, ce n'est pas cancéreux. C'est sérieux effectivement mais pas gravissime. Il s'agit d'une tumeur bénigne qui se développe à partir des cellules méningothéliales de l'arachnoïde. Avez-vous des céphalées ? Une altération du champ visuel ? De l'épilepsie ? Des changements d'humeur ?

— Effectivement j'ai souvent des migraines et j'ai eu un malaise sérieux il y a un peu plus d'un mois. Par contre, depuis que je prends du Tégretol[1], je me sens mieux.

— Humm !

Je ne vous cache pas qu'il y a urgence à effectuer une exérèse vraisemblablement suivie d'une radiothérapie et qu'il serait bon que vous rentriez en contact le plus rapidement possible avec le docteur Mariel qui est votre médecin traitant. Il vous adressera alors à un chirurgien compétent. Je vois que vous êtes domicilié à Paris…

*

Serrant la grande enveloppe contenant ses clichés contre lui, Alain traversa, dans un état second, la cour en plein

1. Médicament contenant de la carbamazépine et utilisé comme antiépileptique et régulateur de l'humeur.

vent du CHU Pellegrin pour aller y reprendre sa voiture. L'homme avait pris une décision.

Il rejoignit le centre-ville en empruntant les boulevards. Il conduisait sa DS avec nervosité. Il tourna à la barrière Saint-Genès pour prendre le cours de l'Argonne. Depuis la place de la Victoire, il descendit jusqu'à l'esplanade Pey-Berland où la cathédrale lançait sa flèche dans un ciel magnifiquement bleu. Il remonta la rue Vital-Carles en manquant de se faire accrocher par un bus puis bifurqua sur le cours de l'Intendance en direction du Grand Théâtre. Dans une des rues derrière l'édifice aux douze colonnes corinthiennes, il trouva une place où il se gara en essayant de faire un créneau. Il dut s'y reprendre à plusieurs fois en jurant hargneusement. Il sentait que cette rage coutumière allait monter, à nouveau, en lui.

Il marcha jusqu'à l'entrée de la rue Sainte-Catherine comme un automate. Il se sentait sonné comme un boxeur qui aurait reçu une volée de coups. Il pénétra au rez-de-chaussée de l'agence Havas. Des posters d'îles paradisiaques et des objets insolites ornaient les murs…

L'employée qui s'occupa de lui, une femme d'une quarantaine d'années, eut beau se démener et téléphoner à plusieurs compagnies aériennes, rien n'y faisait.

— Je suis vraiment désolée, monsieur, mais il semblerait que trouver une place sur un vol à destination d'Abidjan semble mission impossible en cette période de fêtes. Je vous ai inscrit sur les listes d'attente mais sans trop grand espoir quand même. Je vais prendre votre numéro de téléphone au cas où…

En ressortant de l'agence de voyages, le courant d'air qui s'engouffrait dans la rue Sainte-Catherine sembla faire du bien au reporter. Il caressait ses tempes et son front en faisant voler ses cheveux blonds. Alain se mit frénétiquement à la recherche d'un téléphone public. Il marchait d'un pas décidé, slalomant entre des passants encombrés de paquets.

Après avoir engoncé les francs dans la fente de l'appareil puis composé son numéro, le reporter prit une forte respiration. Il fallait jouer serré pour obtenir une place sur un avion. Il n'avait pas l'intention de passer ces fêtes seul avec l'omniprésence de cette saloperie de tumeur. Il ne pouvait pas non plus infliger à sa fille son absence pour ce Noël qui serait peut-être le dernier de son existence. Devant les circonstances, il s'en voulait maintenant d'avoir refusé de répondre à la proposition de Malou.

Il essaierait avec Sygma, Magnum, Gamma[1]. Il les ferait toutes mais il arriverait à avoir une putain de place sur ce putain d'avion. Même s'il fallait tuer quelqu'un, il y arriverait.

La voix à l'autre bout le fit se calmer :

— Une place pour un vol demain ou après-demain ? Et en période de fêtes en plus ! Pourquoi pas un fauteuil dans le traîneau du père Noël, tant que tu y es ?

— Marc, je t'assure, c'est une découverte archéologique unique. Je ne peux pas t'en dire plus mais la personne qui peut me montrer le site n'y sera qu'entre Noël et le Nouvel An. La preuve irréfutable que les Égyptiens ont pénétré jusqu'au centre de l'Afrique.

1. Agence de photojournalisme.

— Une pyramide en plein cœur du Sahel ? Tu ne vas pas me faire croire ça quand même ?

— Si. Enfin presque. Imagine le scoop pour la fin de l'année.

— Bon écoute, je vais voir ce que je peux faire mais je te préviens, je n'ai plus de budget à t'allouer donc pas d'avance sur frais !

— Je m'en fiche. Juste le billet d'avion et je t'apporte des photos surprenantes ! Je suis actuellement à Bordeaux mais je serai à Paris dès ce soir.

— Alors, rappelle-moi demain vers 9 heures.

— OK, merci Marc. Bonne journée.

— À demain, Alain. Tu as intérêt à me rapporter de beaux clichés !

Quand Alain raccrocha, il respira. Au ton de Marc, il savait que c'était gagné. Marc avait ses entrées et il avait un accord pour obtenir les places réservées aux membres du personnel des compagnies aériennes en cas d'urgence. Alain redescendit vers le cours de l'Intendance pour aller scruter la devanture du bijoutier Mornier. Parmi les merveilles qui étincelaient sous les lumières, il trouva ce qu'il voulait. Le bracelet en or incrusté de diamants et de rubis serait parfait pour Malou. Il se souvenait que, depuis toute petite, sa fille adorait les bracelets. La magnifique émeraude ovale montée sur un jonc en or blanc serait un cadeau assez explicite pour faire comprendre à Awa ce qu'il ressentait pour elle.

*

Élisabeth Darnal allait bientôt fermer l'agence de voyages de la rue Rambuteau ce vendredi de décembre. Plus que dix minutes avant 18 heures et ce n'était pas sans soulagement qu'elle allait pouvoir partir. Depuis midi, elle avait ressenti les premiers symptômes d'une rhino. Son nez était bouché, son crâne douloureux et de violentes courbatures lui sciaient le dos, les jambes et les bras. Pour comble de malheur, son collègue avait dû se rendre à l'arbre de Noël de ses enfants et était parti plus tôt tandis que son patron était à un congrès à Londres.

Élisabeth s'approcha de la baie vitrée. À l'extérieur, les lampadaires envoyaient une lueur blafarde à travers le brouillard qui avait envahi les rues de la capitale. La circulation devenait plus rare, signe de la fin de journée. Soudain, la silhouette d'un passant s'encadra devant la porte alors qu'Élisabeth s'apprêtait à baisser le rideau de fer. Elle se trouva nez à nez avec un homme à la haute stature, la tête engoncée dans le col d'un pardessus sombre.

— Bonjour, monsieur, que puis-je pour vous ?

— J'ai des billets en attente, désolé d'arriver si tard.

— Ce n'est pas encore l'heure de la fermeture de toute façon. Entrez, je vous en prie.

Élisabeth pestait intérieurement mais elle savait que le client était roi. Elle voulait rester professionnelle avant tout. Elle fit asseoir l'homme à un bureau, lui demanda une pièce d'identité puis sortit d'un classeur le dossier le concernant. Élisabeth se sentait exténuée. Elle sentait que sa fièvre montait. Elle était secouée de frissons. Elle regretta d'avoir mis son petit tailleur Chanel qui ne lui tenait pas chaud.

Quand elle s'assit en face du client, le regard de ce dernier la mit mal à l'aise. Il était étrange. Les yeux étaient froids, presque immobiles. L'homme lui fit penser à un serpent. En outre, il ne cessait de l'examiner du haut en bas et ça commençait à en devenir gênant.

Elle se moucha bruyamment dans un Kleenex puis elle tendit une liasse à l'individu qu'elle avait hâte de voir disparaître.

— Voilà vos billets, monsieur Leprince. Vous me réglez comment ? Par chèque bancaire, très bien.

Élisabeth avait un curieux pressentiment et un spasme passa sur tout son corps quand l'homme lui frôla la main lorsqu'il lui tendit son paiement. Le client se leva :

— Je peux vous aider à baisser le rideau si vous voulez. Il y a une autre sortie ?

— Oui, par-derrière, merci, cette porte est très lourde, ce n'est pas de refus.

L'homme abaissa violemment le store qui fit un bruit monstrueux.

Quand il se retourna vers l'employée, celle-ci le remercia encore en lui souriant faiblement.

— C'est par là, oui, vous pouvez y aller. Au fond de la pièce à gauche, il y a…

Sa voix s'étrangla dans sa gorge. Elle avait ressenti une petite piqûre sur le cou et sa vision s'était troublée d'un seul coup. La femme luttait contre une impression horrible d'étouffement et ne parvenait pas à faire comprendre au client qu'il devait appeler les secours. Elle ne réalisa pas quand l'individu la traîna par les pieds vers la pièce du fond alors que sa jupe lui remontait au niveau de la taille.

Elle ressentit juste une impression de froid extrême dès qu'elle se retrouva complètement nue sur le carrelage glacé. Sa tentative pour emplir ses poumons lui prenait une énergie colossale et elle ne comprenait pas ce qui pouvait lui arriver.

Quand elle vit le type penché sur elle, un rictus de haine déformant son visage, elle réalisa qu'il la pénétrait avec violence mais elle était trop occupée à survivre pour se défendre de ce qu'il était en train de lui faire subir. Elle ne put même pas hurler quand elle sentit qu'une vive douleur lui transperçait la mâchoire et remontait vers sa tempe. Elle aperçut alors une lame d'acier qui brillait sous le néon…

Chapitre 18
Retour d'un voyage chimérique

Il y a quelque chose de très grand
dans une vie qui n'est pas préparée d'avance.
Père Ceyrac, missionnaire jésuite en Inde

600 ans avant J.-C.

La vie était très dure pour les femmes depuis le départ des hommes. Cela faisait déjà trois saisons sèches qu'elles n'en pouvaient plus d'attendre. Il n'y avait pas de chasseurs pour rapporter de la viande fraîche à leur progéniture et les prédateurs venaient jusque dans les villages pour dévorer les élevages de pintades. En outre, la dernière saison sèche avait été particulièrement torride et le marigot n'était plus qu'un cloaque nauséabond.

Les femmes exprimaient leur colère alors qu'elles étaient en train de piler les derniers grains de mil à l'ombre d'une case.

— Mes mains sont crevassées. Elles ne veulent pas guérir.

— Le toit de ma maison s'est effondré et j'ai trouvé des serpents près de la couche de mes enfants. Mon homme devrait être là pour le réparer.

— Mes petits ont mal au ventre car ils ne font plus qu'un repas par jour.

— Ma tête me fait mal et mon dos est cassé. Je n'arrivais pas à me lever ce matin et pendant ce temps-là, mon mari est au bord du Nil, sans doute entouré de plusieurs femmes, ajouta rageusement l'épouse d'Ubakwanda.

— Deux autres enfants sont encore morts des fièvres cette nuit. Depuis l'absence de nos mâles, il semble régner comme une malédiction, avait renchéri Nienefolô.

— Comment oses-tu proférer de telles insinuations, gronda le doyen qui était assis à proximité sur un tronc d'arbre renversé. Quand ton mari reviendra, je lui demanderai de te fouetter avec des épineux.

Le vieux, dont les yeux étaient rongés par le trachome[1], rêvait aux merveilles dont avait parlé Ka-Saabo. Il était trop vieux pour accompagner les autres mais il espérait ne pas mourir avant le retour des voyageurs pour se délecter de leur récit et vivre l'aventure par procuration...

*

C'était une fin d'après-midi de la saison torride qui semblait éternelle. Le soleil continuait de cramer la nature et des charognards tournoyaient dans le ciel bleu foncé à la recherche de carcasses d'animaux. Les femmes les plus courageuses avaient rejoint péniblement la brousse pour glaner des mangues ou des papayes ainsi que des plantes médicinales. Quelques-unes avaient commencé

1. Infection oculaire bactérienne occasionnant des lésions cornéennes irréversibles.

à se quereller pour les rares découvertes. La tension était palpable. Le soleil de plomb, qui dardait une lumière éblouissante, ajoutait au mal-être.

Alors qu'elles s'éparpillaient dans les champs en friche à la recherche de nourriture, quelque chose les intrigua au loin.

Dans la clarté éblouissante, des ombres étaient apparues, se détachant sur l'horizon. D'abord craintives, les matrones arrêtèrent leur cueillette et, immobiles, scrutèrent les nouveaux venus lorsque la grosse Bawamana poussa un cri :

— Ce sont eux. Nos hommes ! Ils sont de retour !

Abandonnant leurs enfants sur le sol, les épouses se mirent à courir, en vociférant, pour aller à la rencontre des maris, des frères et des fils aînés qui revenaient enfin du pays du souverain de la grande Égypte. Au fur et à mesure qu'elles se rapprochaient de ces chimères, elles se rendirent compte que quelque chose clochait.

De la grande expédition, il ne restait plus qu'une poignée de pauvres hères en guenilles claudiquant et se soutenant les uns les autres. Ka-Saabo et Ubakwanda arrivaient en tête agrippés l'un sur l'autre.

Les femmes qui ne virent pas les leurs se mirent à hurler de douleur. Les autres durent soutenir les misérables individus dont la gloire s'était écroulée avant d'avoir pu réaliser leur rêve. Les voix aiguës posaient des questions auxquelles ces êtres déconfits ne pouvaient répondre par fierté.

— Qu'est-ce qu'il s'est passé ? Où sont les autres ? Est-ce qu'ils vont arriver plus tard ? Pourquoi ne ramenez-vous pas de cadeaux ? Pourquoi des ambassadeurs du pharaon ne vous accompagnent-ils pas ?

Quand ils parvinrent au village, les vieux frémirent de honte à la vue de ces créatures dépenaillées.

— De mon temps, je n'ai jamais connu une telle indignité, reprocha le doyen à Ka-Saabo. Nous allons faire palabre pour juger de la conduite à tenir.

Ubakwanda et ses compagnons s'écroulèrent sous le baobab sacré tandis qu'ils réclamaient :

— À boire, par pitié, à boire !

— Vite, de l'eau !

Quand ils se furent désaltérés du liquide saumâtre du marigot, Ubakwanda commença le récit de leur mésaventure.

— Nous avons marché longtemps, longtemps. Tout se passait comme prévu. Le cortège avait fière allure. Les chasseurs approvisionnaient le groupe en gibier. Les guerriers écrasaient les rares agressions dont nous étions victimes. Nous avons traversé des plaines et des forêts. Nous avons escaladé des montagnes et traversé des fleuves. Les oiseaux et les bêtes féroces s'enfuyaient à notre approche. Nous ne craignions ni la chaleur, ni la maladie…

— Mais alors qu'est-ce qu'il est arrivé ? demanda un vieux tandis qu'un silence pesant s'était instauré.

Ka-Saabo prit la parole à son tour :

— Nous étions tout prêts d'arriver quand nous avons rencontré Deshret, la terre rouge où le soleil consume toute vie. Seth, le dieu destructeur, ne nous a pas permis de traverser la terre maudite. La soif et les brûlures ont commencé à décimer les rangs de nos compagnons. Une pluie de serpents venimeux a achevé certains, des piqûres de scorpion ont rendu malades les autres, des hordes de hyènes se précipitaient sur les plus faibles d'ente nous. Il n'y avait plus d'eau. Les hommes se desséchaient sur place et il nous a fallu retourner en arrière…

Ka-Saabo se tut. Il ne révéla pas toute la vérité et n'avoua pas que certains hommes s'étaient révoltés et qu'ils avaient dû s'entretuer pour survivre en commettant le crime de cannibalisme. Le dos courbé, la tête baissée, il se leva péniblement pour aller regagner sa case où il s'effondra sur sa natte en sanglotant.

À la porte de la hutte, Nienefolô et Bawamana se demandaient si elles allaient proposer à Ka-Saabo de les honorer toutes les deux ensemble pour ne pas recommencer à se battre mais en entendant l'homme ronfler, elles revinrent chacune dans leur case en maugréant :

— Au moins, il n'a pas pu connaître de femmes là-bas !

— Tu parles d'un homme !

*

— Ka-Saabo, Ka-Saabo…

L'Égyptien eut du mal à réaliser où il se trouvait alors qu'Ubakwanda penché au-dessus de lui essayait de le réveiller en le secouant violemment. Il se croyait encore sur les sables du désert en proie au khamsin[1] et des visions d'horreur peuplaient son esprit.

Une lame pour trancher. Un poignard pour découper. Un pic pour achever…

—Ka-Saabo, réveille-toi ! Il en va de ta vie.

1. Vent de sable brûlant.

Ubakwanda agitait son ami avec toute la force qu'il pouvait mais l'Égyptien avait du mal à réagir.

— Ka-Saabo, les anciens et les jeunes des villages voisins viennent d'arriver. Ils te rendent responsables de la mort de leurs fils et de leurs pères. Ils veulent ta mort pour éloigner les âmes de ces hommes décimés dans le désert qu'ils n'ont pu honorer par des cérémonies.

Ka-Saabo ouvrit péniblement ses paupières. Son corps semblait ne pas vouloir lui obéir. Ubakwanda gifla fortement le visage de Ka-Saabo. L'homme parut stupéfait.

— Tu as compris, tu es en danger de mort ! File te réfugier dans la montagne sacrée. Je vais demander à ce qu'une causerie décide de ton sort et je vais essayer de plaider ta cause.

— Mes enfants, je ne les ai même pas embrassés en arrivant.

— Tu n'en as pas le temps. Allez, prends ces mangues que j'ai récupérées chez moi et cours. Ne réfléchis pas, ce n'est pas le moment, insista Ubakwanda en jetant un coup d'œil inquiet par la porte de la case.

Sans raisonner, Ka-Saabo se releva et poussé par Ubakwanda hors de son domicile, il utilisa ses dernières forces pour courir dans la nuit. Il titubait comme un homme ivre sur le chemin, éclairé par la pleine lune. Bientôt, l'ombre de la montagne sacrée se profila devant lui. Le mont Korhogo allait être un asile pour celui qu'on tenait pour responsable du désastre.

*

Ka-Saabo resta de longues nuits et de longues journées, reclus dans sa taverne. En ruminant son échec, il continua à inscrire sur la pierre le récit de sa dernière expédition. Il devait écrire pour expier. Les fantômes de ses compagnons disparus avaient envahi son esprit et ne le laissaient plus en paix…

Quand il le pouvait, Ubakwanda venait lui apporter, en catimini, quelques vivres. Ka-Saabo était décharné. Il se sentait affaibli. L'Égyptien se débrouillait en recherchant des larves et des œufs d'oiseaux.

Un jour enfin, Ubakwanda apparut souriant et à bout de souffle. Ka-Saabo aperçut le Noir à contre-jour dans la sente montante. Le jeune chef avait couru aussi vite que ses forces le lui permettaient pour rapporter la nouvelle à son frère.

— Ka-Saabo, j'ai bon espoir. Le doyen est mort. Il ne t'avait jamais porté dans son cœur. Ses accusations avaient toujours annihilé mes efforts. Hier au dernier conseil, les autres ont consenti à prendre en compte mes paroles quand je leur ai dit que nous manquions d'hommes valides et que tous les bras étaient nécessaires à la reconstruction du village. D'autres palabres seront nécessaires avant que tu ne puisses retourner chez toi. Mais je crois que tu pourras bientôt revenir parmi nous.

— Je te remercie, mon frère pour tout ce que tu fais pour moi. Que m'as-tu apporté que nous puissions partager. Il y a longtemps que nous n'avons pas fait un repas entre frères.

Ubakwanda tendit des bananes et des graines broyées au Blanc puis s'assit à côté de lui. Il regarda sa silhouette famélique, son dos voûté et les rides qui avaient creusé son visage. Ses cheveux étaient couleur de cendre. L'homme avait vieilli. Dans le regard abattu, il mesura la douleur de celui qui avait conçu le rêve de retrouver la seule femme qu'il n'avait jamais aimée.

— Dis-moi, Ka-Saabo, tu repenses toujours à cette femme dont tu m'as parlé lors de notre voyage ? Je le vois dans tes yeux. Il m'est venu une idée. Plus tard, quand ton fils aura l'âge de faire son initiation, nous pourrions l'accompagner vers le sud. Là, nous retrouverions les tribus qui t'avaient capturé. Toi qui sais construire de grandes pirogues naviguant avec le vent, tu pourrais nous instruire et nous referions, sur la mer, le chemin inverse pour revenir vers le pays des pharaons !

En plaisantant, il ajouta :

— Ce ne sont plus cinquante femmes que tu m'offriras, cette fois-ci, mais cent cinquante. Je le vaux bien !

Ka-Saabo regarda son ami avec tendresse mais une immense lassitude écrasait son moral.

— Merci, Ubakwanda. Je mesure ton dévouement mais vois-tu, si l'homme a un esprit qui lui permet de concevoir des rêves infinis, il a aussi son corps qui est une prison avec des barreaux et qui l'empêche de s'envoler vers ces rêves.

Ubakwanda fut déçu de la réponse de son frère. Les deux compagnons se turent. Ka-Saabo restait prostré. Seuls, étaient perceptibles les bruits de dents et de déglutition que faisaient les hommes en mangeant. Quand ils eurent terminé, le regard des deux hommes se porta à l'horizon, là où leurs rêves s'évaporaient pour toujours…

Ka-Saabo rompit, le premier, le silence.

— Il y a autre chose, Ubakwanda, je ne peux supporter l'idée d'avoir dû sacrifier certains de nos compagnons.

— C'était pour survivre, Ka-Saabo, et nous l'avons fait selon les rites ancestraux ! *Une lame pour trancher. Un poignard pour découper. Un pic pour achever…*

Chapitre 19
Vol pour Abidjan

Comme le souvenir est un voisin du remords.
Victor Hugo

Dernière semaine de décembre

Le McDonnell Douglas DC-10 de la compagnie UTA à destination d'Abidjan avait atteint sa vitesse de croisière depuis deux bonnes heures. Dans la cabine des premières classes, l'une des hôtesses, une jolie blonde platine, avait terminé de ramasser les plateaux-repas. Elle s'approcha pour venir parler quelques minutes au séduisant quadragénaire qui avait été surclassé au siège 4C.

— Tout se passe bien, monsieur ?

Alain, surpris, leva les yeux des feuilles de papier qu'il était en train de noircir.

— Oui, tout est parfait, merci.

Éclairés par la lumière éclatante du soleil qui passait à travers le hublot, les yeux de l'homme étaient d'un bleu troublant. La jeune femme fut troublée. Faisant fi de la réserve due à son métier, elle continua en minaudant :

— Vous venez en Afrique pour affaires ou pour faire du tourisme ?

Alain parut surpris. En temps normal, il aurait été flatté de l'attirance qu'il exerçait sur une jolie femme, mais son esprit était perturbé. Angoissé quant à l'avenir, il voulait à tout prix terminer ce qu'il avait commencé à écrire : ses dernières volontés au cas où…

— Euh… les deux.

— Vous êtes reporter photographe, je l'ai vu sur les renseignements apposés sur votre feuille de police.

Alain regarda l'hôtesse qui battait nerveusement des cils fardés en turquoise. Il ne savait pas comment lui faire comprendre, tout en restant poli, que sa conversation l'ennuyait.

— Pardonnez-moi mais j'ai du travail à terminer, lui répondit-il en rabaissant son regard vers ses documents.

L'hôtesse rougit et se pinça les lèvres :

— Excusez-moi, lui dit-elle avant de se retirer, vexée, dans la kitchenette où elle marmonna à l'adresse de sa collègue, une Cariatide brune :

— Ces grosses pontes, tous les mêmes, des mufles avec un ego surdimensionné !

Alain se pencha, à nouveau, sur sa tablette encombrée par des feuilles de papier pour se remettre à ses écrits. Sous le soleil, ses cheveux semblaient presque dorés. Le reporter voulait avant tout protéger sa fille en recensant les biens qu'il détenait. Il n'aurait jamais pensé faire son testament, auparavant, s'il n'y avait pas eu le résultat inquiétant de son scanner.

Il y avait aussi autre chose qui le perturbait. Il avait repensé à l'événement qui avait assombri son enfance. La blessure que lui avait infligée le couteau de jet de son père et les conséquences que cela avait entraînées. Il entendait encore les terribles paroles prononcées par sa mère, quelque temps après les faits, alors que la famille était attablée sur la varangue et qu'un nouveau jeune boy les servait avec sollicitude.

— *Bakari a été jugé aujourd'hui. Il a été condamné à la prison à vie. Il ira pourrir à la MACA*[1] *jusqu'à la fin de ses jours. Je pense qu'avoir osé toucher à un enfant et à un enfant de Blancs de surcroît ne lui permettra pas de vivre longtemps. Les autres vont lui en faire baver.*

— *C'est quoi la MACA, avait demandé Patrick la bouche encombrée par une grosse bouchée de pain.*

— *C'est une prison où on enferme les vilains criminels et les voleurs, lui avait répondu son père.*

Alain s'était souvenu de sa question et de la réponse que lui avait faite sa mère

— *Qu'est-ce qu'elles vont devenir les petites filles de Bakari ?*

Alain et Patrick jouaient parfois au gendarme et au voleur avec Mariam et Fatou, dans le grand terrain au bord de la lagune, quand le boy les amenait avec lui.

— *Elles n'auront qu'à faire le trottoir ! Ce sera une punition supplémentaire pour leur père !*

— *C'est quoi faire le trottoir ? avait demandé Patrick en pouffant...*

Cet épisode de sa vie avait longtemps torturé le jeune Alain. Lui seul savait. Il n'avait pu raconter ce qui s'était

1. Maison d'arrêt et de correction d'Abidjan.

passé puisqu'il avait été longtemps plongé dans le coma après que la police était venue arrêter Bakari. Ensuite, pris dans l'engrenage il n'avait pas su endiguer la tourmente. En outre, il redoutait qu'on ne puisse admettre l'incroyable vérité qu'il était le seul à détenir.

Devenu adulte, il s'en voulait et se trouvait lâche et vil...

— Vous désirez boire quelque chose, lui dit d'un ton volontairement neutre l'hôtesse blonde en poussant son chariot à sa hauteur.

Alain sursauta et revint au temps présent.

— Oui. Un whisky. Avec glace, merci.

Tandis que la jeune femme se penchait ensuite vers le passager de l'autre côté du couloir, pour lui servir un martini, Alain jeta son regard sur ses formes rebondies qu'il devinait sous la jupe de tergal. En examinant la jeune femme, il se dit qu'elle était vraiment parfaite. Sa taille fine, le bas de ses reins, ses longues jambes... Tout à coup, il trouva pourtant un détail qui clochait chez elle. Elle avait des pieds disproportionnés. Et une idée saugrenue passa dans son esprit. Il se demanda comment un chirurgien esthétique pouvait remédier à une telle anomalie de la nature. Un rire stupide secoua sa poitrine...

*

Quand il descendit de la passerelle que l'on venait d'accoler à la porte du triréacteur, Alain fut saisi par une bouffée d'air chaud et humide panachée à des vapeurs de kérosène. Les lumières blafardes de la tour de contrôle et des bâtiments trouaient le crépuscule. Une fois sur le tarmac, il éprouva un sentiment de gaieté. Il savait que sa fille, à qui il avait annoncé son arrivée par téléphone, devait venir le chercher. Le père était heureux d'avoir comblé ainsi Malou qui l'avait remercié au moins dix fois. « Oh, papa, c'est super, c'est super ! Merci, merci de venir passer les fêtes avec nous ! Je vais essayer d'avoir des bungalows à l'hôtel Akwaba, à Grand Bassam. C'est en bord de mer et ils ont un décor splendide avec piscine. Merci, merci... »

Alain suivit la foule bigarrée et pressée des voyageurs. Il y avait de grosses mamas portant d'énormes bagages à main avec des enfants endormis accrochés au dos, des hommes d'affaires suant à grosses gouttes dans leur costume d'hiver, des couples de touristes déjà habillés pour la plage...

Quand le reporter passa les contrôles, le douanier fut surpris de trouver un masque dans le sac du Français. Normalement, c'était dans l'autre sens que les touristes emportaient des souvenirs, mais le petit billet qu'Alain glissa dans sa main eut pour effet d'effacer ses soupçons. Une grosse femme policière indolente apposa machinalement un coup de tampon sur son passeport et Alain put enfin échapper aux tracas administratifs.

Il lança le regard au loin dans le hall et aperçut Malou qui courait vers lui en faisant de grands gestes, suivie d'un homme. La jeune fille était élancée. Elle avait de longs cheveux blonds avec une frange et portait une robe en cotonnade fleurie. Arrivée à la hauteur d'Alain, elle se jeta dans ses bras. Le père et la fille s'embrassèrent longuement. Malou se dégagea pour que Jean-François, son ami, puisse à son tour saluer son père. Alain tendit une main que le jeune homme serra avec fermeté

— Vous avez fait bon voyage ? Pas trop de turbulences au-dessus du Ténéré ?

Jean-François avait entouré Malou par la taille et Alain eut une réaction différente de celle qu'il aurait imaginé avoir. Il pensa qu'après tout, s'il lui arrivait quelque chose, Malou aurait une autre épaule sur laquelle s'appuyer. Le garçon avait une chevelure longue brune retombant sur ses épaules et portait des lunettes à monture d'écaille. Alain trouva même qu'il était assez jovial…

La grosse Peugeot 403 break, prêtée par l'hôtel Akwaba, filait sur la route qui reliait l'aéroport à Grand Bassam. Le chauffeur essayait de se faufiler entre les vélos, les mobylettes indisciplinées et les chèvres en abusant de vigoureux coups de klaxon. À droite, les ombres de grands palmiers se détachaient sur un bord de mer brillant sous le clair de lune.

Malou était assise à côté de son père. En proie à une nervosité extrême, elle discourait sans s'arrêter. Elle parlait de leurs tâches à l'hôpital, des difficultés rencontrées, de ces quelques jours de vacances qu'ils allaient passer tous ensemble, des visites possibles…

Alain regardait sa fille avec fierté. Il reconnaissait les petites rides familières autour de ses yeux quand elle riait et les fossettes de chaque côté de sa bouche.

— Je t'arrête juste un moment, Malou, je ne reste que dix jours et j'ai aussi planifié d'aller passer deux ou trois jours dans le Nord pour mon travail. Je dois aussi rendre visite à une amie.

Malou se tourna vers Jean-François qui était assis juste derrière eux pour lui faire un bref clin d'œil :

— Ah, une amie, mais tu ne nous ferais pas quelque cachotterie, mon petit papounet ?

*

La Peugeot s'engagea sur la droite pour emprunter un chemin en terre battue menant à l'hôtel. Jeanne Béranger, la patronne de l'Akwaba accueillit Alain à sa descente de véhicule. Le reporter jeta un bref coup d'œil à la concession. Des bungalows étaient disséminés sur un gazon impeccable planté de palmiers blanchis à la chaux. Ils faisaient face à une grande maison coloniale qui servait de bar, de restaurant et de domicile pour Jeanne. Une série d'appatams[1] bordait l'océan dont on apercevait, au loin, les vagues tumultueuses tandis que des touristes barbotaient dans une grande piscine éclairée par de puissants projecteurs.

— Je suis heureuse de te revoir, Alain. Je t'ai connu tout petit, tu sais, ta mère et moi étions les meilleures amies du monde.

Alain se souvenait aussi de Jeanne, femme de médecin comme Suzette et qui avait voulu rester en Côte d'Ivoire à la mort de son époux. Elle avait monté cette affaire qu'elle gérait de main de maître. C'était un endroit où les expatriés aimaient à se retrouver. La femme avait la soixantaine bien passée. Elle était petite et un peu ronde. Ses cheveux permanentés étaient d'un blond trop parfait.

— C'est un plaisir pour moi de te revoir, Jeanne, dit-il à son tour en embrassant la vieille dame.

---

1. Construction légère, ouverte, dont le toit est fait de végétaux.

— Je t'ai réservé l'un de mes plus agréables cabanons, juste en bordure d'océan.

Elle prit Alain par le bras pour l'amener elle-même vers le logement.

— Si tu veux aller te rafraîchir, tu as le temps, ton frère Patrick est tout juste de retour de la pêche au gros et je pense que sa femme, Agnès, ne sera pas prête avant un bon moment.

En entendant la nouvelle, Alain crut défaillir. Son bonheur était à son comble et il avait presque oublié la tumeur qui cannibalisait l'intérieur de son crâne. Pourtant, la présence de son damné frère allait tout gâcher. Une rage folle l'envahit.

— Ça va, papa ? Tu es devenu pâle, tout à coup.

*

Alain avait jeté hargneusement ses vêtements par terre et se retrouvait nu pour accéder à la douche. Une colère sourde l'habitait. Il n'avait même pas prêté attention à sa chambre qui donnait sur une terrasse face à l'océan dont on voyait l'écume bouillonnante miroiter sous une lune énorme. Des courtepointes ethniques assortis aux rideaux recouvraient deux grands lits. Un grand batik coloré ornait le mur et un petit salon en iroko était posé sur une peau de panthère.

Il allait rentrer dans la salle d'eau quand il se trouva nez à nez avec elle. Il marqua un temps d'arrêt.

— Surprise ! Tu peux remercier ta fille ! Je l'avais contactée pour lui donner le livre que tu m'avais confié et je crois qu'elle a compris nos... relations. Alors, elle m'a fait venir de Korhogo en disant que je serais ton paquet cadeau !

Awa avait collé son corps contre celui d'Alain et commença une série de caresses expertes qui firent oublier la colère au reporter.

*

— Tu te rends compte que ce connard de Patrick est ici ! Ça me fait chier, maugréa Alain tandis qu'il boutonnait une chemise hawaïenne. Et ces putains de moustique, j'avais oublié comme c'était agréable.

— Écoute, ta fille est si heureuse que tu ne vas pas tout gâcher par ta mauvaise humeur ! C'est vrai que c'est un vrai crétin. Je l'ai vu ce matin et je le confirme, il est déplaisant au possible tout comme sa femme, mais on n'a pas besoin d'être à leur côté. On peut faire des activités avec Malou et Jean-François sans inviter ton frère et sa snobinarde de bonne femme...

Quand ils arrivèrent sous la terrasse de la demeure coloniale, des boys en livrée s'affairaient sous la houlette de Jeanne. Une vingtaine de vacanciers étaient disséminés un peu partout, autour de petites tables ou directement au bar. Malou fit un grand signe de la main aux nouveaux venus.

Elle était accoudée au bar à côté de Jean-François qui avait une discussion animée avec Patrick. Un peu plus loin, Agnès soupirait en s'éventant avec un magazine. Hélène, une petite blonde effacée, conversait avec sa cousine Malou. En apercevant son père, cette dernière gloussa :

— Alors, il est bien mon cadeau de Noël. Tu aurais pu m'avertir quand même !

Puis, en aparté, elle ajouta :

— Je comprends que tu aies eu envie d'aller dans le Nord. Elle est super sympa et… tu as bon goût.

Le dîner se passa devant une table sous un appatam. Patrick, sa famille et le couple d'amis qui les avait emmenés en mer étaient à la même table qu'Alain et les siens. Les deux frères évitaient de s'adresser la parole. Awa ne manquait jamais de toucher le bras ou de prendre la main d'Alain à chaque fois que Patrick étalait les marques de sa fortune ou se vantait.

Les boys apportèrent du requin grillé accompagné d'attiéké[1] alors que la conversation allait bon train. Awa expliqua à Malou la raison pour laquelle elle avait convié son père à venir dans le Nord.

— Il faut que je montre à Alain un lieu curieux. C'est une caverne qui se trouve dans les entrailles d'un inselberg planté en pleine savane. Il y a des inscriptions bizarres.

— Il semblerait que ces inscriptions correspondent à celles retrouvées au dos du masque que mon père avait rapporté d'Afrique, ajouta Alain.

Jean-François abrégea la conversation d'ordre médical qu'il avait avec Patrick et intrigué se tourna vers Alain.

— De quelle nature sont ces signes ?

— Curieusement, on dirait de vieilles inscriptions. Je n'y connais pas grand-chose mais on dirait comme des

1. Couscous de manioc.

hiéroglyphes, répondit Awa en sortant de son sac les photos de l'intérieur du masque qu'avaient prises Alain.

— Heureusement qu'Awa ne se sépare jamais de son sac ! s'exclama Alain.

Les clichés passèrent de main en main.

— On dirait plutôt du démotique, s'exclama Jean-François. J'avais un camarade en fac qui était un fana de langues anciennes et il lui arrivait de parler de sa passion. Je m'étais un peu intéressé à l'époque à l'écriture égyptienne mais bon, je le faisais en dilettante, alors honnêtement, je n'y comprends pas grand-chose.

— Ce copain, tu as de bonnes relations avec lui ? demanda Malou.

— Oui et je suis sûr que cela l'intéresserait de nous filer un coup de main. C'est un passionné. On peut lui faxer les photos enfin... si Alain est d'accord.

À ce moment-là, Jeanne, qui passait de table en table pour s'enquérir du confort de ses clients, interrompit la conversation.

— Tout va bien ? Le repas vous plaît ? Je vous ai fait préparer des ananas caramélisés pour le dessert.

— Jeanne, vous serait-il possible de faxer des documents pour la France ? demanda Alain. On vous paierait, bien entendu, le temps de communication.

Jeanne acquiesça. En se penchant sur la table pour récupérer les photos, elle regarda les deux frères. Elle se rendit compte combien ils étaient d'aspect opposé. L'un était blond aux yeux bleus et l'autre brun avec des yeux noirs. L'un d'entre eux avait un regard curieux qui la fit frissonner quand elle le croisa.

En retournant à son bureau, son esprit retourna quarante ans en arrière. Elle connaissait ce secret de famille qui avait touché les Leprince. Elle était là, quand cet officier, fraîchement débarqué de France, avait commencé à faire une cour assidue à Suzette. « Tu as vu comme il est beau ! Lui au moins, il aime rire ! Quel regard, on dirait Rudolph Valentino ! »

Jeanne, quant à elle, n'avait jamais aimé l'homme qui lui avait déplu au premier abord. Le garçon mat de peau devait être originaire du sud de l'Italie. Mais Suzette avait été d'emblée subjuguée par ce jeune lieutenant qui était différent en tout point du docteur Leprince. Il était imbu de sa personne et buvait un peu trop. Les mauvaises langues disaient aussi que c'était un joueur invétéré.

Quand leurs deux époux étaient partis en mission durant trois semaines, Suzette avait succombé et était tombée enceinte. À l'époque, la pilule n'existait pas. Dès que le quidam avait appris que leurs ébats passionnés avaient engendré la vie, il avait ignoblement délaissé Suzette.

— Mon amour, je n'ai pas le droit de briser votre couple, avait-il dit à Suzette en larmes.

— Mais je t'aime, moi !

— Suzette, tu n'es pas libre et en acceptant mes avances, tu savais que cela ne nous mènerait nulle part.

— Qu'est-ce que je vais devenir ?

— Je ne peux rien faire de plus que de ne plus jamais te voir afin de préserver ton honneur.

Suzette était entrée dans un état de prostration inquiétant. Jeanne avait alors tenté de consoler son amie, mais Suzette n'allait plus jamais être la même. Quand le docteur

Leprince était revenu de mission, il avait trouvé son épouse alitée.

— Qu'est-ce qu'il t'arrive, mon trésor ? Je te promets de ne plus m'absenter aussi longtemps. Tu m'as tellement manqué, lui avait-il dit avant de lui faire l'amour.

Suzette avait subi les caresses de son mari avec dégoût et avait développé pour lui une profonde aversion.

La passion qu'elle avait pour ce mufle ne l'avait jamais quittée au point qu'elle avait voué plus tard un amour incommensurable à l'enfant qu'ils avaient procréé ensemble.

Quant au docteur Leprince, s'il avait eu des doutes, il était trop fier pour en avoir laissé transpirer quelque chose et son éducation avait sans doute repris le dessus. En outre, chez les Leprince, c'était Suzette qui portait la culotte.

*

Alain regarda le corps nu à côté de lui. Awa sommeillait paisiblement au milieu des draps blancs, au contraire d'Alain qui n'arrivait pas à s'endormir. Ils avaient décidé de prendre un vol le lendemain pour le Nord afin d'aller se rendre compte des signes dans la grotte. Patrick, encore lui, avait décidé de s'y rendre aussi pour aller chasser dans les savanes giboyeuses. Les phrases de Patrick ne cessaient de résonner dans sa tête.

— J'ai un ami qui organise des chasses au phacochère. Il y a quelques années, j'ai rapporté quatre biches et plus d'une vingtaine de perdreaux. Sans me vanter, je peux dire que j'ai un sacré coup de fusil…

Une froide colère grondait au fond d'Alain. Il la sentait enfler. C'était un peu comme cette tumeur qui avait envahi son crâne. Il aurait voulu arracher le côté de sa tête qui contenait cette masse hideuse qu'il avait aperçue sur la radio. Il commença à être agité par des tremblements et sentit qu'il allait avoir une nouvelle crise. Il se glissa rapidement hors du lit, attrapa son bermuda et alla chercher ses cachets au fond de son sac pour les avaler directement sans eau.

Au-dessus de lui, le ventilateur lui rappelait les souvenirs de ses cauchemars. Le bruit que faisaient les pales était comme le souffle d'un monstre.

Sa tête bouillait. Il sortit sur la terrasse pour prendre une bouffée d'air marin. Au loin, l'océan paraissait exploser sur la grève. Des bruits recommençaient à envahir son esprit. Il avait beau les chasser, les chuchotements augmentaient.

— Je suis en train de devenir fou, gémit-il en se prenant la tête entre les mains.

Il descendit en titubant vers le jardin désert et la sensation du sable mouillé et froid sous la plante des pieds parut le soulager. En face, il aperçut le premier étage de la demeure coloniale qui était éclairé. C'était les appartements de Jeanne.

Chapitre 20
Repos de l'Éternel

Nul châtiment n'est pire que le remords.
Sénèque

600 ans avant J.-C.

C'était l'heure la plus chaude de l'après-midi. Le toit des cases craquaient sous la brûlure impitoyable du soleil. Sur la place de la concession, à l'ombre d'un baobab, les cinq épouses d'Enmouteff étaient en train de se chamailler pour une broutille. Leurs cris stridents déchiraient l'air lourd de cette fin de saison sèche. Juste à côté, assis à terre, le plus jeune de ses enfants pleurait tandis que les autres jouaient bruyamment autour des calebasses renversées.

Debout, appuyé sur sa canne, Enmouteff assistait, en soupirant, au pugilat. Il se sentait passablement agacé. Ses jambes avaient du mal à le soutenir. Le poids des ans commençait à se faire sentir et depuis quelques jours, il ressentait une vive douleur dans la poitrine. Il avait même froid et s'était enroulé la totalité du corps dans un pagne de coton. Soudain deux de ses fils qui se coursaient déboulèrent derrière lui et le bousculèrent. Il manqua de s'affaler à terre.

— Assez ! Allez, tout le monde dans la brousse ! hurla-t-il en faisant tournoyer sa canne lourde de menaces au-dessus de sa tête.

Les femmes se turent brusquement et levèrent craintivement la tête vers le chef. Seule Nyambura, la plus jeune de ses épouses, s'avança vers son mari en récriminant d'une voix aiguë :

— Ka-Saabo, dis-leur que c'est moi qui, étant allée le plus souvent dans ta couche, suis la seule qui ai le droit de…

Elle ne put terminer sa phrase car Enmouteff lui avait asséné un coup sec de bâton sur le crâne. Le bruit retentit et Nyambura, surprise, porta sa main à la tête. L'homme se mit à hurler.

— J'ai dit, allez-vous-en et laissez-moi tranquille. Toutes autant que vous êtes. Prenez vos enfants et partez. Allez jouer au marigot. Je ne veux plus vous revoir avant ce soir.

Comme une volée de moineaux braillards, les femmes et les enfants disparurent et Enmouteff se retrouva enfin au calme. En claudiquant, il se dirigea vers sa case dont l'ouverture faisait face à l'esplanade. Le soleil lui brûlait le crâne. À l'intérieur, il retrouva un peu de fraîcheur. Comme il se sentait las, il s'affala sur une natte et regarda le toit de chaume. Un margouillat s'y prélassait.

Le corps de l'Égyptien était décharné par les maladies. Ses articulations avaient du mal à répondre et son visage, devenu presque noir, était buriné par le temps.

Les yeux levés vers le ciel, le vieillard laissa ses pensées voyager au loin, au plus profond de son passé. Comme toujours, il revoyait le seul et unique amour de sa vie : Elyssa, sa belle Phénicienne, lui apparaissait avec plus de netteté aujourd'hui. C'était comme s'il venait de la quitter à l'instant.

Il revoyait ses yeux noirs qui l'avaient scruté sous la tente un jour de navigation. Il se remémorait son corps nu et musclé quand elle l'avait rejoint, la première fois, sur sa couche. Il avait l'impression de pouvoir effleurer à nouveau cette chevelure d'ébène soyeuse qu'il adorait. Il se sentait caresser par les mains expertes qui lui avaient apporté tant de plaisir. En tendant ses bras décharnés devant lui, il se mit à toucher les seins qui lui avaient fait comprendre, un jour, qu'elle allait être mère.

Enmouteff se rappela aussi la promesse qu'il n'avait pas pu tenir : « Je ferai de toi une reine et ton fils deviendra un prince. »

Ces visions furent entachées par la même tristesse que celle qu'il avait entrevue dans les yeux d'Elyssa, lors de leur dernière escale. Il regretta amèrement le geste de recul qu'il avait eu en apprenant qu'elle était enceinte. Il avait alors fait naître en elle un chagrin quand il avait retiré brusquement ses mains de son ventre en doutant de sa paternité.

Pourquoi ne lui avait-il jamais dit : « Je ferai de NOTRE fils, un prince. »

C'était surtout à cause de lui, Enmouteff, que les événements s'étaient mal déroulés. C'était lui qui avait fait le malheur de son amour. À cause de son égoïsme...

Elyssa, ma douce Elyssa ! Qu'es-tu devenue ?

Cette question n'avait jamais cessé de le hanter depuis qu'Hannan Baal avait assouvi sa vengeance en abandonnant son rival au bord de la lagune.

Qu'a-t-il fait de toi, mon amour ? Qu'est devenu ce fils que tu portais en ton sein ? Et ce fils, de qui avait-il été conçu ?

Il se dit qu'Hannan Baal devait avoir éprouvé le même sentiment d'incertitude exacerbé par une haine farouche. Le plus dur pour Enmouteff, c'est qu'il ne saurait jamais quel avait été le sort de cette femme qu'il avait adorée jusqu'à la folie. De grosses larmes embuèrent son regard. *Elyssa, dis-moi ? Est-ce qu'il t'a séquestrée dans ta maison pour que tu joues le rôle d'esclave et combien de coups as-tu reçus pour expier ta faute ? Et le fils que tu as mis au monde, a-t-il été étouffé par la rage d'Hannan Baal ou vit-il encore ? Lui as-tu alors parlé de moi ?*

Enmouteff étouffa un sanglot en émettant l'hypothèse que le navigateur phénicien avait peut-être simplement pu répudier son épouse pour aller l'enchaîner dans un bordel du port de Byblos. Savoir que jusqu'à la fin de sa vie, son aimée avait été la proie de soudards lui était insupportable.

Pardonne-moi, Elyssa, pardonne-moi !

L'Égyptien se raccrochait aussi au secret espoir qu'Haza'el avait pu la faire parvenir jusqu'au palais de Nékao sachant qu'Elyssa lui serait alors redevable. Elle serait alors à même d'intervenir auprès du pharaon pour faire rechercher Karib'il, le fils de son compagnon navigateur.

Ces pensées agitaient le cerveau d'Enmouteff, lui apportant un stress violent.

Et s'il t'avait tout simplement fait jeter aux requins avec mon fils lorsqu'il était remonté à bord après nous avoir abandonné à la mort, Tatouia et moi ?

Ressassant ses remords, le vieil homme se demanda quel aurait été le destin de cette femme s'il n'avait pas imprudemment mis sa vie en danger. L'Égyptien vit alors son existence défiler depuis qu'il avait été enfant quand il jouait avec Nékao à la guerre puis ses sens se remémorèrent les horreurs des vrais combats, l'odeur du sang et de la poussière, les hurlements et les supplications…

Il se rappela du jour magnifique où il avait embarqué sur l'*Eshmoun*. Les événements cheminaient dans sa tête. Il avait l'impression de perdre pied. Les images se bousculaient maintenant entre rêve et réalité.

Il se vit ensuite sur une des grandes terrasses du palais avec Elyssa dans les bras. Ils contemplaient le Nil dans toute sa majesté sous un coucher de soleil éblouissant. L'air s'était enfin attiédi après les chaleurs de la journée. Au loin, les palmeraies ondulaient sous la brise. Des felouques faisaient danser leurs voiles à contre-jour. Un vol de flamants roses s'enfuit au loin. Des odeurs familières lui revenaient en mémoire.

Tu vois, Elyssa, je ne t'avais pas menti. Le Nil est beau, n'est-ce pas, ma reine ?

Depuis quelques instants, Enmouteff se sentait épouvantablement opprimé. Il prit une grande inspiration pour gonfler son thorax puis il expira fortement pour chasser d'un seul coup cette vie dont il n'avait pas voulu…

*

— Ka-Saabo, Ka-Saabo, appela Ubakwanda d'une voix inquiète quand il accéda à la concession écrasée par le soleil.

Tout était calme et il n'y avait âme qui vive. Cela lui parut inquiétant. D'un pas rapide, il pénétra dans la case du Blanc. Ne s'étant pas encore habitué à la pénombre, il crut qu'Enmouteff dormait, mais il ne mit pas longtemps à comprendre que son ami venait de rejoindre le monde des esprits. Les yeux de l'Égyptien, grands ouverts, regardaient au loin. Ubakwanda ressentit une tristesse aussi grande que lorsqu'il avait assisté à la mort de son père.

Accablé, il s'accroupit pour fermer les paupières du défunt, puis il lui parla doucement à l'oreille :

— Mon frère, je t'ai fait une promesse, il y a bien longtemps. Je ne sais pas conserver les corps comme en Égypte mais je sais comment faire pour garder l'esprit en vie.

Ubakwanda se leva promptement pour déguerpir en direction de la concession des anciens. Son esprit était écrasé par une grande affliction. Là, il trouva les vieux, courbés par le poids des ans, qui faisaient palabre sous un banian centenaire dont les racines indénombrables cherchaient la vie dans le sol. Ubakwanda hurla sa douleur devant les patriarches incrédules.

— Ka-Saabo est mort. Ka-Saabo est parti vers les rives du pays d'où l'on ne revient jamais.

Quand ils réalisèrent que l'un des leurs étaient morts, les vénérables vieillards se levèrent pour préparer les funérailles. Le plus vieux, un homme dont le visage ressemblait à une feuille de bananier séchée, s'adressa à Ubakwanda :

— Le plus sage d'entre nous vient de partir. Tu sais ce que tu as à faire maintenant, il te l'avait demandé...

Ubakwanda acquiesça de la tête et s'enfuit en courant à travers la savane. Malgré son âge, il galopait entre les herbes sèches, sautait par-dessus les épineux et écrasait parfois les récoltes. Il traversa le grand fleuve encore asséché en direction du mont sacré. Il courait aussi vite qu'il le pouvait vers la forêt accrochée à flanc de montagne.

De loin, Ubakwanda entendit un bruit sourd en provenance du village. Ce son fut suivi d'un autre, puis d'un autre... Ces trépidations provoquèrent l'envol bruyant d'une escadrille de charognards occupés à curer la carcasse putride d'un zèbre mort. Cette saccade rapide et nerveuse d'un tam-tam lointain fut bientôt relayée par une autre puis par dix, par cent autres jusqu'à devenir une clameur lancinante et lugubre. La brousse retentissait de ce glas lugubre.

Dans les champs, les paysans courbés sur leurs dabas relevèrent leurs visages apeurés et anxieux. Les lavandières laissèrent tomber leur linge dans l'eau du marigot. Les enfants arrêtèrent leurs jeux. Tous comprenaient que quelque chose de grave venait de se passer.

Ubakwanda courait toujours. Il semblait qu'il était mû par une force mystérieuse. Quand il parvint, hors d'haleine, au pied du mont sacré, il s'arrêta plié en deux pour reprendre son souffle. Il murmura ensuite, les yeux au ciel, avant de reprendre sa course en direction du sommet :

— Ka-Saabo, mon frère, je te l'ai promis, tu auras la vie éternelle...

*

Assis devant l'entrée de la caverne, Ubakwanda avait commencé son labeur. Il avait d'abord récupéré, au fond de la cavité, le billot noir que lui et Ka-Saabo avaient choisi ensemble, il y avait bien longtemps. Ubakwanda s'installa devant l'entrée de la grotte.

De son piédestal, l'homme dominait la savane. Il débarrassa d'abord le tronc de son écorce, mettant à nu l'âme de l'arbre. Avec des gestes précis, il levait et abaissait son herminette sur le bloc, faisant voler des copeaux de bois. Il découpait, ciselait, façonnait à l'aide de son bras musclé... Son geste vif était précis. Ce n'était pas ses mains qui agissaient mais sa pensée qui réalisait l'ouvrage.

L'Africain était maintenant en transe. Il s'était imprégné de la personnalité d'Enmouteff et des moments de la vie du disparu. C'était la destinée de l'autre qui l'habitait. Les joies et les souffrances de son ami se bousculaient dans sa propre tête...

À la tombée du jour, le masque était né, prêt à accueillir l'esprit du défunt. Il manquait juste le principal. Ubakwanda alluma une torche. Tout autour de lui, les bruits insolites de la nuit crevaient le sommeil de la pénombre.

Ubakwanda rentra dans la grotte. Il leva le flambeau en direction des murs pour s'imprégner des dessins afin de les transcrire ensuite à l'identique sur la face interne de la tête. Là, dans les signes était transcrit le récit de la vie de son ami. Ubakwanda savait. Il avait reçu la connaissance qu'Enmouteff lui avait patiemment transmise. Il lui avait appris l'écriture. Incrédule, il déchiffra les idéogrammes et put ainsi mesurer quelles épreuves avait traversées l'homme blanc.

Au petit matin, c'était un être étrange qui allait parvenir à la concession...

Au milieu de la cour en terre battue, couchée sur des nattes, reposait la dépouille d'Enmouteff. Le visage cireux commençait à ne plus avoir rien d'humain. La chaleur en avait activé la décomposition.

Une assistance nombreuse entourait le défunt. Les sages du conseil, assis à terre, agitaient nerveusement leurs chasse-mouches devant leur visage en psalmodiant une complainte ancestrale. Les femmes en deuil hurlaient tout en se griffant et en se tordant de douleur. Les enfants, pourtant effarés, étouffaient des fous rires nerveux. Les parents, les amis, les voisins, les habitants des cités voisines, le sorcier, tous attendaient, muets, au milieu des tam-tams…

Quand l'homme masqué arriva sur la place, il fut accompagné par un violent souffle de vent qui fit tournoyer un nuage de poussière.

— C'est l'esprit d'Enmouteff, chuchota Djenen, la quatrième épouse en roulant de grands yeux remplis d'effroi.

De longues lamentations lui répondirent et les femmes se cachèrent les yeux pour ne pas voir l'objet interdit. Bawamana, la première femme de Ka-Saabo, osa pourtant braver le tabou. Malgré sa frayeur la grosse femme dévisagea le masque et murmura : « Elyssa, Elyssa », pensant toujours que la signification de ce mot l'attachait éternellement à l'homme qu'elle avait aimé.

La vision de ce masque, et de ce corps enveloppé de lianes et de feuilles séchées, angoissa l'assistance. Blanchi par la teinture au kaolin, son faciès était impressionnant.

Il y eut un grand silence. Le temps paraissait s'être figé puis les percussions commencèrent un lancinant tempo.

Faisant voler une terre rouge comme le sang, le danseur au masque rentra en transe. Son corps, agité de soubresauts, se contorsionnait comme un serpent. Ses gestes saccadés s'accentuaient au fur et à mesure de la cadence. Il trépidait, la tête renversée en arrière, puis se mit à tournoyer de plus en plus vite.

Soudain, le danseur se raidit et poussa un hurlement inhumain. L'assistance sursauta et Ubakwanda tomba à terre. L'âme libre du mort avait regagné sa nouvelle demeure.

Un silence mortel se fit. Il sembla durer une éternité. Une nouvelle bourrasque de sable et de feuilles obligea les humains à se protéger les yeux… Ce fut comme une conclusion de la sorcellerie car personne n'avait vu le masque disparaître à jamais dans les frondaisons.

Ubakwanda s'en retourna à l'heure où les ombres disparaissent dans la nuit. Il ne savait plus qui il était. Il ne s'était pas encore débarrassé de ce double qui l'avait cannibalisé. Sa silhouette tituba longtemps dans la brousse comme celle d'un homme ivre. Dans sa fuite, il perdait ses oripeaux de paille et de verdure qui recouvraient son torse et ses membres. Il fut bientôt nu comme un nouveau-né avec seulement un visage étrange qui n'était pas le sien. Mi-vivant, mi-esprit, Ubakwanda chancelait entre le monde terrestre et celui de l'au-delà.

Ce ne fut que lorsqu'il fut à l'entrée de la caverne et qu'il ôta le masque, qu'il retrouva enfin sa personnalité propre. Son visage était détendu et son esprit libre. Ubakwanda avait accompli son serment.

Il enferma l'effigie de bois dans un coffre de métal puis l'abandonna à l'abri du ventre du mont sacré.

— Que ton esprit repose à jamais en paix, mon frère !

Chapitre 21
Secrets de famille

Le passé ne meurt jamais complètement pour l'homme.
L'homme peut bien l'oublier mais il le garde toujours en lui.
Ugo Foscolo

Jeanne avait appris à vivre avec ses insomnies. Cela avait commencé à la mort de son époux, il y avait maintenant déjà sept ans. Dès que la nuit survenait, les pensées du passé revenaient la hanter alors elle préférait retarder, le plus tard possible, l'heure de se retrouver seule dans son lit.

À cette époque de l'année, l'hôtel était plein et les occupations ne manquaient pas. Cela lui permettait normalement de ne pas trop y penser. Pourtant, ce soir, en revoyant les frères Leprince, le passé l'avait rattrapée.

Vêtue d'un boubou élaboré dans un bazin teint en rose, Jeanne se tenait assise devant la table de son séjour situé à l'étage de la demeure coloniale. Les meubles torsadés donnaient un air d'antan. La baie vitrée était grande ouverte sur la nuit. Jeanne ne craignait plus les moustiques.

Penchée devant une pile de documents en désordre, la vieille dame faisait ses comptes. Éclairé par la lumière blafarde du plafonnier, son visage, strié de minuscules rides, paraissait fatigué. De sa main gauche, elle récupérait les factures tandis qu'avec la droite elle tapait rapidement sur le clavier de la bruyante Divisumma 24 Olivetti. Un ruban de papier s'allongeait démesurément jusqu'au sol. Un effluve sucré de frangipaniers se mêlait à l'encaustique de la pièce.

Jeanne était satisfaite. Si la saison continuait ainsi, elle allait certainement pouvoir refaire le sol de la piscine et même donner une prime aux employés.

Soudain, son regard fut attiré par une ombre. Elle leva la tête. Surprise, elle eut un temps d'arrêt avant de demander à la personne qui s'était introduite dans ses appartements sans s'annoncer :

— Il y a quelque chose qui ne va pas ? demanda Jeanne.

Les yeux qui la regardaient l'inquiétèrent. Ils étaient fixes, presque effrayants.

— Tout va bien, petit, ajouta-t-elle.

Ce fut un grondement inhumain qui lui répondit.

— Tu lui ressembles trop. C'est vrai qu'on vous prenait pour des sœurs ?

— Tu as bu ? Il vaudrait mieux que tu retournes dans ta chambre, dit-elle à l'individu tout en se levant brusquement de sa chaise, mais avant qu'elle ait pu ajouter autre chose, elle éprouva une horrible sensation. C'était comme si tout son corps devenait soudain de la pierre…

*

Le ciel était encore embrasé par les lueurs de l'aube et un voile de vapeur dansait sur l'océan. L'esplanade était animée malgré l'heure matinale. Les boys avaient rempli le coffre de la 403 avec les bagages. Encore endormis, les voyageurs se pressaient autour de la voiture après avoir pris un petit déjeuner rapide. Awa frissonnait enveloppée dans un grand châle.

Alain était nerveux, il s'adressa à sa fille qui conversait avec elle, tandis que Jean-François s'était engouffré à l'arrière du véhicule :

— Dépêchez-vous, on va rater l'avion.

Issa, le directeur de l'hôtel, jeta un coup d'œil furtif vers les appartements de Jeanne.

— La patronne doit encore dormir. Elle est un peu fatiguée, ces temps-ci, voulez-vous que je la réveille ?

— Non, laisse-la se reposer. Nous revenons dans trois jours. Ce n'est pas comme si nous repartions en France tout de suite après, répondit Alain.

Il regarda nerveusement le groupe de personnes qui arrivait de l'autre côté.

Patrick avait loué une voiture avec chauffeur. Lui et sa famille se dirigeaient vers la DS qui venait de se garer un peu plus loin.

— Dommage, j'aurais bien aimé qu'il manque son vol, celui-là, grommela Alain en prenant place à l'avant de la voiture, à côté du chauffeur…

*

Le visage de Kassoum reflétait une froide irritation qu'il n'arrivait pas à contenir.

— Comment as-tu pu révéler notre secret à des étrangers, Awa ?

Accoudé au comptoir du bar du motel Fotamana, l'établissement de Korhogo où Alain et ses amis étaient descendus, le jeune instituteur dioula[1] fusilla la jeune femme de son regard furieux. Awa, assise sur un tabouret à côté de l'Africain, se sentit mal à l'aise. La tête baissée, elle avala une gorgée glacée de son coca.

Il s'ensuivit un moment de silence pesant, à peine perturbé par le grincement énervant des pales du ventilateur de plafond qui brassaient l'air chaud. Awa promena un regard absent vers les murs blanchis à la chaux et décorés de vanneries.

Derrière le comptoir, le patron, un Blanc nommé Victor, occupé à essuyer des verres avec soin, semblait ne pas prêter attention à la conversation.

— En plus, ton ami est reporter. Ce qui veut dire qu'il va prendre des tas de photos qui vont être diffusées aux quatre coins du globe. Je ne veux pas qu'une horde de touristes viennent profaner le mont Korhogo et le transformer en décharge. Et les gamins, as-tu pensé aux gamins ? Ils vont manquer l'école pour aller quémander quelques billets aux Blancs qui arriveront. C'est déjà assez difficile de faire entendre aux parents qu'il vaut mieux qu'ils se rendent en cours plutôt que d'aller aider aux champs quand arrive la récolte d'arachide ou celle de coton.

Awa reposa son verre et posa sa main sur le bras de l'homme pour l'apaiser.

1. Peuple de commerçants ambulants.

— Attends, avant d'aller plus loin dans tes propos, je vais te montrer quelque chose.

Elle se tourna de côté et sortit les photos qu'elle gardait dans son sac en bandoulière.

— Regarde bien ces inscriptions, elles sont similaires à celles de la grotte. Elles étaient gravées sur la face interne d'un masque ancien que la famille de mon ami possède. L'objet doit dater de très, très longtemps. En plus, Alain a passé son enfance, comme nous, en Afrique. Son père était médecin du temps de la colonisation…

Kassoum s'était saisi des clichés et les brandissait avec rage devant lui :

— Masque ancien ? Tu sais très bien qu'en Afrique les insectes xylophages ne permettent pas une durée de vie supérieure à un siècle à toute chose en bois. C'est une arnaque, ce truc.

Intrigué pourtant par les graffitis, Kassoum approcha les photos de son regard et se mit à examiner les motifs avec circonspection quand le groupe constitué par Alain, Malou et Jean-François fit irruption dans la salle de bar.

— Ça y est, Malou est contente. Elle a bien dépensé au marché : un awalé[1], des bijoux en argent, des statuettes en bois ! s'écria Jean-François pour taquiner sa compagne qui avait les bras chargés d'objets d'artisanat.

—Ah, Alain, laisse-moi te présenter Kassoum, mon grand copain de classe, celui qui me défendait contre les grands qui venaient me tirer les cheveux, s'écria Awa en sautant de son tabouret.

1. Jeu populaire qui consiste à attraper des graines dans un parcours de trous sculptés dans le bois.

En face des yeux étonnants du Français, Kassoum eut un moment de saisissement. Devant le sourire engageant et la poignée de main franche que le Blanc lui tendit, l'Africain parut s'amadouer.

— Je te remercie de bien vouloir nous servir de guide, Kassoum. As-tu vu ces clichés? Étonnants, non?

— Écoute, Alain, je préfère être direct avec toi. Ce lieu, je ne te le montrerai que si tu me fais une promesse.

La physionomie d'Alain marqua la surprise.

— Je ne veux, en aucun cas, dévoiler au monde entier ce que sont nos traditions. Le plus longtemps possible, elles seront préservées, le mieux, ce sera pour nous. L'histoire du mont Korhogo ne doit pas être dévoilée.

— Je ne te cache pas que j'étais venu ici pour faire un reportage, envoyé par mon agence et que...

— Je ne t'amènerai à la grotte que si j'ai ta parole.

— Alain, s'il te plaît? demanda Awa avec des yeux suppliants.

Ce dernier poussa un gros soupir et parut capituler:

— OK, je promets qu'il n'y aura pas de suite. Je dirai que c'était un canular et je passerai pour un vrai débile auprès de la profession! Par contre, c'est vrai, à titre personnel, j'aimerais beaucoup aller jeter un coup d'œil à cette excavation.

Jean-François s'immisça dans la conversation:

— Il ya quand même un hic. C'est que... Euh... j'ai déjà faxé les photos à un ami, féru d'égyptologie puisque les signes paraissent ressembler à une écriture égyptienne. Du reste, il faut que je l'appelle. Tel que je connais Bernard, il a dû passer la nuit entière à essayer de déchiffrer.

Kassoum secoua la tête de déconvenue en regardant Awa. Jean-François s'adressa alors à Victor de l'autre côté du bar

— Victor, puis-je téléphoner en France ? Je paierai la communication.

— Pas de problème, le téléphone est dans le bureau situé derrière le bar, mais tu auras de la chance si tu arrives à avoir ton correspondant du premier coup.

Le jeune docteur passa sur le côté du comptoir et disparut par une porte cachée derrière une tenture. Au bout d'un moment, on entendit sa voix tonitruante qu'il forçait pour essayer de se faire comprendre par son lointain interlocuteur :

— Allo, allo… Oui, c'est moi, Jean-François, ça va ? Tu as pu regarder ce que je t'ai faxé hier soir ? Oui. Je te demande si tu as pu jeter un coup d'œil à mon fax ? Ah bon ! Quoi, mais c'est incroyable… Oh, mon Dieu… Sensationnel… Merveilleux… Tu dis vraiment ?

Les visages des autres se figèrent à l'écoute des exclamations de J.F. en provenance de la pièce dérobée alors que Victor remplissait les verres des nouveaux arrivants.

— Je te sers un pastis ? Et toi, un jus d'ananas ou un jus d'orange ?

Le patron, intrigué par les braillements de J.F., ajouta avec un sourire amusé :

— Il a l'air d'avoir pété les plombs, votre copain ?

Quand J.F. réapparut, une cacophonie de questions l'assaillit :

— Alors, qu'est-ce qu'il t'a dit ?

— Il a pu traduire les signes, on en sait un peu plus ?

— Pourquoi, as-tu dit que c'était incroyable ?

J.F. leva les bras :

— Eh, eh, doucement, pas tous à la fois. Bernard ne va pas tarder à faxer ses premières traductions. Pour résumer, les graffitis auraient été écrits par un Égyptien, le frère d'un pharaon qui aurait monté une expédition maritime pour faire le tour de l'Afrique, il y a 2 500 ans. L'homme aurait été abandonné et aurait dû survivre dans un milieu inconnu et hostile. Il aurait tenté de revenir en Égypte mais cela se serait conclu par un désastre.

— C'est quelque chose d'inimaginable. Je ne savais pas que les Égyptiens avaient pu aller si loin. Ce n'était pourtant pas des navigateurs.

— Eux, non, mais leurs voisins, les Phéniciens, oui.

— Victor, peux-tu nous faire à déjeuner rapidement. De cette façon, nous accompagnerons ensuite Kassoum. Et, autre chose, peux-tu surveiller ton fax ? Nous attendons un document important.

Victor appela son cuisinier et lui donna l'ordre de se mettre immédiatement à l'ouvrage…

Alors que le groupe attablé dégustait un kedjénou de poulet accompagné d'attiéké, Victor arriva en brandissant une liasse de feuilles lisses et grises. Il y eut alors une confusion parmi ses convives qui tendirent, tous, les mains pour tenter de se saisir des papiers. Victor confia le fax à J.F. qui commença à lire à voix haute avant que les autres ne les lui arrachent.

> Cher ami, voici les premières traductions que j'ai commencées à faire des feuillets qui me sont

parvenus. Ce ne sont que des transcriptions grossières que j'affinerai par la suite. C'est une découverte sensationnelle et cela corrobore les quelques lignes consignées par Hérodote sur un fait historique qui avait été décrié en son temps : la première circumnavigation de l'Afrique. Je te remercie d'avoir pensé à moi pour partager cette trouvaille. Les premières lignes sont écrites en hiéroglyphes. À l'époque indiquée, ces signes n'étaient plus utilisés. Seule l'élite les connaissait encore, mais ce qui est surprenant, c'est que le final du texte est en démotique, système d'écriture en usage à la fin de l'Empire. Je ne comprends pas pourquoi il y a eu ce changement. De toute façon, je reste à ton entière disposition pour plus de renseignements. Bien amicalement. Bernard.

J.F. s'éclaircit la gorge avant de continuer de lire le reste du fax.

— Voici la traduction faite par Bernard…

Moi Enmouteff, frère du grand pharaon Nékao II, vais raconter ici mon histoire…

Tandis que la voix forte de J.F. rapportait le destin d'Enmouteff, les yeux de ses amis s'agrandissaient. Ce récit de cette expédition surprenante, de l'abandon de l'Égyptien pour une trahison et son long calvaire les intriguait. J.F. continua, jusqu'à la dernière feuille, sur un ton monocorde.

— Ça, par exemple, Bernard nous avertit que c'est maintenant une autre personne qui a repris le récit…

Je me nomme Ubakwanda, et je suis souverain du grand royaume des terres du centre. Mon frère Enmouteff a rejoint le domaine des morts. J'ai rempli la promesse que je lui ai faite, en enfermant son esprit dans un masque pour qu'il y demeure jusqu'à ce qu'un jour, il puisse retourner vers l'Occident pour accéder au royaume d'Osiris…

Oh, oh, il semblerait qu'une autre personne ait repris le récit.

Moi, Horhotep, fils aîné d'Enmouteff, éclairé sur l'écriture des signes par mon père, ai été chargé, par le vénérable Ubakwanda, mon oncle, de mettre les masques des ancêtres en sécurité. Depuis le voyage inachevé de mon père vers le nord, des troubles ont secoué le pays. Les disettes et les pénuries ont poussé les peuples à s'affronter pour survivre. Des hordes venant du nord et de l'est ont dévasté tout sur leur passage. Avec mes frères et mes cousins, nous allons essayer de rejoindre les régions de la côte. Avant que les envahisseurs ne nous massacrent tous, je vais tenter de mettre les masques des ancêtres en sécurité dans un endroit secret. Celui de mon géniteur, Enmouteff, sera enfermé dans un sarcophage de métal. Puisse-t-il, un jour, retourner en Égypte, pour accomplir son souhait le plus cher, être Maâ khérou[1] *et aborder le royaume d'Osiris…*

1. Un juste de voix, déclaré lors de la psychostasie ou pesée du cœur. Il symbolise l'être de lumière accompli qui prend son envol vers la lumière au terme de l'initiation osirienne.

L'auditoire paraissait totalement médusé par ce récit, même Kassoum qui se rendit à l'évidence quand Awa lui souffla :

— Tu peux critiquer mon ami mais sans lui, tu n'aurais jamais su l'histoire du masque et la signification des signes de la grotte.

— Évidemment et c'est un moment d'Histoire qui appartient à l'Afrique, tu te rends compte, Awa ?

Victor s'approcha de la table de ses clients et s'immisça dans leur conversation :

— J'ai entendu que vous désiriez vous rendre sur le mont Korhogo. À cette heure de la journée, cela va être assez chaud. Le soleil va taper. Je vous propose d'utiliser ma voiture pour parvenir jusqu'au pied de la montagne. Sinon, cela vous ferait une trotte et vous ne seriez jamais de retour avant la tombée du jour.

*

La vieille Dodge Dart de Victor datait des années soixante. Elle était de couleur rouge vif et elle ne manquait pas d'attirer l'attention. La grosse voiture affronta les nids-de-poule de la piste en brinquebalant avec des grincements sinistres. Sur son passage, une troupe de gamins hilares se mit à crier :

— Toubabous, toubabous…

Kassoum sourit :

— Vous nous avez surnommés « Nègre » et eux, ils vous surnomment « Crotte de pigeon » en raison de la couleur de votre peau…

Le véhicule parvint au bout d'une dizaine de minutes au terme de sa promenade. Il se gara en cahotant encore sur la terre battue au pied du mont Korhogo. Le monticule était un dôme granitique qui semblait avoir été posé là, comme par sorcellerie.

Les passagers endoloris descendirent de la vieille automobile, en gémissant :

— Ouah ! Je m'en souviendrai, maugréa J.F.

— C'est curieux que cette montagne soit ainsi plantée au milieu de la savane, allégua Malou.

— Le mont est d'origine volcanique. C'est un noyau rocheux épargné par l'érosion.

La chaleur était intense et difficile à supporter pour les touristes. Ils s'étaient pourtant vêtus légèrement pour la circonstance. Awa portait un jean et un corsage de coton fleuri. Ses cheveux avaient été tressés et étaient cachés sous une casquette en jean. Malou avait un short et un débardeur bleus tandis qu'un foulard en madras bariolé retenait ses cheveux relevés en queue-de-cheval. Alain avait un chapeau de brousse et une veste de chasse kaki. J.F. ressemblait à un hippy avec sa chemise à fleurs et ses larges pantalons d'autant qu'un bandana entourait son front. Kassoum arborait une large tunique en coton local sur un pantalon denim.

— Bon, alors on y va ?

Entraîné par l'instituteur, le groupe commença à escalader, en file indienne, une pente raide parsemée d'épineux et de hautes herbes, sous un soleil de plomb. Alain précédait Awa pour écarter les épineux et éviter que cette dernière ne se blesse. Derrière lui, J.F. tenait Malou par la main.

— Prenez garde à ne pas tomber. La roche est glissante. Veillez à marcher bien dans mes pas, à cause des serpents.

Parfois un eucalyptus ou un néré obligeait l'instituteur à faire un léger détour. Depuis qu'il suivait l'Africain, Alain ressentait un curieux sentiment. Il avait la sensation d'avoir déjà vécu ce moment. Des flashs explosaient dans sa tête et le malaise s'amplifiait à chaque pas. Il avait pourtant pris soin d'avaler ses pilules le matin même, mais il avait l'impression que son crâne bouillait et que des images et des sons confus s'y mélangeaient.

L'idée de savoir que quelque chose germait à l'intérieur de son cerveau lui était insupportable. Ce mal était un monstre qui prenait possession de son encéphale et en même temps de son esprit. Sans savoir pourquoi, il croyait percevoir deux silhouettes supplémentaires dans un brouillard. Il entendait presque des chuchotements. C'était comme si une scène familière qui s'était déroulée à ce même endroit lui apparaissait. Pourtant, c'était la première fois qu'il venait en ce lieu.

— Papa, tu nous fais un remake des *Mines du roi Salomon* ?

Alain sursauta en entendant la réflexion, accompagnée du fou rire de sa fille.

— Tu sais la tenue kaki et le chapeau de ranger, ça fait très baroudeur et ton père en est un, défendit J.F. par solidarité masculine.

Alain se força à chasser les sensations étranges qu'il éprouvait. Il ne fallait pas que ça recommence. Il ne voulait pas qu'un nouveau drame se produise, comme les fois précédentes, surtout pas en présence de sa fille. Il jeta un coup d'œil à Malou située derrière lui, en contrebas. Elle était excitée et parlait sans s'arrêter, posant des questions au sujet de la relation du voyage extraordinaire d'Enmouteff. Il se rendit compte, pour la première fois, qu'elle était le portrait vivant de sa grand- mère. Cela lui déplut.

— Les bateaux devaient être vulnérables en ce temps-là ? Un coup de tabac et c'était le naufrage. Et tu te rends compte de l'amour que cet homme a éprouvé pour cette femme, comment s'appelait-elle déjà ? Elyssa ! Il l'aimait tant qu'il avait monté une expédition folle pour la retrouver.

Chapitre 22
La grotte sacrée

Notre vie entière est une série de contradictions.
Nous voulons être heureux et nous faisons
tout pour engendrer le malheur.
Cette dualité est de notre propre fait,
elle ne va pas directement de soi.
Krishnamurti

Au fur et à mesure qu'ils approchaient du sommet, la vision de la ville avec ses petites maisons basses s'étalait au-dessous. Seule la mosquée, édifiée peu de temps auparavant, trouait la monotonie urbaine. Plus au loin, la savane infinie s'engloutissait dans l'horizon.

— J'avais oublié comme c'était magnifique, s'exclama Awa qui se retourna pour saisir du regard l'immensité du paysage.

Elle s'accrocha au cou d'Alain qui la prit par la taille. Le couple resta un moment sans bouger, savourant ce moment furtif.

Kassoum avait perçu la fatigue que le reporter éprouvait depuis quelques instants. La bouche du photographe paraissait chercher de l'air et il semblait absent. Aussi décida-t-il de prolonger la halte. Il pointa son doigt et en profita pour montrer aux autres les panaches de fumée qui s'élevaient au loin pour évoquer les méfaits de la culture sur brûlis.

— Toutes les traditions ne sont pas toujours bonnes. En appauvrissant les terres, les hommes sont obligés de partir ailleurs pour trouver d'autres lopins cultivables et cela n'a pas de cesse.

Kassoum se détourna pour s'adresser à l'ami d'Awa :

— Au fait, dis-moi, Alain, pour en revenir aux masques sénoufos, sais-tu que certains, comme les Wambelê, représentent des figures mystérieuses qui s'opposent pour former l'union des contraires. Le bien affronte le mal, l'avenir rencontre le passé, le blanc se mêle au noir. Ces masques symboliques apparaissent souvent lors des funérailles.

Alain se détacha de l'emprise de sa compagne pour se rapprocher de Kassoum.

— Crois-tu que le masque que je détiens aurait les mêmes fonctions ?

— Je ne sais pas. Peut-être. Si ce masque est véritablement si ancien que ça, il est difficile d'en connaître les clés et la signification. Nous avons, cependant, la chance d'avoir un début d'explication puisque ton masque semblerait avoir un lien avec l'individu qui a apposé les inscriptions dans la caverne. Il a servi lors de son enterrement, de cela nous pouvons en être sûrs.

— Papa, un petit sourire pour que je puisse te prendre en photo, ordonna Malou avec un air espiègle. Comme tu n'as pas voulu apporter tes appareils, aujourd'hui, le photographe de la famille, c'est moi.

La jeune infirmière, qui s'était placée à la hauteur de son père, appuya sur le bouton d'un Polaroïd noir et ventru. Le papier se déroula instantanément dans un grincement et la jeune fille détacha le support vierge pour le secouer avant de l'exposer au soleil. Elle regarda l'instantané ensuite en grognant de dépit :

— C'est toujours la même chose avec toi, papa. Tu bouges tout le temps et tu n'es jamais net !

Alain arracha la photographie des mains de sa fille et observa son image. Il se rendit compte que celle-ci n'était pas floue à proprement parler mais que sa physionomie apparaissait en double. Il scruta son visage sur le papier glacé et crut percevoir un autre faciès associé au sien. Comme il considérait avec soin cette curieuse image, cherchant à mieux discerner les traits de l'autre, un souffle brusque de vent emporta le cliché.

— Quel maladroit, s'écria Malou en levant la tête pour voir la feuille s'envoler dans les airs avant de retomber dans l'abîme.

— Dépêchons-nous. En route. Nous ne sommes plus très loin maintenant, rappela à l'ordre Kassoum...

*

Sans un mot, les Français pénétrèrent à l'intérieur d'une cavité dérobée, en se baissant sous un enchevêtrement de lianes alors que Kassoum allumait une grosse lampe torche. Ils n'aperçurent pas de suite les graffitis sur la paroi car leurs yeux mirent un moment à s'habituer à la faible lueur.

L'effet fut alors saisissant. Dans le faisceau de lumière, apparurent des signes à peine effacés par le temps. Ce qui était surprenant, c'est que la paroi était recouverte entièrement de ces tatouages intemporels.

Awa avait sorti une photo de son sac, celle de l'intérieur du masque et elle tenta de comparer les inscriptions avec celles de la paroi. Penché sur son épaule, Jean-François trouva un ensemble d'idéogrammes similaires entre ceux du mur et ceux de la photo.

— Regardez juste là, c'est la même chose !

— Fabuleux, s'exclama Malou en trépignant.

Alain n'entendit pas les exclamations de fascination de ses compagnons. Il lui semblait qu'à cet instant, il était en proie à un rêve. Il avait la désagréable sensation de tomber au fond d'un entonnoir qui l'engloutissait entièrement. Il ressentait la curieuse impression que le temps s'accélérait en sens inverse. Une hallucination soudaine lui fit voir de curieuses images dans un brouillard mouvant : deux ombres apparurent, furtives, imprécises, irréelles... Il regarda les deux hommes penchés sur le mur pour tracer soigneusement des signes... Alors, il sut...

Toute la vie d'Enmouteff lui revint à l'esprit comme s'il l'avait vécue lui-même...

— Alain, ça ne va pas ? lui demanda Awa en le prenant par le bras.

— Papa, papa, réponds-moi.

— Allongez-vous, vous êtes tout pâle ! Vous avez dû faire une chute de tension.

— Vite un peu d'eau !

Sorti de la grotte par Kassoum et J.F. qui le maintenaient chacun sous une aisselle, Alain se retrouva assis devant l'entrée alors qu'Awa, le front barré par l'inquiétude, lui tamponnait le visage avec un mouchoir. La tête du Français, saturée de sonorités et de chimères, était en train d'exploser. Il murmura faiblement :

— Ce n'est rien, le choc thermique. Il faisait frais dans la caverne et après avoir cramé sous le soleil... Retournez-y. Je me sens bien maintenant.

— Tu es sûr ? lui dit Malou alors que sans attendre la réponse, elle disparaissait à nouveau dans la paroi montagneuse en poussant J.F. devant elle.

Awa prit place aux côtés de son ami. Le front soucieux, elle scruta le visage d'Alain, le caressa doucement puis l'embrassa.

— Tu as été voir le spécialiste pour tes malaises ?

— Oui et tu peux être rassurée, je n'ai rien. Juste les séquelles d'un trauma ! Ne te tracasse pas, lui mentit-il.

La tête baissée, Awa se pinçait les lèvres puis elle s'arma de courage pour lui demander ce qui avait germé dans son esprit depuis la veille :

— Tu n'aimerais pas changer de boulot ? Tu sais que Jeanne cherche un repreneur pour son affaire. Tu n'as jamais eu l'envie de tout plaquer et de recommencer une nouvelle vie ailleurs ?

Awa regarda Alain dans les yeux. Le regard bleu et singulier de son ami la troublait toujours autant. L'homme lui sourit :

— C'est une proposition, mademoiselle Blanc ? Vous m'accompagneriez et abandonneriez votre carrière en France ?

Awa haussa les épaules et fit une grimace. Alain contempla la jeune femme. Elle avait l'air d'une petite fille prise en faute. Pour la première fois, le reporter envisagea une autre vie que la sienne. Ce pays, c'était celui de son enfance. Il ne s'était jamais senti bien en Europe. Il en avait assez, aussi, de courir à travers le monde pour n'en découvrir que la laideur. Quant à Awa, il commençait à ne pas vouloir la perdre...

Quand Kassoum et ses amis sortirent des entrailles de la montagne, ils trouvèrent le couple qui s'embrassait jusqu'à l'enivrement. Des réflexions fusèrent...

— Papa, on ne peut vraiment pas te laisser seul sans que tu fasses des bêtises.

— Un malaise ? On a compris pourquoi. Tu voulais être seul avec Awa !

Pourtant, ce ne fut pas ce qui troubla le guide africain. Debout, l'instituteur tourna son regard vers l'horizon avec inquiétude :

— Oooh ! C'est la première fois que je vois ça en cette saison !

Ses compagnons pivotèrent vers l'endroit que scrutait Kassoum. Dans le lointain, un immense mur noir, zébré d'éclairs, barrait le paysage. Comme un monstre, il avançait semblant tout dévorer sur son passage.

— On va avoir une énorme tornade ! Il faut descendre au plus vite, informa le Noir, en proie à une vive appréhension.

Alors qu'il se mit à redescendre promptement, les autres lui emboîtèrent le pas. En courant presque, ils dégringolèrent sur la pente, au risque de se fouler une cheville ou même pire. Des pierres roulaient sous leurs pieds. La terre se dérobait dangereusement parfois. De temps à autre, les uns et les autres levaient la tête avec inquiétude vers ce nuage hydatiforme qui se rapprochait redoutablement...

Quand ils atteignirent enfin la voiture, ils étaient courbés sous de violentes bourrasques de vent qui faisaient voler des nuées de poussière rouge. Ils s'engouffrèrent dans le véhicule et Jean-François, au volant, démarra rapidement.

Sur le chemin, des trombes d'eau commencèrent à se déverser, entraînant instantanément des ruisseaux d'un flux rouge sang. À pleine puissance, les essuie-glaces grinçaient mais n'arrivaient pas à chasser ces cataractes. Des gerbes jaillissaient de chaque côté du pare-brise, aveuglant le conducteur.

En abordant les rues de la ville, Jean-François eut du mal à se frayer un chemin entre les mobylettes affolées. Pour couvrir le bruit des trombes d'eau sur le toit du véhicule, il s'adressa en vociférant à l'adresse de Kassoum, assis sur le siège arrière, à côté d'Awa et d'Alain.

— Kassoum, si cela ne te dérange pas, je vais d'abord déposer les autres à l'hôtel et ensuite je te ramènerai chez toi...

Après avoir parcouru à pied les cinq mètres qui séparaient le parking de l'entrée du motel, les Français arrivèrent complètement trempés. De l'eau dégoulinait de leurs vêtements sur le sol et leurs cheveux étaient plaqués sur leurs visages ruisselants. Ils rencontrèrent la grosse carcasse de Victor qui, debout devant l'entrée, regardait l'averse avec un air circonspect. Le vieux broussard grogna :

— J'en ai vu des tornades en Afrique, mais comme celle-là, jamais. Ah, au fait, Malou, un coursier a apporté un pli pour toi.

L'homme alla attraper un papier sur le zinc et revint le remettre à la jeune fille. Celle-ci déplia la feuille de ses mains mouillées et en prit connaissance.

Le déluge martelait le toit en taule dans un bruit assourdissant. La chaleur de l'après-midi avait fait place à une fraîcheur déplaisante et la pénombre soudaine avait obligé Victor à allumer l'électricité. Le malaise d'Alain s'amplifiait. Ces bruits entraient dans sa tête et il avait l'impression d'être ivre.

Malou lut le message.

— Chouette, oncle Patrick nous propose de le rejoindre demain pour faire une virée en brousse. Il est hébergé dans le domaine de son ami. Normalement, l'orage devrait être terminé cette nuit, n'est-ce pas ? On va tous pouvoir y aller, même toi, papa. S'il te plaît, je veux que tu viennes, tu pourras faire des photos formidables et…

Ses mots s'étranglèrent dans sa gorge en regardant le visage de son père. Jamais elle ne l'avait vu ainsi. Les traits paternels étaient déformés par une fureur presque animale. L'homme qui considérait maintenant sa fille d'un regard haineux, trouvait qu'elle avait le même caractère autoritaire que Suzette, sa grand-mère :

— Il me fait chier mon frère, il m'a emmerdé toute ma vie. Tu feras ce que tu voudras, mais je n'irai pas ! J'ai passé l'âge où on me dicte ma conduite !

Le bras d'Alain se détacha brutalement de celui d'Awa qui tentait de l'apaiser. Malou tenta de calmer le jeu.

— OK, papa. Ce n'est juste qu'une proposition. Tu n'es pas obligé de venir. Cela aurait été simplement sympa.

Awa fit un clin d'œil à la fille d'Alain :

— Écoute, Malou, ton père ne se sent pas bien, ce soir. On a jusqu'à demain pour se décider. On verra à ce moment-là.

Malou fit la moue :

— Est-ce que je peux quand même jeter un coup d'œil au masque avant d'aller me doucher, pour vérifier la concordance des signes ?

Ce fut Awa qui lui répondit, Alain semblant être parti dans des pensées obscures.

— Pas de problème, il est dans notre chambre, dans le sac du surplus américain de ton père. Nous, on va prendre une boisson. Je suis morte de soif, continua-t-elle en poussant doucement Alain vers le bar.

*

Une saccade de coups de tonnerre accompagna tout à coup le concert d'amas d'eau qui se déversaient sur le toit en taule de la chambre. Des éclairs illuminaient maintenant la pièce comme des flashs en série.

Malou avait trouvé le sac kaki jeté à terre à côté du lit. Elle en sortit le masque et en regarda l'intérieur. Même si elle n'y connaissait rien, elle essaya de comprendre les petits caractères. Entre ses mains, la pièce de bois semblait vibrer à l'unisson du fracas de l'orage...

Au bout d'un moment, elle retourna la représentation d'Enmouteff. Le visage hiératique qui lui faisait face était éclairé par intermittence. Un sentiment d'inquiétude la fit frissonner. Soudain, un bruit assourdissant accompagna, au même instant, la foudre. Une panne de courant s'ensuivit et plongea Malou dans une pénombre angoissante. La jeune fille frissonna et reposa instinctivement la tête de bois sur le lit. Sous les éclairs, la figure semblait se mouvoir dans un jeu d'ombre et de lumière.

Malou perçut une silhouette à ses côtés. Elle se retourna brusquement et regarda l'homme avec surprise :

— C'est toi ? Tu m'as fichu une de ces frousses !

*

Awa était contrariée. C'était la première fois qu'elle avait eu des mots avec Alain. La dispute avait commencé quand elle avait tenté de le raisonner au sujet de la colère qu'il avait développée à l'encontre de Malou :

— Fais plaisir à ta fille. Dans deux jours, elle reprend son boulot et tu ne la verras plus. Est-ce si anormal qu'elle veuille juste partager ce safari avec toi ? Oublie ton frère pour une fois !

Alain ne se sentait plus lui-même. Les mots qui sortaient de sa gorge lui étaient arrachés par cette irritation qui avait l'habitude de prendre possession de son âme, à certains moments.

— Tais-toi, tu n'as pas à te mêler de mes affaires de famille. Malou est une sale gosse égoïste et autoritaire. Quand je la vois, j'ai l'impression d'avoir ma mère en face. Elle décide de tout… Ensuite, les relations que j'aie avec ma fille ne te regardent pas, compris ?

Awa avait pris ces paroles en plein visage. Une gifle lui aurait causé le même effet. Elle se sentait mortifiée. Alain avait avalé son verre de gin d'un seul trait.

— Un autre, avait-il commandé à Victor en lui tendant le verre par-dessus le zinc.

— Tu vas être malade, Alain. Ce n'est pas raisonnable. Tu agis comme un gosse !

Le reporter s'était alors levé brutalement et avait quitté la salle en maugréant :

— Je vais prendre l'air !

En fait, l'homme sentait qu'il n'avait plus de prise sur ses actes et savait que tout allait à nouveau déraper. Son mal de tête empirait en même temps que les résonances à l'intérieur de son crâne. Il quitta la salle du bar pour se diriger vers les chambres qui donnaient toutes sur un long couloir ouvert sur la cour.

Awa prit une forte respiration pour essayer de calmer les battements de son cœur qui s'était emballé. Elle alluma nerveusement une cigarette et tira une profonde bouffée qu'elle conserva longtemps dans ses poumons. C'en était trop. Alain avait dépassé les bornes.

Victor, de l'autre côté du comptoir, s'approcha d'elle, gêné, et voulut aborder un autre sujet qui lui tenait à cœur.

— Vous êtes bien descendus à l'Akwaba à Grand Bassam, n'est-ce pas ?

— Oui, exact, répondit évasivement Awa au bord des larmes.

— Je viens d'avoir des nouvelles à l'instant. Je suis désolé de vous l'annoncer comme ça mais la patronne est morte.

— Jeanne, morte ? Mais c'est impossible ! Comment est-ce arrivé ?

Awa se souvenait de la forte personnalité de Jeanne, de ses éclats de rire et de sa gentillesse, de sa sollicitude et de son attachement aux fils Leprince.

— Elle a été assassinée.

Awa, sonnée, regarda Victor avec incrédulité.

— Comment ça ?

— La communauté française est soudée. La nouvelle a vite fait le tour du pays d'autant qu'elle est morte dans de terribles circonstances. On l'a retrouvée dépecée en petits morceaux.

Awa sentit son sang se glacer. L'air lui manquait. Elle avait vite fait le lien. Si un meurtre du même type s'était perpétré ici aussi, c'est que le serial killer était actuellement en Côte d'Ivoire…

Alain ! ! !

L'évidence la frappa en pleine figure. Le meurtrier était depuis toujours à ses côtés et c'était Alain. Les soupçons de Maurin résonnaient dans son esprit comme une certitude.

« Ces lames et ces tranchets, vous les utilisez souvent, monsieur Leprince ?... La victime a été débitée par une arme qui pourrait être semblable à celle que vous possédez… Quelque chose nous a échappé. Reprenons le premier crime, il a quand même eu lieu près du domicile d'un type qui a vécu en Afrique. Il faut chercher de ce côté-là… Pourquoi le tueur s'est-il donné tout ce mal pour aller déposer le corps à cet endroit précis… »

Le comportement irrationnel du reporter, ses réactions violentes, ses malaises, ses maux de tête… l'homme était un malade mental, un immonde taré et, elle, elle avait été assez débile pour se laisser manipuler par lui. En repensant à leurs relations, elle éprouva un profond dégoût. Mais le plus grave était qu'elle avait commis une faute professionnelle.

— Tu veux un remontant ? Je te sers un whisky ?

Ramenée à la réalité par les paroles de Victor, Awa secoua la tête. Ses yeux étaient hagards. Elle avait besoin d'avoir toute sa tête pour savoir comment agir maintenant avant que le tueur ne fasse plus de dégâts. Elle réfléchissait et ses idées s'entrecroisaient.

La police locale, comment leur expliquer ? Les autorités consulaires françaises, comment les contacter ?

Sur le toit de la bâtisse, la cascade d'eau qui pilonnait la tôle faisait un vacarme insupportable. La jeune femme ressentit alors un moment de panique et se sentit elle-même en danger.

Elle devait prendre une décision et vite. Récupérer ses affaires et se rendre chez Kassoum ! Voilà… Son ami saurait l'orienter. Elle se remettrait entre ses mains.

— Comment ai-je pu être assez bête pour…

— Qu'est-ce que tu dis ? interrogea Victor, inquiet devant la pâleur du visage de sa cliente.

En vacillant, Awa se leva comme un automate…

*

En proie à la terreur, Malou ouvrait des yeux démesurés. L'homme devant elle, avec son visage figé, n'avait plus rien d'humain. Les traits de son visage étaient fixes. Le rictus de la bouche et le regard dément n'avaient plus rien de familier. À la lumière violente des éclairs, il ressemblait à un démon. Comme dans un mauvais rêve, une chose menaçante brilla dans la main de ce monstre.

Les mots que Malou voulut prononcer s'étranglèrent au fond de sa gorge. Elle s'était sentie paralysée d'un seul coup mais ce n'était pas uniquement la peur qui l'avait neutralisée. Elle avait aperçu la seringue dans sa main et elle avait réalisé ce qui lui arrivait.

D'une voix inquiétante, Patrick s'adressa à sa nièce :

— Elle avait raison la viocre de l'Akwaba, tu es le portrait craché de ta grand-mère ! Ma *salope* de mère ! Tu es bien comme elle, toi aussi ? Quand ton mari est à l'hosto, tu te tapes aussi tous les mecs qui sont à ta portée ?

Malou s'était affaissée par terre. L'air lui manquait. Son corps de pierre l'emprisonnait. Elle comprit qu'il avait dû lui injecter une drogue qui la maintenait dans cet état. Son pouls s'accéléra à l'idée qu'elle allait mourir étouffée. Elle sentit déjà qu'elle était obligée de faire des efforts insensés pour aller chercher son oxygène.

Un coup de tonnerre énorme retentit. Une lumière violente éclaira le médecin.

Patrick s'était posté juste devant sa nièce, debout, bien campé sur des deux jambes. Il manipulait son couteau de jet en le passant d'une main dans l'autre et cela lui procurait une jouissance incomparable.

— Voyons, Malou ou Suzette ? Qui es-tu ? Plutôt, voyons, ma chère mère, et nous allons enfin régler nos comptes. D'abord, tu n'auras plus l'occasion de me regarder avec ces yeux-là ! Je vais énucléer ton joli minois. Et tes incessants reproches, c'est de ta voix dont je veux parler. Tes cordes vocales, je vais les sectionner. Ensuite, j'enlèverai ces pommettes qui rendent ton sourire si railleur. Je vais en avoir du travail. Il faut que je me mette de suite à l'ouvrage si je veux être de retour pour le dîner...

Le visage levé au ciel, l'homme fut secoué par un rire de dément.

— Mais, tu vois ce qui me fait le plus plaisir, c'est de savoir que c'est un autre qui va être accusé à ma place, comme la première fois et cet autre, ce sera... mon frère.

Patrick se retourna, alerté par le sentiment d'une présence. Derrière lui, Alain venait de pénétrer dans la chambre. En voyant sa fille inerte à peine éclairée par la lumière de la foudre, le reporter se précipita à terre vers elle en hurlant :

— Malou ! Qu'est-ce que tu as fait à ma fille. Monstre !

Alors qu'il s'accroupissait pour porter secours à sa fille, Patrick lui fit face tout en brandissant le couteau de jet.

La scène qui s'était déroulée pendant son enfance revint, comme un déclic, à la mémoire d'Alain. Les souvenirs revenaient... Plus tard, quand il s'était réveillé de l'hôpital, Bakari avait été désigné comme coupable alors que c'était son frère qui lui avait infligé sa blessure. Il n'avait jamais pu rétablir la vérité auprès de sa mère qui lui avait défendu d'accuser son petit frère.

Tais-toi. Si tu racontes encore ces balivernes, ton frère ira en prison et ce sera de ta faute.

Malou se sentait impuissante à se maintenir en vie. Elle percevait à peine la scène qui se déroulait dans son champ visuel comme dans un rêve. Elle comprit que son père et son oncle en venaient aux mains. À la lumière des éclairs, les deux hommes apparaissaient comme des danseurs ivres sous la lumière stroboscopique d'une boîte de nuit. Elle discernait leurs gestes saccadés à travers un brouillard de plus en plus dense. Elle faisait des efforts désespérés pour rester consciente. Soudain, elle vit son père s'affaler. Des larmes coulèrent de ses yeux.

Awa avait dans l'idée de récupérer au plus vite ses affaires pour fuir. La panne de courant inattendue allait lui compliquer la tâche. Alors qu'elle longeait le couloir sur lequel s'ouvraient les portes des chambres, des bruits inhabituels attirèrent son attention. Avec le vacarme de la pluie, elle ne comprit pas quelle en était la cause. Les sens en éveil, elle s'approcha de son appartement.

La jeune policière retrouva de suite ses gestes professionnels quand elle fit irruption dans la pièce. En une fraction de seconde, elle avait saisi ce qui s'était passé. Comme les morceaux d'un puzzle, l'évidence avait frappé son esprit. Les crimes en France et à Grand Bassam, la rivalité des deux frères, le découpage chirurgical des victimes, Malou allongée à terre, Alain recroquevillé sur lui-même et l'homme menaçant debout devant elle, avec cette lame en main.

Patrick lui faisait maintenant face, il manipulait l'arme avec des mouvements heurtés, la faisant passer d'une main à l'autre tandis que ses yeux regardaient la jeune femme fixement. Malgré la panique qui s'était emparée d'elle, la policière essaya de rester pro. C'était le moment de mettre à profit les enseignements de techniques de défense reçus lors de ses stages.

Lorsque le dément se rua vers elle en hurlant comme un véritable fauve, Awa se déroba et il atterrit contre le mur avec un bruit sourd. Il se releva, bavant et éructant des propos incompréhensibles. Alors qu'il brandissait son couteau à bout de bras, elle le lui fit lâcher d'un coup de pied nerveux projeté en hauteur. Il resta un moment abasourdi. Elle profita de l'avantage et dopée par une rage folle, elle agit comme un automate. Toutes ses prises de karaté portaient. D'abord, un coup de pied circulaire au plexus l'obligea à se plier en deux. Ensuite elle le frappa sur le nez avec le genou, puis sur la nuque du plat de la main... Une saccade de chocs ébranla le déséquilibré qui tressaillait comme un punching-ball.

Au bout de quelques minutes, Patrick s'abattit comme une masse mais Awa continuait à lui marteler la tête à coups de talon rageur. Hystérique, elle tapait, tapait, tapait. Jusqu'à l'épuisement...

Éreintée, elle tomba, à genoux, auprès des deux victimes du forcené. Quand elle vit qu'Alain gisait dans une mare de sang, elle se précipita sur lui et vociféra des appels au secours.

À cet instant précis, J.F., de retour, descendait de voiture. La pluie faiblissait. En entendant des hurlements de femme, il fonça vers l'endroit d'où provenaient les cris. Quand il entra à son tour dans la chambre, il était suivi de Victor et de deux de ses boys alertés eux aussi par les clameurs d'Awa.

En voyant Malou à terre, J.F. se rua d'abord auprès d'elle.

Awa avait pris Alain dans les bras. Elle était maculée de sang. Elle parvint à murmurer :

— Il faut agir vite, il administre des drogues paralysantes à ses victimes et Alain a besoin de soins urgents.

Même si le cœur de J.F. battait à tout rompre, il fallait qu'il réagisse comme s'il n'était pas impliqué, comme dans n'importe quelle situation de crise. Il se baissa pour examiner les deux autres victimes. D'une voix qu'il paraissait maîtriser, il dicta :

— Victor, toi et l'un de tes boys, vous transportez Malou jusqu'à la Dodge. Vous l'allongez à l'arrière. Victor, tu commenceras par lui faire une ventilation artificielle. J'arrive de suite. Il faudra rejoindre l'hôpital en quatrième vitesse.

Toujours accroupi, il se retourna pour examiner l'estafilade d'Alain. Un flot de sang s'échappait en saccades du flanc du reporter. Devant la gravité de la blessure et les yeux vitreux, J.F. comprit que ce ne serait qu'une question de secondes.

— Jean-François, je t'en prie, sauve-le, supplia Awa.

— Compresse la blessure mais...

J.F. secoua la tête, son visage était fermé. Il montra de la tête l'autre type qui gisait inconscient de l'autre côté de la pièce avec la figure en bouillie. Il n'avait pas reconnu Patrick Leprince.

— L'autre, qu'est-ce qu'il a ?

— C'est lui, le responsable, c'est un assassin et un fou, Je l'ai juste assommé mais il faut l'attacher solidement avant qu'il ne se réveille.

J.F. se courba à nouveau vers Alain. Il chercha son pouls puis lui referma les yeux. Il se releva en secouant la tête et s'adressa à Awa.

— Désolé, Awa, il n'y a plus rien à faire...

Sans attendre, le jeune médecin s'était élancé vers l'extérieur afin de rejoindre la voiture et tenter de sauver Malou.

Alain regardait tout ce remue-ménage autour de lui. C'était étrange. Il voyait la scène comme s'il y assistait en tant que spectateur. Tout se déroulait non pas à travers son regard mais comme sur un écran de cinéma. Le travelling circulaire lui faisait même voir son propre corps. Awa sanglotait en le berçant dans ses bras. Il ne comprenait pas bien le sens de ses paroles :

— Pardon, mon amour d'avoir douté de toi ! Pourquoi me laisses-tu maintenant, on n'aurait pu faire tant de choses encore ensemble.

Alain, qui éprouvait un sentiment de quiétude inexprimable, aurait voulu lui dire qu'il se sentait tellement bien maintenant. À l'instant, il avait senti qu'une chose immonde s'était extirpée brusquement de son crâne. Il n'endurait plus aucune douleur, plus d'inquiétude, plus de colère... Il était, à présent, enveloppé par un halo de bien-être, rassuré aussi d'avoir compris que sa fille était hors de danger. Seules les larmes d'Awa le peinaient.

Il aperçut aussi le masque posé sur le lit. Il vit combien la figure était torturée depuis que son esprit avait retrouvé l'enveloppe de bois pour y être à nouveau enfermé pour l'éternité.

Alain se retourna calmement et se retrouva face à un long tunnel de lumière rempli d'harmonie et de douceur. Il se sentit emporté doucement vers le bonheur éternel...

Debout devant le corps de Patrick, le boy, qui triturait une grosse corde dans ses mains, demanda gauchement :

— Madame, est-ce nécessaire d'attacher un mort ?

La lumière revint brusquement à ce moment-là, éclairant d'une lumière crue toute la chambre. Posé sur le lit, le masque souriait, énigmatique. Il avait récupéré l'intégralité de sa personnalité.

Épilogue

L'âge est un dernier long voyage
Un quai de gare et l'on s'en va
Il ne faut prendre en ses bagages
Que ce qui vraiment compta
Je voudrais vous revoir
Goldman

Septembre 2001

En contrebas des dunes, l'océan agitait un camaïeu de couleurs dont le jade, l'émeraude et le marine qui miroitait à travers la brume opaline. Le grondement des vagues se faisait plus fort depuis quelques jours.

Sur la terrasse des *Tamaris*, face au rivage, deux femmes se tenaient allongées sur une chaise longue, un verre d'apéritif à la main. À côté, les dernières fleurs écarlates d'une bignone s'agitaient sous la brise du soir.

Malgré son âge, Awa avait gardé une silhouette longiligne et musclée. Son visage reflétait pourtant une lassitude accentuée par les deux plis qui creusaient la commissure de ses lèvres. Les yeux clos, elle prit une profonde inspiration pour s'enivrer de cette agréable odeur iodée en provenance de la plage. Elle sursauta légèrement quand Malou rompit ce moment de quiétude.

— Alors c'est vraiment décidé, Awa, tu retournes en Côte d'Ivoire pour ta retraite ?

— Oui, j'ai bien réfléchi. Je crois que je serai plus utile, là-bas. Je vais ouvrir un organisme de formation pour jeunes filles et je ferai un peu d'export de toiles de coton et d'objets en bois pour faire marcher l'artisanat local. Je vais avoir soixante ans et je ne me vois pas rester toute la journée à la maison à ne rien faire. Et puis en Côte d'Ivoire, j'ai des souvenirs, des bons et... des moins bons.

Les yeux d'Awa parurent s'embrumer. Elle se pinça les lèves avant d'ajouter :

— Il me manque, tu sais ! Je ne l'ai pas connu longtemps mais c'est comme si nous avions vécu ensemble une éternité !

Malou se pencha pour saisir la main de son amie.

— Moi aussi, papa me manque.

Un long moment de silence s'ensuivit durant lequel des sanglots soulevèrent la poitrine d'Awa. Malou n'avait jamais su si son amie avait eu d'autres aventures après son père. Les deux femmes se voyaient de temps à autre et, à chaque fois, Awa était seule.

— Il ne se passe pas une journée de ma vie sans que je ne pense à lui, murmura le commissaire Blanc en se rappelant cette soirée de décembre durant laquelle Alain avait été assassiné. Les terribles images revenaient à chaque fois la hanter avec cruauté.

— Tu sais...

Elle prit un grand souffle d'air en regardant l'horizon très lointain comme pour se projeter dans le passé.

— Tu sais, quand cela s'est passé, Kassoum a voulu que j'aille consulter un de ses oncles qui était marabout.

Malou, abasourdie, écarquilla les yeux en scrutant son amie de biais. Awa perçut l'incrédulité dans les yeux de la fille d'Alain. Elle baissa le regard.

— N'oublie pas que je suis à moitié africaine et puis… j'en avais aussi besoin, à ce moment-là. Ça a été tellement dur. Je culpabilisais de ne pas avoir pu empêcher ton oncle de nuire. Quand le vieux sage m'a reçue dans sa case, c'était bizarre. Il était assis sur une chaise basse dans la pénombre et avant que je ne lui parle, il m'a expliqué que tout ce qui était arrivé provenait de la volonté du masque et que je ne pouvais rien y faire. Par le biais de cette chose, c'était une entité qui essayait, en fait, de rentrer en contact avec les vivants pour que ces derniers mettent fin à sa propre souffrance.

Awa se tourna vers son amie :

— Malou, essaie de comprendre et d'admettre que c'est la dualité de la personnalité d'Enmouteff qui n'avait de cesse de se manifester à travers ce masque.

— Un peu comme un fantôme qui ne peut retrouver la paix ? Si j'ai bien saisi, d'après toi, pour qu'Enmouteff puisse retrouver la sérénité, il fallait que son Ka, son double spirituel, retourne au pays de ces ancêtres, en Égypte pour y affronter le jugement d'Osiris. Et en attendant, les deux formes de sa personnalité avaient pris possession, chacune d'un des deux frères, les tourmentant. Mon père avait le bien en lui et Patrick, le mal. Tu sais, dans son testament, mon père avait écrit que le masque devait réintégrer l'Égypte. Cette entité avait dû le lui faire comprendre.

— En parlant de testament, ton père a fait une bonne chose en y joignant une lettre pour réhabiliter la mémoire de Bakari et en offrant une somme d'argent pour aider ses filles. Le vieux boy était mort dans les geôles ivoiriennes et sa famille vivait dans l'indigence et l'opprobre. L'aînée a monté un commerce de fruits et légumes, l'autre est devenue couturière.

Un souffle de fraîcheur caressa les cheveux des deux femmes. Le commissaire Blanc frissonna. Son visage reflétait la lassitude.

— On va rentrer, si tu veux, il commence à y avoir de l'humidité. Le soleil ne va pas tarder à se cacher, proposa Malou.

Les deux femmes se levèrent à l'unisson et pénétrèrent dans le salon.

— Et J.F. quoi de neuf? demanda Awa en scrutant Malou.

Celle-ci avait de fines rides au coin des yeux et ses cheveux blonds étaient coupés au carré. Quelques kilos avaient légèrement alourdi sa silhouette mais elle était aussi plaisante que quelques années auparavant. Malou haussa les épaules.

— Toujours pareil, il passe la majeure partie de son temps à l'hôpital. Il travaille dans le service des maladies infectieuses et pour lui, l'épidémie de sida est devenue une obsession. Il n'arrête pas de voyager entre l'Afrique et Bordeaux. Il aimerait trouver une solution. C'était comme si tout reposait sur ses épaules. Quand je le vois, j'ai l'impression qu'il se consume peu à peu.

— Heureusement tu as les enfants, toi ! ajouta Awa avec une pointe de regret.

— Oui mais ils sont loin. Cette année, mon fils étudie à Strasbourg et ma fille est en stage à Londres. Mais, c'est vrai que, de temps en temps, je peux aller leur rendre visite. Veux-tu encore un verre de porto ?

Awa tendit son verre :

— Bien volontiers, je suis un peu pompette mais ça me fera du bien. J'en ai besoin.

Malou se dirigea vers le bureau suivie de son amie. La décoration de la maison avait été entièrement bouleversée. Malou avait remplacé les meubles de famille anciens par un mobilier moderne qu'elle changeait régulièrement. La décoration était sobre et les murs peints en blanc.

Une fois dans la petite pièce, Malou se pencha pour ouvrir la porte d'un bar tandis qu'Awa regardait le mur sur lequel était apposé maintenant le grand batik qu'elle avait offert, dernièrement, à J.F. et à son épouse.

— Ce mur ! Dire que la solution était là et on ne la voyait pas. Toutes ces armes accrochées et ce terrible masque.

Malou se releva avec une bouteille de Colheita. Tout en remplissant le verre d'Awa avec le liquide doré duquel s'élevait un arôme de bois et d'épices, elle répondit :

— Tiens au fait, j'ai reçu une lettre de Zahi Hawass[1] m'indiquant que le masque ferait bientôt partie d'une

1. Égyptologue égyptien, sous-secrétaire d'État pour les monuments de Gizeh de 1998 à 2002, devenu ensuite secrétaire général des antiquités égyptiennes.

exposition itinérante puisque l'objet appartient maintenant au musée du Caire.

Awa sursauta :

— Malou, tu es trop cartésienne pour croire aux malédictions, n'est-ce pas ? Pourtant, je te le répète, je suis persuadée que les horreurs commises par le psychopathe à l'arme de jet ont un rapport avec ce masque ! Il ne doit pas quitter l'Égypte !

— Il réintègrera le musée du Caire après son périple, ne t'en fais pas.

Les terribles images de ces crimes bizarres, revinrent à l'esprit du commissaire Awa Blanc. Elle eut un haut-le-cœur en repensant à ces morceaux de chair éparpillés et aux souffrances endurées par les victimes. Elle ajouta :

— Je pense que tant que le masque restera là où il doit être, on ne connaîtra jamais plus ce genre de tragédies.

*

10 ans plus tard…

La villa *Les Tamaris* était réchauffée par le pâle soleil de cette matinée de janvier 2011. Depuis son accident cardiaque de l'automne dernier, le docteur Jean-François Brillant avait pris du recul par rapport à ses recherches à l'hôpital. Il avait compris que les derniers moments de sa vie étaient précieux et il avait rejoint la maison des dunes pour se retrouver auprès de son épouse. Il avait été trop idiot de vivre tant de temps loin de Malou. Elle avait été aux petits soins avec lui. Plus il la regardait et plus il se rendait compte qu'il tenait à elle. Il avait l'impression de retomber amoureux de sa femme.

Affalé sur le canapé du séjour, J.F. feuilletait bruyamment les pages du *Monde*. Il avait passé une vieille veste en laine grise et ses lunettes étaient posées de travers sur le bout de son nez. Les cheveux en bataille et une barbe de trois jours lui donnaient un aspect négligé.

Un bruit familier lui fit relever la tête. Malou, de retour des courses, apparut les bras chargés à la porte-fenêtre et cognait sur le carreau. Il posa son journal et se précipita pour aller l'aider. Son épouse paraissait en transe. Le visage au bord des larmes, elle le bouscula presque quand elle entra en hurlant dans la villa :

— Allume vite la télé, vite, vite, dit-elle en déposant une bourse pleine de victuailles sur la table, j'ai reçu un coup de téléphone de Jean-Pierre Corteggiani[1]. Ils ont pillé des objets au musée du Caire.

Avant que J.F. n'ait pu réagir, elle s'était précipitée sur la télécommande et mettait la chaîne d'information en continu. Sur l'écran, Zahi Hawass apparut. Le tonitruant directeur du Conseil suprême des antiquités s'adressait aux journalistes en anglais. Énervé, il secouait sa tignasse grise avec réprobation :

— Les pillards ont fracturé treize vitrines, et soixante-dix objets, dont la statue de Toutankhamon sur une panthère, ont été retrouvés brisés sur le sol. Parmi les objets vandalisés, il y aurait également un modèle réduit de bateau en bois, âgé de quatre mille ans, provenant de la tombe de Meseti. On n'a pas retrouvé non plus la trace du masque

1. Archéologue français.

d'Enmouteff, cette pièce emblématique et unique dénichée en Afrique !

*

Dans sa somptueuse villa de Beverly Hills, John Hastings attendait fébrilement.

Autour de lui, la vaste salle de séjour tout en marbre blanc alignait quatre canapés en cuir beige, deux billards et une cheminée rococo immense qu'il avait fait venir d'Italie. Une grande baie vitrée surplombait un parc arboré de palmiers et de sycomores. De magnifiques lauriers roses colorés montaient à l'assaut des balustrades en fer forgé de la terrasse. En bas, la végétation d'agaves et de pélargoniums était trouée par une esplanade avec une piscine à deux niveaux, lesquels étaient reliés entre eux par une cascade.

Près de la grille d'entrée de la demeure, un domestique était occupé à bichonner une Lamborghini Murcielago jaune, une Rolls-Royce Ghost argent et une Ferrari F430 rouge.

John était un producteur américain de films X bien connus de tous les amateurs pour les scènes hard qu'il faisait tourner à ses acteurs et actrices à la plastique avantageuse.

Il avait la cinquantaine bien dépassée et son visage inexpressif était figé par des excès de Botox. Malgré sa récente liposuccion, il arborait un estomac imposant, à peine dissimulé par une large chemise hawaïenne.

Il allait et venait nerveusement devant une vitrine en verre contenant sa collection de sabres et de couteaux, quand un crissement de pneus se fit entendre en provenance du fond du parc. L'esprit de John redevint plus serein.

À peine quelques minutes plus tard, une domestique hispanique, petite et effacée, habillée d'un uniforme noir et d'un tablier blanc, apparut à la porte de l'office. Elle était suivie d'un homme de type moyen-oriental, tout de noir vêtu. John se précipita vers le nouveau venu en lui tendant une poignée de main amicale. La bonne s'effaça.

— Voyons, Majid, quelle merveille m'as-tu trouvée pour agrémenter ma collection ?

L'étranger avait un visage allongé, un nez fin et des oreilles décollées, le faisant ressembler à un fennec. Majid portait un sac de jute d'où il extirpa un superbe masque en bois sombre qui brillait sous la lumière.

— Une véritable antiquité, unique dans son genre. C'est la raison pour laquelle je ne baisserai aucunement le prix, John, j'ai d'autres commanditaires prêts à accepter aux mêmes conditions, dit l'Égyptien à voix basse alors que ses yeux à demi fermés exprimaient la rouerie. Il ajouta avec un fort accent :

— Regarde au dos. Pièce unique !

L'Américain se saisit religieusement de l'objet et le caressa avec amour. Au contact du bois, le cinéaste ressentit comme un tremblement. Son pouls s'accéléra.

— Affaire conclue ! Va voir mon comptable dans les bureaux du rez-de-chaussée.

Majid, après avoir pris congé en s'inclinant obséquieusement, s'éclipsa rapidement par la même porte, de peur qu'Hastings ne change d'avis.

De ses deux mains, John retournait le masque de tous les côtés pour mieux l'admirer. Les traits étaient singuliers, inquiétants et fascinants à la fois. Soudain, un brusque frisson agita le quinquagénaire. Sa respiration s'intensifia. Il resta un moment sans pouvoir bouger en face des curieuses orbites creuses. Quelque chose semblait pénétrer dans sa tête en même temps qu'il percevait des mots étranges à peine susurrés. Le maître du porno se sentait devenir bizarre.

La silhouette d'une superbe créature, vêtue de rouge, s'encadra dans la porte de l'office.

— John, on a rendez-vous, tu te souviens ? fit la jeune femme avec une voix flûtée.

Hastings sursauta et leva la tête pour regarder, avec concupiscence, l'anatomie de l'actrice blonde qui s'avançait vers lui d'une démarche chaloupée.

Les seins hypertrophiés de Ruby dépassaient de son corsage ajusté, ses lèvres siliconées paraissaient exagérément épaisses, ses jambes enserrées dans des cuissardes étaient disproportionnées. John se rendit compte que tout était vraiment démesuré chez cette fille. Trop, vraiment trop. Il allait devoir corriger ça…

Ruby s'accrocha au cou de son futur patron en minaudant. Ses mains commençaient à le caresser habilement. La fille était prête à tout pour obtenir un rôle dans le prochain film des productions Hastings.

— Oui, mon ange, approche. Je sens qu'on va bien s'amuser, dit l'homme en reposant sur un des billards le masque dont le regard vide le fixait toujours avec intensité.

Une lame pour trancher. Un poignard pour découper. Un pic pour achever…

FIN

Postface

Abdoul Dragoss Ouedraogo
Anthropologue, cinéaste-réalisateur, universitaire

*

LE MASQUE AU CŒUR DES RITES FUNÉRAIRES EN AFRIQUE

À travers son roman Celui qui ne meurt jamais, *Dominique Faget revisite le lien entre les cosmogonies africaines et celles de l'Égypte ancienne puisant aux mêmes racines gnoséologiques sur les rites funéraires.*

La romancière nous entraîne sur le parcours sinueux du personnage principal, un Égyptien, en errance sur les côtes orientales de l'Afrique et confronté au cruel dilemme d'accéder à la vie éternelle après la mort.

Un notable africain lui révèle que le masque va servir de réceptacle de son esprit.

Le masque au cœur des rites funéraires constitue le socle de la médiation entre les vivants et les esprits des défunts. Ainsi chez les Dogon, les membres de la société AWA exécutent des pas de danses rituelles sur le toit de la maison du défunt pour conduire son âme (le NYAMA) à son repos éternel. Les cérémonies ont pour objectif essentiel de solliciter la clémence des morts dans leur voyage pour rejoindre les ancêtres auxquels les vivants sollicitent une protection contre les turbulences éventuelles. En somme, pour les Dogon comme chez maintes autres sociétés africaines, ces rituels permettent de gérer la mémoire des morts au sein des communautés, mais d'accéder aussi à des énergies vitales tout en célébrant le cycle ininterrompu de la vie éternelle par la réincarnation des défunts.

Le masque sculpté au sein des sociétés initiatiques remplit ses fonctions sociales en symbiose avec le corps d'un danseur qui lui donne vie et parole à travers ses mouvements.

Nicky d'Yvréa nous rappelle fortement la permanence des croyances qui entourent la gestion de la mort dans nos sociétés africaines contemporaines en convulsions et en pleine mutation sous la férule des tensions et des crises multidimensionnelles. La quête de la quiétude et de l'équilibre devient un champ de négociation où s'incrustent des marchands d'illusions, des sorciers des temps modernes et des charlatans faisant commerce des rites initiatiques à des fins mercantiles et maléfiques.

*

Dragoss Ouedraogo enseigne l'anthropologie visuelle (**université Bordeaux 2**-Victor Segalen) et l'interculturalité (université Bordeaux 3-Michel de Montaigne).

Rédacteur dans *CinémAction*, Paris et la revue *Écrans d'Afrique* (*African Screens*), Ouagadougou/Milan.

Professeur en visite **Carleton College Northfield Minnesota, États-Unis.**

Membre de la Guilde africaine des réalisateurs et producteurs.

Nombreux films dont *Den baya* (*L'amour maternel*), 1992, prix meilleur court métrage à la 44e Mostra internationale Montecatini et *Martyrs oubliés, Tirailleurs en campagne*, 2006.

Remerciements

Ce livre n'aurait pu être réalisé sans le précieux concours de nombreuses personnes auxquelles j'exprime ici mon immense gratitude.

Le Groupe PRISMA MEDIA et l'équipe des NOUVEAUX AUTEURS, dirigée par Jean-Laurent POITEVIN, qui m'ont offert l'opportunité d'une édition nationale et ce moment inoubliable que fut la remise des prix VSD en présence de Franck Thilliez, un des maîtres du polar français.

Les membres du Comité de lecture qui m'ont fourni le précieux sésame.

Les nombreux auteurs qui m'ont encouragée : Franck Thilliez, Bernard Minier, Marc Louboutin, Ramon Basagana, Jacques Saussey, Laurence Fontaine...

Olivier, Catherine, Véronique, Pascal, Jacques, Monique, mes proches et mes amis.

Jacques-Marie Bourget, grand reporter.

Abdoul Dragoss Ouedraogo, enseignant et cinéaste.

Isabelle Luguet, ma correctrice.

Sans oublier les Esprits qui ont bien voulu me guider tout au long de l'écriture de ce roman.

GAGNANT PRIX VSD DU POLAR 2014

Peur de l'Ombre

Jean-François Delage

Quand l'Ombre persique menace la France, jusqu'où la folie peut-elle aller ?

Paris, été 2017, un attentat visant le président de la République française fait de nombreuses victimes. Dans le même temps, Michaël Botton, chargé de l'antiterrorisme, est enlevé sous les yeux de Nora Morientès par un groupuscule intégriste. Après des années de recherches, Botton reste introuvable, tout comme le commanditaire qui a fomenté et revendiqué cet attentat… Toutes les polices sont en alerte maximum et une course contre la montre est lancée afin de découvrir qui se cache derrière l'Ombre persique qui plane sur l'Occident.

Jean-François Delage *42 ans, habite à Poitiers où il travaille comme adjoint de direction dans un ensemble scolaire. « Écrire, c'est inventer des vies et pimenter la sienne. »*

Couverture :

istock.com © andydidyk

istock.com © Katiko

istock.com © sculpies

Ligne graphique : Chrystèle Ferté

Studio Fabrication : Flora Bellanger

Composition : IGS-CP à l'Isle-d'Espagnac (16)

Impression :

CPI
BRODARD & TAUPIN

pour le compte des Éditions

Les Nouveaux Auteurs

Dépôt légal : juillet 2014 – N° d'impression : 3005305